BARNERT/KIBLER (Hrsg.)
Banken, Bembel
und Banditen

RHEIN-MAIN-CRIME! Unabhängig davon, ob wir uns im 50. Stock eines Frankfurter Finanzinstituts, in einer musealen Äpplerkneipe, im Darmstädter Naherholungsgebiet oder am Mainspitzdreieck befinden – letztlich bleibt nur eine beängstigende Erkenntnis: Im Rhein-Main-Gebiet gibt es überall Mörder und Banditen! Das beweisen in diesem Buch ortskundige, renommierte Autoren im Bermudadreieck zwischen Frankfurt, Wiesbaden und Darmstadt. In 19 Kurzgeschichten zieht sich ein bunter Reigen kriminellen Treibens durch die Region, in der über fünf Millionen Menschen leben. Die Buchmesse, die Banken, das urige Sachsenhausen, das bunte, ganz eigene Offenbach, der Jugendstil in Darmstadt oder das beängstigend große Heinerfest, die trügerischen Seiten der Landeshauptstadt Wiesbaden, aber auch die scheinbar idyllischen, ländlichen Gegenden – all das bietet Spannung und offenbart Abgründe verschiedenster Art, die unvermeidlich sind, wenn das eine zum anderen kommt ...

© Rahel Welsen

Eric Barnert, Jahrgang 1968, lebt in seinem Geburtsort Darmstadt. Nach Jahren in Forschung und Lehre ist der promovierte Geologe und begeisterte Bergsportler freiberuflich tätig. Er verfasste zahlreiche Artikel über seine Bergerlebnisse und fand so den Zugang zum Schreiben. Gründlich recherchierte Fakten und authentische Charaktere spielen in seinen Büchern eine zentrale Rolle.

© Jürgen Röhrscheid

Michael Kibler wurde 1963 in Heilbronn geboren und ist Darmstädter aus Leidenschaft. Er studierte Germanistik, Filmwissenschaft und Psychologie an der Johann-Wolfgang-Goethe-Universität in Frankfurt. 1998 promovierte er. Schreiben ist seine Passion, weshalb er seit 1991 als Texter arbeitet und bereits zahlreiche Krimis veröffentlicht hat. Beide sind Mitglied des Syndikat e. V. – Verein zur Förderung deutschsprachiger Kriminalliteratur.

BARNERT/KIBLER (Hrsg.)

Banken, Bembel und Banditen

Mord in Rhein-Main

GMEINER

Personen und Handlung sind frei erfunden.
Ähnlichkeiten mit lebenden oder toten Personen
sind rein zufällig und nicht beabsichtigt.

Immer informiert

Spannung pur – mit unserem Newsletter informieren wir Sie
regelmäßig über Wissenswertes aus unserer Bücherwelt.

Gefällt mir!

Facebook: @Gmeiner.Verlag
Instagram: @gmeinerverlag
Twitter: @GmeinerVerlag

Besuchen Sie uns im Internet:
www.gmeiner-verlag.de

© 2020 – Gmeiner-Verlag GmbH
Im Ehnried 5, 88605 Meßkirch
Telefon 07575/2095-0
info@gmeiner-verlag.de
Alle Rechte vorbehalten
1. Auflage 2020

Lektorat: Katja Ernst
Herstellung: Julia Franze
Umschlaggestaltung: U.O.R.G. Lutz Eberle, Stuttgart
unter Verwendung eines Fotos von: © Stefan Daub, www.stefandaub.de
Druck: CPI books GmbH, Leck
Printed in Germany
ISBN 978-3-8392-2689-6

INHALT

ERIC BARNERT
DIE LETZTE KUGEL

Die einen gehen ins Böllenfalltor-Stadion, andere fahren Rad, wandern im Odenwald, grillen mit Freunden, berauschen sich an den Exponaten eines Museums oder auch ganz praktisch bei einer Weinprobe. Vielleicht legen manche auch einfach nur die Füße hoch und lesen. Oder sie tun alles auf einmal. Nun ist es keineswegs so, dass wir so etwas nicht täten. Aber für uns beginnt jedes Wochenende am Freitagnachmittag auf der Darmstädter Mathildenhöhe mit Boulespielen. Zumindest von April bis Oktober, sofern es nicht gerade aus Kübeln schüttet. Das halten wir seit rund 20 Jahren so.

Im Schatten des Platanenhains der Großherzoglichen Bouleanlage unterhalb des Hochzeitsturms, inmitten der berühmten Jugendstilbauten von Olbrich und Behrens, lassen wir die Woche Revue passieren, witzeln über uns und unsere Partnerinnen, freilich etwas zurückhaltender, wenn eine davon dabei ist, trinken manchmal ein Glas Wein dazu, essen Baguette und Käse. Heute sind wir unter uns.

Es ist Anfang Juni, das Blätterdach hat sich bereits geschlossen, das Grün der Bäume fließt ineinander und lässt die Sonnenstrahlen nicht bis auf den feinen Kies am Boden durchdringen, unser Spielfeld, auf dem wir üblicherweise in zwei Mannschaften gegeneinander antreten. So haben alle genug Zeit für das Drumherum, was mindestens genauso wichtig ist wie das Spiel selbst.

Sechs Freunde, allesamt Architekten, die sich während des Studiums in Darmstadt kennengelernt haben, alle inzwischen mit ein paar Kilo mehr auf den Rippen und ein paar Haaren weniger auf dem Kopf, alle zwischen Mitte und Ende 40, manche mit Kindern, manche verheiratet, manche arbeiten als Architekten, andere haben umgeschult, denn nirgendwo in Deutschland gibt es mehr Architekten pro Einwohner als in Darmstadt. Wer nicht wegziehen will, muss deshalb manchmal in Kauf nehmen, nicht in seinem Beruf zu arbeiten.

So ist es auch bei Michael und Karl. Michael arbeitet inzwischen auf dem Sportamt der Stadt, Karl wenigstens noch in der Immobilienabteilung der Sparkasse.

Auch Alfred hat der Architektur den Rücken gekehrt, er programmiert jetzt bei einer Software-Firma.

Nur Peter, Sven und ich arbeiten noch als Architekten. Peter bei der staatlichen Bauverwaltung, wo er sich mit Ausschreibungen für öffentliche Bauvorhaben beschäftigt, während Sven und ich jeweils ein kleines Architekturbüro betreiben, oder anders formuliert, wir sind die Einzigen, die wirklich Häuser bauen und zuweilen auch stolz darauf. Ehrlicherweise sei erwähnt, dass wir jedoch meist unsere Brötchen mit kleineren Renovierungen oder Umbauten im Auftrag von privaten Immobilienbesitzern verdienen. Dass Karl uns immer wieder Bauherrn vermittelt, die bei ihm eine Sparkassen-Immobilie gekauft haben, verrate ich hier nur am Rande, nicht dass er noch Ärger bekommt.

Alfred, dem Programmierer, kommt das Verdienst zu, unsere Runde ins Leben gerufen zu haben, und er ist vielleicht der Einzige, der das Boulespiel wirklich beherrscht und ernst nimmt. Wobei wir alle im Laufe der Jahre einen gewissen Ehrgeiz entwickelt haben, was aber keiner zugeben würde.

An diesem Freitag spielen die umgelernten gegen die praktizierenden Architekten, also drei gegen drei, ein sogenanntes Triplette, jeder hat zwei Kugeln. Diese Konstellation ergibt sich immer wieder, obwohl Peter, Sven und ich meistens verlieren. Aber so ist am meisten Raum, um sich zu unterhalten, zu scherzen, etwas zu trinken und zu essen. Außerdem sind meist noch andere Gruppen da, eigentlich immer dieselben, man kennt sich und tratscht entspannt.

Eben hat der schmächtige Alfred seine letzte Kugel ganz knapp neben der kleinen Holzkugel, dem sogenannten »Schweinchen«, platziert. Es steht ohnehin schon acht zu sechs für die nicht praktizierenden Architekten, und es zeichnet sich eine unserer üblichen Niederlagen ab. Aber noch sind es ein paar Punkte bis 13, und deshalb ist Sven kämpferisch, als er sich in den Kreis stellt, um die letzte Kugel noch näher an das Schweinchen zu werfen. Wenn er Alfreds Kugel herausschießen und zugleich seine daneben platzieren könnte, würden wir gleichziehen, es stünde acht zu acht, denn auch die Kugel mit der zweitbesten Platzierung ist eine der unsrigen.

Er hält seine Kugel am langen Arm in der rechten Hand, die nach hinten geöffnet ist, schwingt erst nach vorne, nimmt Maß über seinen Arm, geht in die Knie, lässt den Arm nach hinten durchschwingen, streckt dann gleichzeitig die Beine und wirft die Kugel nach vorne.

Und genau in diesem Moment, als die Kugel seine Hand verlässt und in einem hohen Bogen in Richtung des Schweinchens fliegt, fällt er der Kugel hinterher, er macht ein glucksendes Geräusch dabei, so etwas wie ein »Uh«, zischt den Atem zwischen den Zähnen hindurch und landet der Länge nach auf dem Boden. Es sieht lustig aus, und ich ziehe spontan die Mundwinkel hoch zu einem Grinsen, aber gleich darauf begreife ich, dass es nicht zum Lachen ist.

Peter, der, wie wir alle, zuerst nur auf die Kugel geachtet hat, ruft noch enthusiastisch: »Ja! Die kommt genau richtig!«, und in der Tat trifft sie mit einem »Klack« eine der gegnerischen Kugeln, genau jene, die bislang am nächsten an der kleinen Zielkugel lag und bleibt, statt ihrer, wenige Zentimeter entfernt liegen. Unentschieden.

Ich schaue in Richtung Hochzeitsturm und sehe ein paar Passanten, dann wandert mein Blick zurück zu Sven, der keine Anstalten macht wieder aufzustehen. Auch Peter wendet nun den Kopf zu ihm und ruft erstaunt: »Oh!«, während ich schon bei unserem am Boden liegenden Freund bin, um ihm aufzuhelfen. Jetzt erst bemerke ich ein Loch in seinem T-Shirt und realisiere, dass etwas nicht stimmt, dass gerade etwas aus dem Ruder läuft, dass hier etwas nicht so ist, wie es sein sollte. Ich knie mich neben ihn und hebe seinen Kopf. Er stöhnt und ringt nach Luft. Deshalb drehe ich ihn etwas und sehe das Blut, das aus seiner Brust fließt, oder genauer gesagt, es spritzt mir regelrecht entgegen und tropft auf den Kies.

»Ruft einen Krankenwagen, schnell, Krankenwagen, Polizei. Los, macht schon«, schreie ich, gestikuliere unbeholfen und habe ein ganz mieses Gefühl dabei. »Ist hier ein Arzt oder Sanitäter?«, frage ich laut und schaue mich um. »Wir haben einen Notfall!«

Die benachbarten Gruppen hören auf zu spielen und kommen zu uns. Alle schauen ratlos in die Runde. Es ist keiner dabei, der uns helfen könnte. Also drehe ich Sven in die Seitenlage, auf die Seite, wo das Loch ist, damit, sollte dort die Lunge verletzt sein, der andere Lungenflügel frei bleibt zum Atmen. So viel weiß ich noch von meinem letzten Erste-Hilfe-Kurs. Glaube ich zumindest.

»Georg, hilf mir bitte«, flüstert Sven mir zu und ich höre mich sagen: »Ja, ich helfe dir, halt durch, das Krankenhaus ist ja gleich nebenan«, denn ich sehe es direkt vor mir, nur hundert Meter weg, das wird mir gerade erst klar. Das könnte die Rettung sein.

»Renn mal jemand zum Alice-Hospital und hol Hilfe, schnell!« brülle ich.

Ich ziehe mein T-Shirt aus und versuche damit das Loch zuzuhalten, aber es ist in kurzer Zeit voller Blut. Ich drücke trotzdem weiter.

Alfred rennt los, Karl hat schon die 112 angerufen, jetzt ruft er im benachbarten Krankenhaus an.

Alles ist ganz real, trotzdem passiert es wie in Zeitlupe, und es dauert viel zu lange. Sven hustet, Blut kommt aus seinem Mund, er röchelt, ich drücke auf die Wunde und bitte ihn ein weiteres Mal durchzuhalten.

Er atmet nur noch flach, er zuckt, spuckt noch einmal, dann verliert sein Körper die Spannung. Er bewegt sich nicht mehr. Seine Augen sind starr.

In der Ferne erklingt die Sirene eines Rettungswagens, die rasch lauter wird.

»Sven! Sven, hörst du? Bleib bei uns, komm schon, du hast es gleich geschafft. Sven? Scheiße! Bitte, Sven.« Es hilft nichts, er atmet nicht mehr.

Ich drehe ihn auf den Rücken, und Peter drückt nun das blutdurchtränkte T-Shirt auf das Loch in Svens Brust. Dann beuge ich mich über Sven und beginne mit der Herzdruckmassage, nach kurzem Zweifeln, denn das Loch ist nicht weit daneben. Ich beatme ihn. Die Sanitäter sind endlich da, und ich weiche zurück. Fast gleichzeitig kommen noch zwei Ärzte vom Alice-Hospital. Sie versuchen alles. Erfolglos. Sven ist tot. Ich stehe wie erstarrt daneben und möchte weinen, aber es geht nicht.

Kurz nach den Rettern ist die Polizei da. Sie sperren alles ab, nehmen die Personalien der Anwesenden auf und vernehmen uns. Die Spurensicherung trifft ein, während wir mit dem Ermittler reden, ein erfahrener Haudegen, wie es den Anschein hat.

»Guten Tag, mein Name ist Klaus Miller, ich bin Hauptkommissar beim Kommissariat 10 hier im Polizeipräsidium. Wir sind auch für Tötungsdelikte zuständig, und wie es ausschaut, liegt im Falle Ihres Freundes Sven Arnold leider ein solches vor. Bitte sagen Sie mir doch Ihre Namen. Danach würde ich mich da vorne gerne mit jedem von Ihnen unterhalten, wenn Sie einverstanden sind.«

Wir sind einverstanden. Alfred geht als Erster zu ihm, dann bin ich dran.

»Berichten Sie mir doch bitte, wie Sie den Tathergang erlebt haben.«

Ich erzähle, was ich mitbekommen habe. Hinweise zum Täter kann ich aber, wie alle anderen auch, nicht geben. Nicht mal einen Schuss habe ich gehört. Das Einzige, was ich Hauptkommissar Miller zeigen kann, ist, wo und in welcher Haltung Sven stand, als er seine letzte Kugel warf. Das sei wichtig, um den Standort des Schützen eingrenzen zu können, und erleichtere das Finden des Projektils, das meinen Freund getroffen habe, erklärt mir der Hauptkommissar. Dann nimmt er mich zur Seite, und wir setzen uns auf zwei Stühle vor dem Café, einer sympathischen Hütte aus Holz, die am Rande des Platanenhains steht.

Er befragt mich zu Svens Lebenssituation, meinem Verhältnis zu ihm, beruflichen Verbindungen und dergleichen. Schließlich kommt die Frage, auf die ich schon gewartet habe.

»Hatte er Feinde? Haben Sie eine Vorstellung, wer Interesse am Tod Ihres Freundes gehabt haben könnte?«

»Ja!«, sage ich und beginne zu erzählen. Von Luigi Ferraro, dem Karl bei der Sparkasse eine Immobilie in Darmstadt-Arheilgen verkauft hat. Wie er diesem Ferraro unseren Sven als Architekten empfahl. Dass sich beide einig waren, auf dem betreffenden Grundstück ein kleines Haus abreißen zu lassen, um dort ein Mehrfamilienhaus mit Feinkostgeschäft und Restaurant zu errichten. Dass sich Sven bei Karl noch bedankt habe, ohne zu ahnen, dass ihm dieser Kunde mal derart Ärger machen würde. Aber natürlich könne Karl nichts dafür, erkläre ich. Hauptkommissar Miller unterbricht mich und will wissen, weshalb ich das glaube. »Wegen der Anzeige«, sage ich. »Der Ferraro ist ein Mafiosi, wenn Sie mich fragen. Er hat Sven dazu gedrängt, einen bestimmten Rohbauer zu beauftragen, der in der Ausschreibung recht günstig war. Das war ja an sich erst mal kein Problem.«

»Sondern?«

»Die Arbeiterkolonne, die dann kam. Sven hat bald mitgeschnitten, dass die alle schwarzgearbeitet haben. Daraufhin hat er mit dem Ferraro gesprochen, dass so was nicht geht. Der hat ihm erst gesagt, dass er sich keine Sorgen machen solle, er sei sich sicher, dass die Baustelle nicht kontrolliert würde.«

»Aha. Woher wollte er das wissen?«

»Nun, er wird wohl damit gemeint haben, dass er gute Beziehungen zum Zoll hat, der ja dafür zuständig ist, nicht wahr?«

»Ja, das ist er. Und weiter?«

»Sven ist zum Schein darauf eingegangen und hat trotzdem Anzeige erstattet. Dann mussten sie kontrollieren. Und in der Tat, nicht einer der Arbeiter hatte einen Sozialversicherungsnachweis, nur zwei sprachen deutsch. Das war das Ende der Zusammenarbeit zwischen Sven und diesem

Luigi. Was glauben Sie, wie Karl sich da schon geschämt hat, dass er Sven diesen korrupten Mensch vermittelt hatte. Aber es wurde noch schlimmer, denn nachdem Sven den Vertrag gekündigt hat, wollte Ferraro ihm sein Geld nicht bezahlen. Schließlich hat ihn Sven verklagt und gewonnen. Das Ganze wurde sehr teuer für den Herrn Ferraro, denn für die Schwarzarbeiter, die er wissentlich beauftragt hatte, musste er noch mal richtig hinblättern. Das Haus wurde dann erst ein Jahr später fertig. An Ihrer Stelle würde ich mir den Kerl sofort vornehmen, er betreibt jetzt die Pizzeria und den Laden dort. Es ist einfach zu finden, ich schreibe es Ihnen auf.«

»Danke. Wir werden mit Herrn Ferraro reden. Fällt Ihnen noch jemand ein?«

Ich überlege kurz und schüttele dann den Kopf.

»Nein, Sven war ein sehr lieber und verlässlicher Freund. Außer diesem Typen wüsste ich auch niemanden, der Sven nicht mochte. Haben Sie Svens Frau schon verständigt?«, frage ich.

»Ein Kollege ist gerade zu ihr unterwegs.«

Danach ist Karl dran. Ich sehe, wie seine Hände zittern, als er zurückkommt.

Hauptkommissar Miller bestellt uns alle für den kommenden Tag auf das Präsidium, gibt uns seine Karte, falls uns noch etwas Wichtiges einfällt, und verabschiedet sich, weil er gerufen wird. Offenbar haben sie das Projektil gefunden. Es steckt in einem Baum.

Danach sitzen wir alle bei Maria, Svens Frau, oder genauer gesagt, seiner Witwe. Ein Kommissar ist bei ihr gewesen, um die schreckliche Nachricht zu überbringen. Ihr Sohn Ole kommt abends noch dazu, aus Heidelberg, wo er unter der Woche studiert, Medizin im achten Semester. Vorher ist er Rettungswagen gefahren.

»Mutter, ich hätte Papa auch nicht helfen können, wenn ich dabei gewesen wäre, das Projektil hat offenbar die Aorta verletzt, meinte der Kollege. Ihr braucht euch keine Vorwürfe zu machen«, sagt er in die Runde und meint uns.

Ole hat die Kollegen angerufen, die als Ersthelfer vor Ort waren. Was er uns mitteilt, beruhigt uns nur wenig.

Unterdessen raschelt es im angrenzenden Büro. Hauptkommissar Miller und zwei weitere Beamte sichten die Unterlagen, um Indizien für den Tathintergrund zu finden. Einige Ordner und Materialien packen sie in Kartons, um sie auf der Dienststelle genauer zu studieren. Ab und an dringen gedämpfte Stimmen zu uns herüber.

Karl sieht noch schlimmer als Maria aus. Ich weiß genau, was in ihm arbeitet, und kann ihm doch nicht helfen.

»Wisst ihr von dem Umschlag, den Sven vor einem halben Jahr bekommen hat?«, sagt sie.

»Was für einen Umschlag meinst du?« frage ich.

»Er hat damals einen Umschlag mit einer Patrone bekommen. Das war fast ein Jahr nach dem Gerichtsurteil. Vielleicht haben sie extra so lange gewartet, damit der Zusammenhang nicht so offensichtlich ist. Hat er euch nichts davon erzählt?«

»Nein, keinen Ton. Hast du den Umschlag noch?«, möchte Alfred wissen.

»Hat Sven die Polizei informiert? Ich meine, das war doch eine konkrete Drohung, oder?«, wirft Michael noch ein.

»Ja, das hat er. Die haben auch den Umschlag. Sie haben eine Weile ermittelt und auch mit Luigi Ferraro gesprochen. Er hat natürlich abgestritten, dass er etwas damit zu tun hat.«

»Und was habt ihr darüber gedacht?«

»Sven war sich sicher, dass er es war. Er hat ihn für einen Kriminellen gehalten, nach der ganzen Sache mit den Schwarzarbeitern. Und dieser Ferraro hat ihm damals schon gedroht, als Sven sagte, er müsse das anzeigen. Natürlich nicht vor Zeugen.«

»Und was kam dann am Ende heraus?«

»Nichts. Nach drei Monaten wurden die Ermittlungen eingestellt. Er solle sich melden, wenn wieder etwas vorkäme, hat die Polizei gesagt.«

»Und jetzt ist er tot!«, bemerkt Karl bitter.

Bevor ich mich verabschiede, übergebe ich Maria noch Svens Boulekugeln. Wir hatten sie bei einem gemeinsamen Urlaub in der Provence auf einem Flohmarkt gekauft. Sie drückt sie still weinend an sich.

Als ich das Treppenhaus hinuntergehe, laufen auch mir die ersten Tränen über die Wangen, endlich.

Schon wieder ein Gewitter. Seit Tagen gibt es immer wieder welche, nur gestern, an diesem furchtbaren Freitag, war das Wetter tagsüber stabil. Leider. Vielleicht wäre das sonst alles nicht passiert.

Ich sitze rauchend allein zu Hause auf dem überdachten Balkon, vielleicht einen Meter von mir entfernt fällt der Regen in langen Fäden hinab und prasselt auf die Straße. Eigentlich eine dumme Idee Zigaretten zu kaufen, nachdem ich mit dem Rauchen vor ein paar Jahren aufgehört habe, aber heute Mittag, nachdem wir alle das Polizeipräsidium verlassen hatten, spürte ich ein unheimliches Verlangen danach. Und eine vollkommene Gleichgültigkeit, ob es mir irgendwie schaden könnte. Zu viele Gedanken, zu viel Verzweiflung, zu viel Wut spürte ich, und das ist jetzt immer noch so, es wird auch nicht besser. Ich sehe immer wieder Sven, sehe seine Kugel hoch durch die Luft fliegen, sehe, wie er fällt, wie er mich anfleht, und den Moment, in dem er stirbt.

Nachher kommt Anna, die mich sicher trösten wird und die ich liebe, aber ich möchte mit jemandem reden, der sich auskennt. Mit jemandem, der meine Nöte versteht und Fragen beantwortet, ohne mich zu vernehmen. Schließlich überwinde ich mich und beschließe, meinen Freund Bernd Friedrich anzurufen, mit dem ich nicht nur zur Schule gegangen bin, sondern dem ich auch ein Haus gebaut habe, wie ich finde sogar ein besonders schönes. Er sieht das glücklicherweise auch so. Außerdem ist er Kriminalrat und arbeitet im Kommissariat 10 in Darmstadt: Tötungs-, Brand- und Sittendelikte.

Bernd empfängt mich herzlich am kommenden Abend. Er weiß schon alles, natürlich. Er ist ja ein Vorgesetzter des Hauptkommissars Miller. Außerdem stand das Meiste inzwischen schon im »Darmstädter Echo«.

»Georg, ich kann dir nicht viel Neues berichten, und ich darf es auch gar nicht. Der Schuss wurde offenbar durch die Hecke abgegeben, die an den Weg zwischen Platanenhain und Alice-Hospital grenzt. Wir konnten das recht zuverlässig rekonstruieren. Der Schütze muss einen Schalldämpfer benutzt haben und ist danach durch das Gelände des Hospitals in Richtung Dieburger Straße geflüchtet. Dort hat er wahrscheinlich ein Fluchtfahrzeug bestiegen. Wir suchen noch nach Zeugen, ein paar haben wir schon, aber die Aussagen sind widersprüchlich. Das ist aber meistens so. Insgesamt würde ich sagen, dass da ein Profi am Werk war. Aber das ist nur eine Vermutung. Mehr kann ich dir nicht verraten, entschuldige bitte.«

»Sind das die berühmten ermittlungstaktischen Gründe?«, frage ich ihn.

»Wenn du so willst, ja. Du kannst mich alles fragen, aber du darfst nicht erwarten, dass du immer Antworten bekommst, die dir weiterhelfen. So ist es nun mal. Sorry. Ich hoffe, das ändert nichts an unserer Freundschaft, mir sind da die Hände gebunden. Aber glaube mir bitte, es ist auch im Sinne der Sache, sonst würde ich das nicht machen.«

Ich glaube ihm, denn ich weiß, dass er einer von den Guten ist. Aber in mir brennt es. Wir trinken zwei Flaschen Rotwein, ohne dass ich mehr erfahre. Ich verstehe jetzt, dass es Geduld braucht, wenn man Gerechtigkeit möchte.

Eine Woche später tragen wir Svens Sarg zu Grabe. Ein furchtbarer, trauriger Tag.

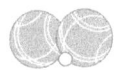

Ab und an treffe ich mich mit Bernd und versuche etwas zu erfahren, aber offenbar gibt es nichts zu erzählen. Die Ermittlungen laufen weiter, aber führen trotz Verdachts zu keiner Festnahme. Auch die ausgesetzte Belohnung hat offenbar keine verwertbaren Hinweise gebracht. Das K 10 leitet immer noch die Ermittlungen, würde es seriöse Anhaltspunkte auf Verbindungen zur Mafia geben, hätte schon das Zentralkommissariat 30 übernommen, das sich um die organisierte Kriminalität kümmert, verrät er mir.

Wir sind ernüchtert. Karl schlägt vor, Maria solle doch ihren Anwalt in die Ermittlungsakten schauen lassen und uns informieren. Vielleicht hätte dann ein Privatermittler Chancen, mehr herauszufinden. Aber da die Ermittlungen noch laufen und der Anwalt erst danach, wenn die Akten bei der Staatsanwaltschaft liegen, Einsicht bekommt, macht das keinen Sinn.

Die Wochen und Monate vergehen, wir treffen uns manchmal, trinken etwas zusammen, aber seit diesem Tag im Juni gehen wir nicht mehr Boulespielen. Alfred fragt ab und zu, aber irgendwie wollen wir erst mal nicht mehr. Aus Respekt vor Svens Tod, vielleicht auch einfach aus Angst. Niemand möchte das noch mal erleben.

Alles ändert sich an einem trüben, verregneten Tag Mitte November. Zuerst höre ich es im Radio. Am Vorabend sei ein Wirt in Darmstadt-Arheilgen in seinem Restaurant einer Gewalttat zum Opfer gefallen.

In der Hessenschau sehe ich dann die Bilder der Pizzeria von Luigi Ferraro. Die Freunde rufen an, als Erstes Michael. Er ist aufgeregt und hat schon mit Karl gesprochen, der in den letzten Monaten immer depressiver wurde und inzwischen zu einem Therapeuten geht. Die Nachricht von Luigis Tod hätte ihn geradezu in Hochstimmung versetzt, schildert Michael. Wer kann es ihm verdenken, hoffentlich lässt ihn das seine Lebenskrise besser überstehen.

Wir sind uns einig, dass wir niemandem den Tod wünschen, aber in diesem Fall hat es nicht den Falschen getroffen. Wahrscheinlich war es eine Abrechnung im kriminellen Milieu, vermutet Peter und spricht aus, was ich auch glaube. Trotzdem werden wir jetzt sicher noch mal vernommen, spekuliert er. Und er soll recht behalten.

Am nächsten Morgen sind sie schon da. Hauptkommissar Miller sitzt in meinem Wohnzimmer und erkundigt sich nach meinem Alibi. Rein routinemäßig, sagt er, er müsse das tun, obwohl er nicht glaube, dass ich oder einer meiner Freunde mit der Tat in Verbindung stünden.

Ich sei an dem Abend mit meiner Freundin zum Essen in einem Lokal am Riegerplatz gewesen, danach habe sie bei mir übernachtet, erzähle ich wahrheitsgemäß. Schließlich hat Miller noch eine Bitte.

»Würden Sie mir bitte mal Ihre Boulekugeln zeigen?«

»Gerne«, antworte ich überrascht, stehe auf und nehme sie aus dem Schrank. »Weshalb das denn?«, frage ich, als ich sie ihm überreiche.

»Herr Ferraro wurde mit einem stumpfen Gegenstand erschlagen. Es ist bloß eine fixe Idee, die ich ausschließen möchte, mehr nicht. In unserem Beruf müssen wir vielen Möglichkeiten nachgehen, wenn wir mal einen Treffer landen möchten. Sie müssen sich keine Sorgen machen. Ich nehme die Kugeln mit und bringe Sie Ihnen bald zurück. Ist das in Ordnung?«

»Ja, natürlich. Wissen Sie, wir haben seit Svens Tod ohnehin nicht mehr gespielt. Die Kugeln liegen seit Juni hier im Schrank.«

»Traurig. Ich hoffe, Sie spielen bald wieder.«

»Ich weiß es nicht. Im Frühling vielleicht. Im Grunde brauchen wir ja auch noch einen sechsten Mann. Vielleicht möchten Sie ja mal mitgehen.«

»Normalerweise gerne, ich weiß Ihre Einladung zu schätzen, aber es ist bei uns leider nicht üblich, dass wir zu Beteiligten in einem Fall private Kontakte aufbauen. Auch wenn ich sicher bin, dass Sie keine Schuld trifft. Es tut mir leid.«

»Oh, nicht schlimm, das kann ich verstehen.«

»Wo kauft man eigentlich solche Boulekugeln?«

»Da gibt es ein Fachgeschäft hier in Darmstadt, es heißt ›Au Fer‹, fast alle kaufen ihre Kugeln dort.«

»Sie auch?«

»Ja, die sind auch daher. Allerdings habe ich sie vor vielen Jahren von unserem Freund Alfred zum Geburtstag bekommen. Der Laden liegt am Friedrich-Ebert-Platz im Martinsviertel.«

»Danke. Ich melde mich bei Ihnen.«

Dann geht er mit meinen Kugeln davon. Ich rufe die anderen an, die alle auch gerade Besuch von der Polizei hatten. Und alle haben keine Boulekugeln mehr im Haus. Selbst bei Maria waren sie und haben Svens Kugeln mitgenommen. Sie klingt ein bisschen aufgeregt und möchte gerne mit mir reden. Ich solle doch abends vorbeikommen, meint sie.

Nur Karl kann ich nicht erreichen, später ruft er mich an und berichtet, dass sie seine Wohnung durchsucht, ihn mit aufs Präsidium genommen und so lange befragt haben, bis sein Alibi geklärt war. Armer Kerl. Hoffentlich kann er jetzt mal zur Ruhe kommen.

Als ich abends bei Maria sitze, erzählt sie mir etwas Seltsames.

»Weißt du, Georg, heute Morgen bin ich zum Schrank in Svens altem Arbeitszimmer gegangen, um die Boulekugeln zu holen. Du weißt vielleicht, dass wir drei Sets hatten. Zwei neue, die er uns mal zu Weihnachten geschenkt hat, damit wir zusammen spielen können. Und seine alten, die vom Flohmarkt. Du erinnerst dich sicher, dass wir die damals im Urlaub zusammen gekauft haben, oder? Du hast sie mir an dem Tag zurückgegeben, als er starb.«

»Ja, ich erinnere mich. Sven liebte seine alten Kugeln.«

»Genau, und das ist eben das Seltsame. Sie sind nicht mehr da. Obwohl ich mir sicher bin, dass ich sie damals zu den anderen gelegt und seitdem nicht wieder rausgenommen habe.«

»Wirklich? Komisch. Hast du das der Polizei gesagt?«

»Nein. Ich habe es mit der Angst zu tun bekommen. Was, wenn Ole sie genommen hat, um diesen Luigi … Du verstehst?«

»Um seinen Vater zu rächen?«

»Ich weiß, das hört sich verrückt an, aber ich wollte in diesem Moment nicht unseren Sohn belasten.«

»Das hast du völlig richtig gemacht. Wir sind uns ohnehin einig, dass es wahrscheinlich irgendwelche Mafiosi waren, die mit Luigi abgerechnet haben. Es ist nicht nötig, auch noch Ole damit zu belasten. Er hat genug gelitten und du auch, liebe Maria.«

»Danke, Georg. Danke, dass du da bist«, sagt sie, steht auf und nimmt mich in die Arme. Ich drücke sie fest an mich, und sie schluchzt leise.

Wir waren alle oft bei Maria. Und wir wussten alle, wo Sven seine Kugeln aufbewahrte. Vielleicht war es doch kein Mafiosi, denke ich und hoffe gleichzeitig, dass ich mich irre.

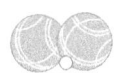

Als ich höre, dass alle Freunde ein Alibi haben, bin ich erleichtert. Auch Ole haben sie befragt, er war an dem Abend in Heidelberg auf einer Party, zum Glück. Anfang Dezember kommt Hauptkommissar Miller und bringt meine Kugeln zurück.

»Und, sind Sie fündig geworden?«

»Eigentlich darf ich Ihnen das nicht sagen, aber ich mache

eine Ausnahme. Nein, bin ich nicht. Und ich bin froh darüber. Ich wünsche Ihnen alles Gute und hoffe, Sie können bald wieder zusammen damit spielen.« Er zeigt auf die Kugeln in meiner Hand. »Wenn wir etwas herausfinden, werden Sie es erfahren. Wenn Ihnen etwas auffällt, melden Sie sich oder erzählen Sie es einfach meinem geschätzten Kollegen Kriminalrat Friedrich. Sie sehen ihn ja ab und zu, wie ich weiß«, sagt er und lächelt mich etwas verschwörerisch an.

»Ja, das ist richtig, wir kennen uns seit der Schule.«

»Prima, wenn Freundschaften so lange halten. Noch mal alles Gute.«

Er gibt mir die Hand. Dann geht er. Es ist das letzte Mal, dass ich ihn sehe.

Als der Frühling kommt, ist weder Svens Tod noch der Mord an Luigi Ferraro aufgeklärt.

Bernd verrät mir eines Abends, warum sie vor einem halben Jahr unsere Kugeln eingesammelt hatten. Ich muss ihm versprechen, es für mich zu behalten, bis der Fall geschlossen ist, sonst käme er in Teufels Küche.

Der Gerichtsmediziner hatte seinerzeit winzige Metallsplitter in Ferraros eingeschlagenem Schädel gefunden. Im Landeskriminalamt wurden sie mit allerlei Spezialanalytik untersucht, sogar mittels Elektronenmikroskopie und dergleichen. Es bestand der Verdacht, dass es Absplitterungen einer Boulekugel waren. Aber die Legierungen unserer Kugeln passten nicht dazu. Auch hafteten keine Blutspuren, Hautpartikel oder Haare des Opfers an ihnen. Überhaupt haben sie bis heute keine Kugel gefunden, die dieser Zusammensetzung entsprach.

Das beruhigt mich.

»Hm. Ich muss dich jetzt etwas fragen, Bernd, und ich hoffe, dass du ja sagst.«

»Frag nur, was möchtest du?«

»Wir waren jetzt seit dem Mord an Sven nicht mehr Boulespielen. Einerseits konnten wir doch nicht einfach weiterspielen, nachdem Sven nicht mehr da war. Und es gibt auch den einen oder anderen unter uns, der Angst hat. Verstehst du?«

»Ja, das kann ich gut verstehen. Und wie kann ich euch da helfen?«

»Könntest du nicht mitgehen, wenn wir wieder anfangen zu spielen? Ich meine, dann wären wir wieder zu sechst, und wenn ein Polizist dabei wäre, würden wir uns sicher besser fühlen.«

»Hm. Okay, ich gehe mit. Ich kenne deine Freunde ja ganz gut von deinen Geburtstagen und so weiter.«

»Würdest du deine Waffe mitnehmen, wenn du das darfst?«

»Wenn ich meinen Dienstausweis dabeihabe, dann darf ich auch die Waffe mitnehmen, das geht. Gut, von mir aus. Wann spielt ihr denn wieder?«

»Na ja, vielleicht am übernächsten Wochenende. Ich frage erst mal die anderen, die werden sich freuen, glaube ich. Danke, Bernd!«

»Keine Ursache.«

Alfred hat gestern angerufen. »Wenn wir uns schon nicht mehr trauen, Boule zu spielen, wie wäre es dann mit einer Radtour?«, hat er vorgeschlagen.

Jetzt ist es Sonntagmorgen und Alfred klingelt. Nach Rheinhessen möchte er fahren, von Griesheim aus durch die Felder, dann mit der Fähre über den Rhein nach Oppenheim, wo wir Mittagessen gehen und ein paar Gläser Wein genießen könnten. Ein guter Plan, wie ich finde.

Eben geht es dahin, gemütlich und nicht sonderlich anstrengend. Wir sind nur zu zweit, alle anderen waren schon verplant, es war offenkundig zu kurzfristig.

So radeln wir etwas später durch die Wiesen, es ist Mai, überall sprießt es, und an den Rändern der Felder recken sich Blumen bunt der Sonne entgegen.

»Du weißt ja, dass ich zweimal bei Luigi zum Essen war«, meint Alfred.

»Ja, du bist da ja gesehen worden, wie der Hauptkommissar erzählt hat. Du hast gesagt, du wolltest wissen, wie der Typ aussieht. Und?«

»Richtig. Er war einer von der Art, die vordergründig höflich und herzlich tun, aber ich fand ihn widerlich. Sein Grinsen fiel herunter, wenn er sich vom Tisch der Kunden abgewandt hat, mit denen er direkt davor noch gescherzt hat. Ich habe es genau beobachtet. Widerlich, einfach widerlich. Ein berechnender Widerling. Ich habe nicht lange gebraucht, um ihn zu hassen.«

»Na ja, mit der Vorgeschichte hätten wir ihn wahrscheinlich alle gehasst.«

»Natürlich hätten wir das.«

»Wie auch immer, er hat seine Strafe bekommen, wenn auch wahrscheinlich aus einem anderen Grund. Was genau gelaufen ist, werden wir wahrscheinlich nie erfahren. Mafia halt.«

»Tja, wie humorlos die sind, haben wir ja erlebt.«

Wir rollen weiter und wechseln das Thema. Nachdem wir mit der Fähre übergesetzt haben, radeln wir den Rhein entlang und erreichen schließlich unser Ziel, den Marktplatz unterhalb der Katharinenkirche.

Die Wahl fällt auf ein alteingesessenes Weinlokal, es gibt auch Italiener dort, aber für Alfred kommt das nicht infrage, und auch ich hätte zurzeit ein komisches Gefühl dabei. Außerdem wollen wir ja heimischen Wein trinken. Also sitzen wir an einem Tisch vor der Schänke, trinken Riesling und warten auf das Essen. Der ernährungsbewusste Alfred hat sich wie immer etwas Vegetarisches bestellt, während ich mir einen deftigen Sauerbraten gönne. Wir sind früh dran, und so gibt es kaum andere Gäste.

»Gut, dass es Karl wieder besser geht«, meine ich. »Er konnte wirklich nicht wissen, dass dieser Luigi so ein Arschloch ist.«

»Nein, das konnte er nicht. Du hättest diesen Kerl mal erleben sollen, wirklich, ein total gerissener Hund. Der hat den Karl genauso benutzt, wie er Sven verarscht hat. Aber klar hat sich der Karl die Schuld gegeben, vielleicht hätten wir das an seiner Stelle auch getan.«

»Das kann schon sein, ja.«

»Aber ich finde, wir sollten wieder Boule spielen«, meint Alfred. »Vielleicht bekommen wir ja Polizeischutz«, sagt er bitter lachend.

»Da habe ich auch schon drüber nachgedacht. Lass dich mal überraschen. Ich glaube, so etwas in der Art lässt sich organisieren.«

»Wirklich? Dann mach das, es kann doch nicht sein, dass wir einfach aufgeben. Ich denke, Sven hätte das so gewollt.«

»Stimmt, das glaube ich auch.«

Wir essen, bezahlen und radeln mit etwas schweren Beinen zurück zur Fähre. Zum Glück geht es anfangs nur bergab.

»Weißt du, ich war noch mal dort.«

»Wo?«, frage ich.

»Na, bei diesem Luigi.«

»Aha, und warum?«

»Also die bessere Frage wäre, wann, aber ich denke, das wirst du gleich verstehen. Erst habe ich überlegt, ob ich diesem Luigi nicht eine Boulekugel in einem Päckchen schicken soll, wegen des Briefs mit der Patrone, verstehst du? Das wäre eine coole Reaktion gewesen. Aber natürlich auch ziemlich dämlich«, antwortet Alfred und tritt in die Pedale.

Ich lache, was für eine skurrile Idee, typisch Alfred.

Wir erreichen die Fähre, die gerade beladen wird und sich gleich darauf in Bewegung setzt.

»An dem Abend hatte ich meiner Familie einen Tee gekocht. Einen besonderen Tee. Weißt du, es war mir wichtig, dass alle gut schlafen. Verstehst du? Ich selbst habe Wasser getrunken.«

»Du meinst …?«, frage ich, spreche aber nicht zu Ende, denn Alfred bückt sich herab, greift in seine Fahrradtasche und holt eine Plastiktüte heraus. Es ist nicht viel drin, aber sie ist schwer. Er läuft an das Geländer hinter dem Aufbau der Fähre, ich gehe hinterher, er greift hinein und lässt eine Boulekugel in den Rhein fallen. Mir verschlägt es die Sprache.

»Als sie alle fest schliefen, bin ich los. Ich habe mich umgesehen, ob noch jemand den Laden observiert, aber da war kein Mensch, also habe ich gewartet, bis außer Luigi niemand mehr in der Kneipe war, und dann bin ich rein. Ich hatte ihn vorher schon beobachtet und gesehen, dass er meist als Letzter ging. Um ein Glas Rotwein auf die Schnelle habe ich ihn gebeten, er war gerade beim Abrechnen. ›Gut, einen Nero d'Avola‹, hat er gesagt. Er kannte mich ja schon. Ein neuer Stammgast. Bestens. Mit dem wollte er es sich nicht verscherzen. Als er den Wein brachte, hatte ich eine von Svens Boulekugeln vor mir auf den Tisch gelegt. So eine hier, vielleicht ist sie das sogar«, meint er, hält mir die Kugel entgegen und lässt sie dann ebenfalls ins Wasser fallen.

»Und weiter?«, frage ich.

»Da hatte er verstanden. ›Ah, du bist einer von diesen Boule-Freunden von Sven Arnold? Sieh an. Und du traust dich hierher!‹, hat er gebrüllt. Da war es vorbei mit dem schleimigen Gehabe. Von einem Moment auf den anderen. Du hättest mal seine Augen sehen sollen, total aggressiv, die haben mich durchbohrt.«

»Na ja, was hast du erwartet?«

»Nichts. Ich weiß, dass es gewagt war, da aufzutauchen. Aber er sollte doch wissen, dass wir uns nicht einfach unseren Freund umbringen lassen. Außerdem muss ihm ja klar gewesen sein, dass die Polizei ihn im Visier gehabt hat. Er konnte mich also nicht einfach vermöbeln oder mal eben umbringen. Und weißt du, was er dann gesagt hat?«

»Nein, was?«

»Du solltest dich jetzt ganz schnell verpissen, du Witzfigur, wenn du mit deinen Freunden in Zukunft noch mal ohne Angst Boule spielen willst! Raus mit dir, aber dalli!«, zitiert Alfred den Italiener. »Kannst du dir das vorstellen? Das hat er gesagt! Ohne mit der Wimper zu zucken! Der hat mich kein bisschen ernst genommen. Dabei hat er das halbvolle Weinglas abgeräumt, zur Tür gezeigt und sich umgedreht. Als hätte ich mich in Luft aufgelöst! Ich habe gezittert vor Wut. Ich lasse mir doch nicht das Boulespielen nach 20 Jahren von irgendeinem Fremden verbieten und dazu noch von diesem Schwein! Den ganzen Sommer haben wir uns nicht mehr getraut zu spielen!«

»Unglaublich! Und dann?« frage ich.

»Dann habe ich die Kugel genommen, bin die zwei, drei Schritte hinter ihm her und habe zugeschlagen«, sagt Alfred. »Das konnte ich doch nicht zulassen, oder? Ich meine, so was geht doch nicht?«

»Nein, Alfred. So was geht nicht.«

»Eben!«, murmelt er und lässt die letzte Kugel ins Wasser plumpsen.

Es ist ein traumhafter Freitag, keine Wolke weit und breit. Ganz klar steht der Hochzeitsturm vor dem blauen Himmel. Pünktlich um drei Uhr nachmittags erscheint Bernd mit Pistolenhalfter am Gürtel im Platanenhain, während Michael zur Feier des Ereignisses eine Flasche edlen Bordeaux öffnet. Karl hat Weißbrot und Käse mitgebracht.

Wir stoßen auf Sven an, Bernd mit Wasser, weil er, wenn er bewaffnet ist, keinen Alkohol trinken darf. Ich beobachte, dass fast alle feuchte Augen haben. Karl kämpft besonders mit den Tränen. Auch ich bin gerührt, wenn auch aus etwas anderen Gründen. Alfred schaut mich an, er wirkt ernst und sagt kein Wort.

Danach erkläre ich Bernd unser Spiel, und wir diskutieren, wer mit wem spielen soll.

»Nun, du hast mich eingeladen, aber ich glaube, mit mir kannst du nur verlieren«, sagt Bernd schulterzuckend.

»Ach, das glaube ich nicht. Wenn wir uns taktisch gut aufstellen, haben wir durchaus eine Chance. Lass uns Alfred mit in die Mannschaft nehmen«, schlage ich ihm vor.

»Warum?«

»Er ist der beste Spieler.«

»Aber ich bin dafür ziemlich sicher der schlechteste«, bekennt er ehrlich und lacht.

»Das ist kein Problem«, sage ich. »Deshalb wirfst du zuerst, danach ich und Alfred zuletzt.«

»Okay, wenn du meinst, dass das hilft?«

»Natürlich! So macht man das beim Boule! Den Besten zuletzt. So haben wir die größte Chance zu gewinnen«, erkläre ich ihm. »Denn, weißt du, die letzte Kugel … entscheidet oft das ganze Spiel.«

DAVID FROGIER DE PONLEVOY

LILIENLIEBE

Das Jubeln aus mehreren zehntausend Kehlen war ohrenbe-
täubend. Hauptkommissar Jean Petit schaute sich erstaunt
um und ließ die Geräuschkulisse der tobenden Menge um
ihn herum auf sich wirken. Er würde Fußball nie verstehen. Neben ihm war seine Kollegin Nương Thị Phạm aufgesprungen, wedelte wie von Sinnen mit ihrem blau-weißen
Schal und schrie sich die Kehle aus dem Leib. Offenbar hatte
Darmstadt ein Tor geschossen. Petit hatte es nicht gesehen,
es war so schnell gegangen, aber die 20 riesigen Bildschirme,
die gegenüber auf der Haupttribüne installiert waren, zeig-
ten die Szene ohnehin noch einmal aus allen vorstellbaren
Perspektiven. Kameradrohnen surrten über den Platz und
fingen die feiernden Spieler in Großaufnahme ein. Es tat
überhaupt nichts zur Sache, dass die beiden Hauptkommissare in dem gewaltigen Stadion am Böllenfalltor mit seinen 70.000 Sitzplätzen relativ weit oben saßen – die Technik
sorgte dafür, dass ihnen kein Detail entging.

Kommissar Petit, gebürtiger Franzose, von der EU-Kri-
minalpolizeizentrale vor Jahren nach Darmstadt entsandt
und mittlerweile hier heimisch, schob mit dem Zeigefinger
seine Smartbrille hoch. Er machte sich nichts aus Fußball.
Aber er hatte sich überreden lassen von Phạm, der gebür-
tigen Darmstädterin, die seit Kindheit ein begeisterter Fan
der Lilien war. Was sie nicht müde wurde zu betonen: Sie
war schon Fan gewesen, bevor im Jahr 2031 die Investo-

ren von Three DDD beim Verein eingestiegen waren, dem größten 3D-Drucker-Hersteller der Welt. Das Geld der singapurischen Investoren hatte die Lilien zum fünffachen Serienmeister der vergangenen Jahre gemacht. Und heute war das Derby. Three DDD Darmstadt 98 gegen Fiat Frankfurt. »Eins! Zu! Null!«, schrie Phạm ihn an, und er zuckte etwas zurück.

»Ist ja schon gut«, murmelte er und fummelte an seiner Smartbrille herum.

Seine Kollegin rollte mit den Augen. »Jean, mein Guter, wenn du heute die Faszination von Fußball nicht verstehst, dann weiß ich bei dir auch nicht weiter«, schrie sie gegen den Lärm an, der nur langsam abebbte.

Er mochte es ja durchaus zugeben: Es war schon ein wenig beeindruckend. Die singenden, schreienden Massen hier am Böllenfalltor, die großen Bildschirme. Und die Spieler schienen ganz ordentlich mit dem Ball umzugehen, soweit er das beurteilen konnte. Er kannte sich ja nicht aus. Außerdem fand Kommissar Petit es irritierend, dass der Rasen sich alle paar Minuten in eine Werbefläche verwandelte und riesige Filmsequenzen mit Werbung für den neuesten Haushaltsroboter oder irgendeine sogenannte smarte Unterhose ausstrahlte. Der letzte Schrei. Jean Petit schüttelte den Kopf. Früher wussten die Menschen noch selbst, wann sie auf die Toilette mussten. Heute meldeten ihnen das die Unterhosen mit den eingebauten Wärmesensoren.

Er war technikskeptisch, das leugnete er nicht. Er gehörte auch zu den wenigen Menschen, die keinen Mikrochip mit integriertem persönlichem KI-Assistenten hinter dem Ohr implantiert hatten. Er las seine Nachrichten noch auf die altmodische Art, per Smartbrille. Die Bewegung, wenn die Menschen sich hinter das Ohr tippten, um ihren KI-Assistenten um Rat zu fragen, sich Analysen, Mitteilungen oder Video-Feeds vor die Netzhaut spiegeln zu lassen, nervte ihn. Von seinem Platz aus sah Petit, wie um ihn herum zahlreiche Zuschauer genau in diesem Augenblick exakt diese Bewegung vollführten. Vermutlich, um sich irgendwelche Statistiken anzusehen. Warum sie noch mehr Statistiken brauchten als das, was über den Köpfen der Spieler holografisch durch die Gegend flimmerte, war ihm ein Rätsel. Geistesabwesend schob er sich die Smartbrille wieder höher auf die Nase.

Aber er kannte sich eben mit Fußball nicht aus.

»Ich hole mir noch was zu essen. Du auch was?«, fragte Petit seine Kollegin, aber die schüttelte nur den Kopf und schien ernsthaft fokussiert auf das Spiel. Der Kommissar erhob sich vom Sitz und stakste die steilen Stufen in die erste Reihe hinunter. Kurz blieb er am Geländer stehen, ließ den Blick über das Spielfeld und die Tribünen schweifen. Ja, ein Spektakel war es – auch wenn er den Enthusiasmus seiner Kollegin nach wie vor nicht ganz nachvollziehen konnte. Petit klopfte zweimal kurz an die Seite seiner Smartbrille und gab damit den Befehl zur Videoaufzeichnung. Ein kleiner Erinnerungsfilm. Auch darin war er natürlich altmodisch. Viele Zuschauer ließen vermutlich gerade ihre KI-Assistenten parallel das komplette Spiel aufzeichnen. Aber ihn interessierte das Spiel ja gar nicht. Nur ein paar Eindrücke. Die Atmosphäre.

Petit schlenderte das Geländer entlang weiter zu der Stelle, wo die 3D-Drucker aufgereiht standen: »Bratwurst«, »Feuerwurst«, »Currywurst« lauteten die Labels auf den Maschinen. »Von glücklich gezüchtetem Fleisch aus Odenwälder Laboren«, versprach die Zeile darunter. Der Kommissar drückte auf einen Knopf und wartete. Er glaubte nicht daran, dass beigemischte Glückshormone etwas am Geschmack von Fleisch änderten, aber viele Menschen schienen auf solche Ergänzungsmittel abzufahren. Immerhin: Der Vorteil, den Weltmarktführer der 3D-Drucker als Sponsor zu haben, bestand in jedem Fall darin, dass die neuesten und damit auch schnellsten Nahrungsdrucker im Stadion installiert waren. Nach wenigen Sekunden piepte es, und er nahm seine Stadionwurst aus dem Fach. Neben ihm lehnte eine Frau gegen eine der Maschinen. Sie fiel ihm nur auf, weil sie ebenfalls eine Smartbrille trug – ein mittlerweile seltener Anblick. Wenn er es richtig sah sogar mit einem länglichen Aufsatz. Einem Vergrößerungsobjektiv? Sie fummelte jedenfalls daran herum, als wolle sie das Bild scharf stellen. Was die Frau sofort sympathisch machte. Noch jemand, der sich von dem ganzen modernen Technikkram nicht einlullen ließ.

Im selben Moment blitzte es plötzlich. Jean Petit dachte für eine Sekunde, es sei der 3D-Drucker, begriff aber dann, dass es nur eine Reflexion in der großen Scheibe des Ausgabefachs war. Er drehte sich um – und musste die Hand vor die Augen halten. Es schien, als habe sich die gesamte Tribüne in ein gleißendes Lichtermeer verwandelt, selbst nachdem er die Augen schloss, tanzten noch blaue und gelbe Sonnen vor seinem Gesicht. Mit der Wurst in der Hand tastete er sich langsam zurück zum Sitzplatz. Als er ankam, hatte er Senf am Hemdsärmel. Er schaltete die Aufnahme der Smartbrille ab. Mal wieder ein Beweis dafür, dass man Erinnerungen am besten im Kopf speicherte und nicht digital, dachte Petit. Was hatte er jetzt aufgenommen? Wurstdrucker und Lichtblitze.

»Was war das?«, fragte er Phạm. Die hob nur fragend eine Augenbraue. »Das Licht! Ich dachte, ich werde blind!«

»Ach, jetzt fang du nicht auch noch mit dem Blödsinn an«, antwortete Phạm.

»Wie bitte?«

»Das war Lumentechnik. Das machen die Ultras halt im Stadion, das gehört dazu. Aber in der öffentlichen Debatte redet jeder nur davon, wie gefährlich das angeblich sei. Dabei musst du echt schon sehr lange und sehr angestrengt in die Lichter schauen, damit es ne Gefahr gibt. Wir schaffen ja auch nicht die Sonne ab, weil Reinschauen gefährlich ist, oder? Erinnerst du dich nicht an den Fernsehmoderator, der vor zwei Jahren in seiner Talkshow zeigen wollte, dass man durch Lumentechnik sein Augenlicht verlieren könne, und … Jaaa! Lauf! LAUF! JA!«

Nicht nur Phạm schrie, rund herum war der Lärm zu einem rauschenden Getöse angeschwollen. Kommissar Jean Petit blickte hoch. Ein Darmstädter Spieler rannte allein auf das gegnerische Tor zu, das Hologramm über seinem Kopf zeigte seine Geschwindigkeit, den Einfallswinkel zum Tor und die Wahrscheinlichkeit, mit der Spieler aus seiner Position in 10.000 vergleichbaren Fällen getroffen hatten.

»Toooor!«, rief Phạm. »Toooor! Tooor! Toooor!«

Menschen sprangen auf und lagen sich in den Armen, überall im Block erwachten die gleißenden Lichter wieder zum Leben, lautlos, ohne Rauch, ohne Feuer, gespeist durch offensichtlich besonders starke Leuchtdioden.

Zwischen hüpfenden Zuschauern, Lichtreflexen und wedelnden Armen nahm Hauptkommissar Jean Petit eine Bewegung abseits des Tores wahr. Nahe der Seitenlinie war ein Spieler zu Boden gegangen und lag flach auf dem Video-Rasen. Ein Ordner rannte zu ihm hin, gefolgt vom 50-jährigen Lilien-Cheftrainer Jérôme Gondorf. Kurz darauf folgte einer der insgesamt zwölf Schiedsrichter. Dann ein weiterer. Das Geschrei im Stadion wurde leiser, verwandelte sich in ein raunendes Getuschel, in aufgeregte Gespräche. Zeitgleich tippten sich tausende Zuschauer hinter das Ohr, fingen an, mit unsichtbaren KI-Avataren zu sprechen, und die Smartbrille von Kommissar Petit sendete eine Eilmeldung vor seine Augen:

+++ Tod auf dem Fußballfeld +++

Petit schob sich nachdenklich die Brille fest auf die Nasenwurzel und sah zu Phạm hinüber, die ebenfalls bereits die Hand hinter dem Ohr hatte und leise Worte murmelte. Ihre Mimik hatte sich schlagartig verändert. Von Freizeitgesicht zu Arbeitsgesicht. Er zog die Stirn kraus und warf ihr einen fragenden Blick zu. Dann piepte bei ihm ein vertrauter Warnton. Die Zentrale. Vor seinen Augen flimmerte das Symbol für Mordverdacht. »Herr Kommissar, Sie befinden sich in der Nähe des Tatorts. Bitte übernehmen Sie den Fall«, lief der Text über seine Brillengläser. Jean Petit seufzte. Nicht mal bei so etwas Langweiligem wie Fußball hatte man seine Ruhe.

*

»50 Kameras, und keine hat etwas gesehen?«, fragte er genervt seine Hauptkommissar-Kollegin Nương Thị Phạm und fummelte mit dem Zeigefinger an seiner Brille. Es war eine rhetorische Frage, und er hatte sie an diesem Morgen schon drei Mal gestellt. Phạm blickte angespannt auf die Bildschirme vor ihnen, auf denen dutzende Filme abliefen, und schüttelte den Kopf.

»Hier, dort! Ach nein, die Ego-Kamera dieses Spielers schaut auch in Richtung Tor. Der stand eigentlich nah am Geschehen. Verdammt.«

»Wozu sind denn diese ganzen Drohnen gut, wenn sie alle woanders hingucken, und die selbstfahrenden Kameras und die Ego-Perspektiven und die …«

»Es fiel ein Tor, Jean!«, entgegnete Phạm.

»Als ob es nichts Wichtigeres gibt.«

»Im Fußball nicht, nein.«

Petit rollte die Augen. »Es muss doch irgendwo in diesem verflixten Stadion eine Kamera gegeben haben, die den Tod dieses Spielers gefilmt hat«, rief er aufgebracht.

»Wenn die Eckfahnenkameradrohne 13 Grad mehr nach links gefilmt hätte ...«, begann Phạm, aber Petit winkte ab.

Die Sache war höchst merkwürdig. Die Obduktion hatte nebenbei ergeben, dass der Tote implantatgedopt worden war. Eine künstliche Vorrichtung am Herzen, die offenbar für längere Ausdauer sorgen sollte. Streng verboten natürlich, aber die internationale Weltdopingagentur kämpfte seit Jahren vergeblich für stärkere Kontrollen und Körperscanner. »Privatsphäre«, hieß es jedes Mal von Seiten der Fußballverbände und Spieleranwälte. Petit schnaubte. Als ob ein Fußballspieler auf einem Feld mit 50 Kameras und seiner eigenen Ego-Kamera eine Privatsphäre hätte. Lächerlicher Vorwand.

Phạm tippte sich hinters Ohr und begann ein Gespräch mit ihrem KI-Assistenten. Auch das noch. Petit zog die Brille ab, schaltete die Sensorreinigung ein und wartete ab. Er sehnte sich zurück in seine Jugend, als die Menschen sich nicht so leicht von digitalem Schnickschnack hatten ablenken lassen. In die selige Zeit der Smartphones. Die hatte man wenigstens weglegen können. Damals, er erinnerte sich sehr genau, waren die Leute stets aufmerksam gegenüber ihren Mitmenschen gewesen. Da war es nicht vorgekommen, dass einen jemand im Gespräch scheinbar interessiert ansah und man erst später herausfand, dass das Gegenüber in Wirklichkeit währenddessen von seinem KI-Assistenten eine Comedy-Sendung auf die Netzhaut gestreamt bekommen hatte.

Damals hatte man in einem vollbesetzten Zug noch Augenkontakt mit den Mitmenschen aufnehmen können, sie mussten dazu nur einmal kurz von ihren Smartphones hochschauen. Heute starrten alle ins Leere, alle waren beschäftigt.

Petit studierte den Autopsie-Bericht. Es war verzwickt. An einer Körperstelle nahe der Rippen gab es eine winzige Verbrennung. Etwas hatte den Spieler getroffen. Kein Projektil, eher eine Hitzewelle oder ein Strahl. Einer dieser modernen Minilaser? Aber die waren nicht tödlich.

Laut den Ergebnissen der Obduktion hatte das Herzimplantat einige Minuten vor dem Todeszeitpunkt eine Fehlfunktion gehabt und eine Arterie blockiert. Irgendein Mikroventil hatte geklemmt. Was nicht vorkommen sollte. Normalerweise hatten solche Ventile eine Million an Schaltzyklen. Seltsamer Fehler genau zum unpassendsten Zeitpunkt. Man sollte sein Leben eben niemals der modernen Technik anvertrauen, dachte Petit.

»Elton hat mich gerade auf etwas aufmerksam gemacht«, sagte Phạm, und zoomte eines der Obduktionsbilder größer. Elton war ihr KI-Assistent. Offenbar benannt nach einer Lilien-Ikone aus längst vergangenen Zeiten. Details, mit denen sich Jean Petit nun wirklich überhaupt nicht auskannte. Er hatte sich überdies geschworen, würde er sich tatsächlich jemals zu so einem Assistenten breitschlagen lassen, ihn ausschließlich »Assistent« zu nennen und ihm auf gar keinen Fall einen Namen zu verpassen. Auf der Fahrt ins Büro hatte er einen grusligen Podcast über Avatarophilie gehört, und wie Menschen sich in ihre KI-Assistenten verliebten und mit ihnen virtuelle Hochzeiten feierten.

»Diese Fehlfunktion«, sagte Phạm und riss ihn aus seinen Gedanken. »Die eine Klappe an diesem Ventil des Herzimplantats da, die war gar nicht defekt, die ist durchgeschmort.«

Falten bildeten sich auf ihrer Stirn. Hauptkommissar Petit verstand sofort, was sie meinte. Beide Beobachtungen hingen zusammen, die Brandwunde und das Ventil. Hatte etwa jemand mit einem mikroskopisch kleinen Laser gezielt das Implantat sabotiert? Da hilft uns auch keine Eckfahnendrohnenkamera im 13-Grad-Winkel, dachte Petit. Was wir bräuchten, wäre eine Wärmebildkamera.

Sein Blick fiel auf den Newsfeed, der oben rechts am Bildschirm entlang tickerte. »Anhaltende Proteste gegen neuesten Videobeweis im deutschen Fußball …« Petit schob seine Brille höher und wandte sich zu Phạm. »Erklär mir das mal bitte«, bat er sie.

Die Kollegin sah ihn irritiert an.

»Was? Diese Videobeweisdiskussion? Das ist nichts von Relevanz für unseren Fall, das ist eigentlich ein alter Hut. Der DFB will seit zwei Jahren etwas einführen, das nennen Sie ›Emotionsbeweis‹. Weil es doch so viele Fehlentscheidungen im Fußball gibt. Jeden Spieltag beschweren sich Fans und Spieler darüber. Zwölf Schiedsrichter können eben nicht alles sehen. Und die 14 Video-Schiedsrichter auch nicht. Vor allem aber können sie nicht in die Köpfe der Spieler hineinschauen. Der Emotionsbeweis soll eindeutig nachweisen, ob ein Handspiel oder ein Foul Absicht war und damit ein für alle Mal Fehlentscheidungen aus dem Fußball verbannen. Die Pilotphase hat jetzt endlich begonnen. Zum Glück, ey. Ohne diese ständigen Schiedsrichterirrtümer hätten die Lilien schon sechs Punkte mehr und …«

Petit hob beide Hände.

»Nương, du weißt doch, ich verstehe nichts vom Fußball. Wie wollen sie das denn messen? In den Nachrichten stand was von …« Er blickte zurück zum Bildschirm, aber dort liefen bereits die Ergebnisse der Spiele vom Wochenende durch.

»Mit hochauflösenden Wärmebildern«, antwortete Phạm. »Es gab doch da diese wissenschaftlichen Studien, dass bei Unrechtsbewusstsein für einige Millisekunden die Temperatur eines bestimmten Areals im Gehirn um 0,2 Grad ansteigt.«

»Und das ist schon in der Pilotphase?«

Phạm nickte. »Ja, die testen jetzt seit einem Jahr, damit dann nächste Saison auch garantiert nichts schiefgeht und sie auf jeden Fall top vorbereitet sind. Scheinen sehr zufrieden, aber die Aufnahmen sind nicht für die Öffentlichkeit gedacht. Warum interessiert dich das so?«

»Besorg uns die Aufnahmen, Nương. Such in den Wärmebildern nach einem sehr kleinen, sehr heißen Laserstrahl, der den Spieler direkt getroffen hat. Und dann verfolg den Strahl zurück zum Schützen. Ich wette, das ist jemand, der von dem Implantat wusste. Ein Verwandter vielleicht?«

Phạm sah ihren Kollegen Petit mit zusammengezogenen Augenbrauen an.

»Könnte funktionieren«, sagte sie nachdenklich.

*

»Die Idee war gut«, sagte Phạm zwei Stunden später.

»Das sagst du nur, um mich zu trösten«, erwiderte Petit.

Sie standen vor einem holografischen Bild im Raum, welches das Fußballfeld zeigte. Der Rechner war mit den Daten der Wärmebildkamera gefüttert und zeigte, wie von Petit vermutet, einen hauchdünnen Strahl, der kurz vor dem Tod des Spielers aus Richtung einer Tribüne kam. Der Tribüne, auf der die beiden Polizeibeamten gesessen hatten. Dort verlor er sich allerdings. Weil er in einer großen Wolke aus Hitze verschwand.

»Hieß es nicht damals in meiner Jugend, diese Leuchtdioden würden keine Wärme absondern? Und dafür haben meine Eltern jetzt alle Glühbirnen rausgedreht?«

»Weniger Wärme«, sagte Phạm. »Glühbirnen haben 90 Prozent ihrer Energie für Wärme verpulvert. Außerdem ist die Lumentechnik, die die Ultras verwenden, halt Hochleistungslicht.«

»Du hast mir gestern gesagt, es sei nicht gefährlich.«

»Es ist auch nicht gefährlich! Es ist eben nur warm. Und es ist stimmungsvoll. Wenn die Ultras ihre tollen Choreos machen, seufzen alle Fernsehzuschauer immer ›Ooooh!‹, dann musst du ihnen aber eben ihre Lumentechnik lassen, nachdem du schon Rauch und Feuer verboten hast.«

»Ich habe gar nichts verboten.«

»Ich meinte es allgemein. Diese Heuchelei gegenüber den Ultras regt mich auf.«

Kommissar Petit schob nachdenklich seine Brille mit dem Zeigefinger hoch. »Wie auch immer, zwischen der ganzen Lichttechnik ist der Strahl nicht mehr zu finden. Der Schütze muss genau in dem Moment gefeuert haben, als das Tor fiel und das Lumendingsbumsfeuerwerk losging.«

»Das heißt, unser Schütze wusste nicht nur von dem Implantat, er kannte sich auch gut im Stadion aus. Und er wusste, wann er inmitten des Lichterspektakels unentdeckt feuern kann.«

»Ein Fan, der sauer auf den Spieler war?«

Phạm tippte sich nachdenklich mit den Zeigefinger gegen die Lippen. »Möglich. Sag mal … die Stelle, wo der Strahl hinzeigt, ist das nicht dort, wo die 3D-Drucker mit der Essensausgabe stehen? Warst du da nicht, kurz bevor die Sache passiert ist?«

»Ja, aber da war keine auffällige …« Petit stoppte im Satz, zog die Stirn in Falten und schob seine Brille nach oben.

»Die Frau«, sagte er schließlich.

»Welche Frau?«, fragte Phạm.

»Da war eine Frau mit Smartbrille und einem Aufsatz. Ich nehme an, einem starken Fernglas.«

»Du hast sie nicht zufällig aufgenommen? Ach so, du bist ja der Altmodische, der nur mit Smartbrille aufnimmt und deswegen nie …«

Petit kratzte sich mit dem Ringfinger an der Stirn. »Um ehrlich zu sein, ich hab da möglicherweise in der Tat was …«

*

Die Frau, die Petit am Wurstdrucker getroffen hatte, entpuppte sich als Julia Lemon, die Freundin des toten Fußballspielers. Für Phạm genug Grund, um sofort einen Streifenwagen in ihre Wohnung im Darmstädter Martinsviertel loszuschicken und die Verdächtige ins Präsidium bringen zu lassen.

Dort angekommen zählte Hauptkommissarin Phạm der jungen Frau die Verdachtsmomente auf: »Sie waren eine der wenigen Personen, die wissen konnten, dass Stürmer Hansmann implantatgedopt war. Wir haben Aufnahmen, die zeigen, dass Sie kurz vor dem Todeszeitpunkt im Stadion waren, obendrein mit einem besonders starken Fernglas auf einer Wegwerf-Smartbrille. Die Protokolle Ihres KI-Assistenten beweisen, dass Sie ihn vor Spielbeginn abgeschaltet haben. Vermutlich, um keine Aufzeichnungen zu hinterlassen. Unsere Kollegen durchsuchen derzeit Ihre Wohnung, und es würde mich nicht wundern, wenn sie dort einen kleinen Laser finden, der …«

»Sparen Sie sich den Vortrag«, antwortete Julia Lemon. »Ich war es.«

»Sie gestehen?«, vergewisserte sich Phạm, leicht verblüfft.

Die junge Frau nickte. Hauptkommissar Petit blinzelte und schob geistesabwesend seine Smartbrille mit dem Zeigefinger hoch. Phạms Gesicht blieb emotionslos.

»Warum?«, fragte sie die Frau.

»Warum ich ihn umgebracht habe?« Sie faltete die Hände vor dem Gesicht und schüttelte den Kopf. »Weil er mich gedemütigt hat.«

»Wie das?«, hakte Phạm nach.

»Weil er eine Neue hat«, entgegnete Julia Lemon scharf. »Klingt fürchterlich nach Klischee, nicht wahr? Aber ich habe es nicht verkraftet. Es ist so entwürdigend. Sie können sich nicht vorstellen, wie demütigend das ist. Er könnte ja jede haben. Aber dieses Ding?«

»Na, na, ich schätze mal, das passiert Frauen und Männern weltweit täglich, dass sie wegen jemand anderem sitzengelassen werden«, sagte Phạm schulterzuckend.

»Aber nicht wegen einer Person, die es nicht gibt!«, schrie Julia.

Die zwei Hauptkommissare sahen sie verständnislos an.

»Er hat mich verlassen wegen seiner Lily!«, rief die junge Frau. »Wegen seiner KI-Assistentin. Hat mir gesagt, er hätte sich in sie verliebt, und sie sei immer für ihn da, meckere nicht, stelle keine Ansprüche und sie sei … sie sei viel schöner als ich!«

Jean Petit fummelte sich mit der Hand im Gesicht herum. »KI-Assistenten sind virtuell«, wagte er dann einzuwerfen. »Sie reden als körperlose Stimmen.«

»Eben!«, rief Julia Lemon. »Das ist es ja! Sie existiert nur in seiner Fantasie. Und trotzdem schreibt er ihr alle diese

Eigenschaften zu, spricht von ihr, als wäre sie eine reale Person …« Sie hob die Hände. »Ich verstehe es nicht. Es fing alles ganz harmlos an. Aber er verbrachte immer mehr Zeit mit diesem Ding, redete ständig von ihr. Irgendwann machte er mir Vorwürfe, dass ich nicht so sei wie seine Lily, seine Künstliche Intelligenz. Wie soll ich das denn sein? Das ist doch nicht normal! Wie soll ich denn um ihn kämpfen, wenn er mich mit einem Computer in seinem Kopf vergleicht?«

»Er ist tot, sie können sowieso nicht mehr um ihn kämpfen«, warf Phạm trocken ein.

»Geschieht ihm recht«, antwortete Julia Lemon.

»Nun trotzdem …«, kommentierte Petit. »Ich habe schon von anderen Menschen gehört, die wegen Avataren verlassen wurden. Wenn jeder von denen jetzt anfängt, aus Frustration seine Ex-Geliebten umzubringen, haben wir eine Menge zu tun.«

Seine Kollegin tippte sich bereits mit dem Finger hinters Ohr, um Elton zu befehlen, die Aufnahme für das Geständnis in die Cloud hochzuladen.

Blöde Marotte, dachte Petit. Er schob sich mit dem Zeigefinger die Brille hoch.

Zum Glück hatte er keine Marotten.

*

»Mensch, Jean, ich sollte dich öfter mit ins Stadion zu den Lilien nehmen!«, sagte Nương Thị Phạm später, als sie wieder zurück in ihrem Arbeitszimmer waren.

Bloß nicht, schoss es Petit durch den Kopf.

»Darmstadt hat das Derby gewonnen, und du hast uns zwei Mal auf die richtige Fährte geführt«, fuhr Phạm fort. »Du bist ein Glücksbringer.«

»Ach du, lass mal«, erwiderte Petit.

»Aber da siehst du mal, wie wertvoll persönliche Aufnahmen sind. Willst du dir nicht doch demnächst einen KI-Assistenten zulegen, Jean?«

»Nach dem, was heute passiert ist?«

»Ich bin sicher, du wirst dich nicht direkt in ihn verlieben.«

»Wenn mir die vergangenen zwei Tage eines gezeigt haben, dann, dass ich mich nicht abhängig von der immer neuesten Technik machen möchte. Ich bleibe bei meiner altmodischen Smartbrille, danke schön.«

»Aber zum Abendessen im 3D-Drucker-Restaurant kann ich dich überreden?«

Petit seufzte und nickte. »Das ist ja kein neumodisches Zeug.«

»Um acht im Woogsviertel?«

Hauptkommissar Jean Petit verließ an diesem Abend zufrieden und in Vorfreude auf ein leckeres Abendessen das Präsidium. Nur die Aussicht auf künftige Mordfälle, deren Motive Eifersucht gegenüber Avataren beinhaltete, gefiel ihm nicht. Die Welt ist verrückt geworden, dachte er. Im Vergleich dazu war ja selbst die fanatische Liebe zum Fußball harmlos.

MICHAEL KIBLER

DIE LETZTE FAHRT

»Was aufs Maul?«

Hat Papa immer gesagt. War aber nicht als Frage gemeint. Nur als Ankündigung. Deswegen war ich skeptisch, als er vorige Woche angeschleimt kam. Wegen Heinz. Der war mein bester Freund. Bis er angefangen hat, meine Mutter zu vögeln. Fand ich nicht witzig.

Papa auch nicht. Kann ich verstehen. Waren wir uns das erste Mal einig.

Aber – soll Mama ihren Spaß haben. Nur dem Heinz, dem nehm ich das schon irgendwie krumm. Mama genießt es, dass Heinz nicht schön, aber immerhin mehr als 20 Jahre frischer ist als sie.

Und damit über 40 Jahre frischer als Papa.

Kurz bevor sie mich gemacht haben, da war Papa noch passabel. Hatte ein Riesenrad damals. So mit richtigen Kabinen. Wo er Mama mit Sekt abgefüllt und mich gezeugt hat. Mamas Bruder, der Paul, der fand das nicht komisch. Denn der stand mehr auf Mama, als ein Bruder das tun sollte. Wahrscheinlich hat Mama sich nur auf Papa eingelassen, um Paul loszuwerden.

Paul hat kurz darauf Papas Riesenrad angezündet. Konnte man aber nicht beweisen. Papa kannte sich bei jungen Mädchen aus – aber nicht bei Versicherungen. Deshalb war er pleite. Und konnte sich nur noch diese schäbige Geisterbahn leisten. Gebraucht und verschimmelt. Und dazu den Wohnwagen. Stehen im Moment auf dem Darmstädter »Heinerfest«. Bescheuerter Name.

Wenn Papa sagte: »Was aufs Maul?«, dann wusste ich wenigstens, was kam. Aber oft schlug er auch einfach so zu. Wie der Hölzerne Henker, der blöde Holzgeist am Ende der Bahn, der so plötzlich aus dem Dunkeln mit seinem Beil hervorschnellt, dass die meisten wirklich kreischen.

Habe all den Kameraden Namen gegeben. Und könnte die Bahn wahrscheinlich allein blind auf- und abbauen. Seit ich acht war, musste ich ja schon schrauben und ölen. Ich kenne unsere Bahn wie mein Vater meinen Hinterkopf. Aber – für mich war die Bahn auch ein Versteck vor »Was aufs Maul?«.

Heinz würde Mama nicht vögeln, wenn Mama nicht vor drei Jahren im Lotto gewonnen hätte. Sechs Richtige. Blödheit schützt nicht vor Reichtum. Aber Mama hat, als sie Papa geheiratet hat, Gütertrennung gemacht. Das hat sie von Oma, der Einzigen mit Hirn in dieser Familie.

Na, die Mama lebt jetzt mit dem Heinz.

Deswegen will Papa jetzt auch die Mama umbringen. Dann erbt er das Geld. Er will, dass ich ihm ein Alibi gebe. Und mir dann die Hälfte der Kohle rüberschieben. Mein Job ist es, Mama zusammen mit Heinz in unsere Geisterbahn zu locken.

Papa macht jetzt einen auf Kumpel. »Hamm dir doch nicht geschadet, die kleinen Klapse, damals? Mein Sohn, wir Männer, wir müssen doch zusammenhalten!«

Das Geld könnte ich schon gebrauchen. Hab selbst zu wenig zum Leben. Ist auch nicht wirklich einfach für einen, der immer wieder »kleine Klapse« gekriegt hat wie andere Kinder Bonbons.

Das mit Mama hab ich erledigt. Gab ihr zwei Chips für umme. Die war von meinem Friedensangebot ganz gerührt.

Und Heinz, der Arsch, hat mich umarmen wollen. Motherfucker.

Bin dann mit Papa in die Geisterbahn. Haben genau geschaut, wo er am besten steht, mit der Knarre mit Schalldämpfer, die er sich besorgt hat. Beim Hölzernen Henker, da ist der beste Platz, hab ich ihm gesagt. Direkt am Ausgang. Die beiden kommen im Wagen an, Papa macht Plopp, Plopp, geht hinten raus – und das war's. Papa fand, dass der Platz beim Kopflosen Kurt besser gewesen wäre. Aber ich konnt' ihn überreden.

Ich sollte im Wohnwagen bleiben. Am besten blöd aus dem Fenster glotzen. Wegen dem Alibi, hat Papa gesagt. Jaja, hab ich gesagt, aber jetzt bin ich selbst in der Bahn. Stehe hinter Zombie-Zorro.

Papa kann mich nicht sehen.

Aber ich ihn.

Heinz und Mama, die sind gerade eingestiegen.

Es dauert genau eine Minute und 50 Sekunden, bis sie bei mir vorbeikommen.

Als der Wagen vorbeifährt, beginne ich rückwärts zu zählen.

Drei.

Zwei.

Eins.

Plopp. Plopp.

Und dann Ka-Wumm! Denn der Hölzerne Henker schwingt sein Beil heute ein bisschen weiter in die Fahrstrecke rein. Haut Papa damit auf den Kopf. Auch nur ein kleiner Klaps. Aber der letzte.

Papa kippt auf den Wagen.

Der nun mit drei Leichen ins Freie fährt.

Jetzt werde ich erben.

Alles.

RALF KÖBLER
DER TOTE AM STADTKIRCHTURM

Es nieselte bei 15 Grad. So, als sei es egal, ob es kurz vor
Weihnachten oder mitten im Sommer ist. Bestes Kri-
miwetter.

Als Küster Ludwig Wilhelm an diesem Sonntagmorgen
eine Stunde vor dem Gottesdienst zur Darmstädter Stadtkirche kam, schüttelte es ihn: Der Krimi war doch gestern
im Fernsehen, oder?

Wenig vor dem Turmeingang zur Stadtkirche lag eine
dunkle Gestalt reglos auf dem Boden, und eine nicht weniger dunkel gekleidete Gestalt beugte sich über sie. Hektisch packte die kniende Gestalt etwas, das wie ein aufge-
rolltes Stromkabel aussah, in eine Stofftasche, sprang auf
und rannte davon, ohne sich umzusehen. Wilhelm wunderte
sich noch über die abgewetzten schwarzen Halbschuhe, die
der Fliehende trug.

Zurück blieb die reglose Gestalt. Eine Leiche. Ohne Frage.
Mit einer riesigen offenen Wunde in der Brust. Blut mischte
sich auf den Betonplatten auf dem Boden vor dem Stadtkirchturm mit dem Nieselregen.

Als Küster Ludwig Wilhelm neben der Leiche den ver-
goldeten Wetterhahn der Stadtkirche liegen sah, griff er zum
Handy.

In diesem Moment kam Kirchenvorsteherin Meyerwinkel pflichtbewusst auf dem Weg zum sonntäglichen Kir-
chendienst um die Ecke und erkannte das Gesicht der Lei-

che. Unvermittelt schrie sie: »Das Dreckschwein, so ein Dreckschwein!«

Eine Bemerkung, die für eine Kirchenvorsteherin zumindest ungewöhnlich erscheinen mag. Zumal, wenn sie sich auf eine Leiche bezieht.

Natürlich hatten Staatsanwalt Graumann und Erster Hauptkommissar Müllheimer gemeinsam Bereitschaftsdienst. Das ist in Darmstädter Stadtkirchenkrimis immer so. Sie eilten zum Tatort.

Diese Eile ist eine Grundfrage an Krimis: Wenn Tote tot sind, was eilt denn dann noch so?

»Also«, sagte der bereits eingetroffene Rechtsmediziner, und das ist ja immer ein guter Anfang, »der Wetterhahn ist dem Toten auf die Brust gestürzt und hat sie zerschmettert.«

»Dem Lebenden«, sagte Graumann nachdrücklich, »der Wetterhahn dürfte dem Lebenden auf die Brust gestürzt sein.«

»Das werden wir noch sehen«, sagte der Rechtsmediziner etwas pikiert, »wer hier der Erste war, der Tod oder der Wetterhahn. Ich muss erst weitere mögliche Todesursachen untersuchen.«

»Jedenfalls«, sagte Müllheimer vermittelnd, »wenn keine andere Todesursache festzustellen ist, dann wäre die Verletzung durch den Wetterhahn tödlich?«

»Ausgezeichnet formuliert«, sagte der Rechtsmediziner, um dem Staatsanwalt noch eins mitzugeben: »Sie hätten Jurist werden können.«

»Vielen Dank, dass Sie herkommen konnten«, sagte Staatsanwalt Graumann.

Frau Schnittgen trocknete sich die Augen mit einem

Taschentuch und sagte ausgesprochen nachvollziehbar: »Sehr ungern, weil es um meinen Mann geht.«

Der Rechtsmediziner fragte: »Sind Sie bereit?«

Und als Frau Schnittgen nickte, die übrigens in einer anderen Situation als überaus attraktiv hätte bezeichnet werden müssen, hob der Rechtsmediziner das Tuch vom Gesicht der Leiche.

Der Tote war, da nur der Brustkorb zerschmettert war, durchaus noch ansehnlich, was nicht bei allen Leichen in der Rechtsmedizin der Fall ist.

Sie nickte. »Das ist mein Mann.«

Graumann fügte hinzu: »Ihr Mann ist Prof. Dr. Karlpeter Schnittgen, Professor für Gentechnologie an der Technischen Universität Darmstadt?«

Sie nickte wieder. »53 Jahre alt, in Bielefeld geboren, 25 Jahre verheiratet, vier Kinder.« Sie schnäuzte sich in das Taschentuch. »Mit mir«, fügte sie hinzu. Und sie meinte Ehe und Kinder.

Bielefeld gibt's doch gar nicht, dachte Graumann, behielt den Gedanken aber lieber für sich. Und auch die Frage nach der Silberhochzeit unterdrückte er.

»Frau Schnittgen«, sagte Müllheimer, »was hatte Ihr Mann an einem Sonntagmorgen an der Stadtkirche zu tun? Für den Gottesdienst war es etwa eine Stunde zu früh.«

»Keine Ahnung«, sagte Frau Schnittgen, »mein Mann war schon immer ein Frühaufsteher, und er ging oft schon in sein Labor, bevor ich mit den Kindern aufgestanden bin.«

»Aber sein Labor ist ja wohl nicht in der Stadtkirche oder direkt daneben?«, hakte Müllheimer nach.

»Natürlich nicht«, sagte die Witwe mit Nachdruck, »es ist da oben in der Schnittspahnstraße, beim Vivarium.«

»Ihr Mann«, fuhr Graumann fort, »ist einer der weltweit bekanntesten Forscher zum menschlichen Genom.«

»Neben diesem Chinesen«, sagte sie leise.

»Ich weiß«, sagte Graumann, »und als der Chinese letztes Jahr öffentlich bekannt gab, dass er das menschliche Genom zweier Kinder so verändert hatte, dass sie lebenslang nicht an Aids erkranken würden, hat ihr Mann auf der wissenschaftlichen Ebene geantwortet, dass er das auch könnte …«

»… aber«, setzte Frau Schnittgen fort, »Derartiges niemals ethisch verantworten könne, weil dann so vielen anderen Wünschen nach genetischen Veränderungen der Weg eröffnet würde.«

Sie schnäuzte sich. »Stellen Sie sich vor, man könnte nicht nur die später behinderten Kinder herausfiltern, sondern auch die später drogensüchtigen oder kriminellen oder die mit einer unerwünschten Haarfarbe?« Sie wischte sich erneut die Tränen weg. »Aber was hat das mit diesem entsetzlichen Unfall zu tun?«

»Falls es ein Unfall war«, sagte Müllheimer, »eigentlich nichts. Aber das müssen wir noch untersuchen.«

»Vielen Dank, Frau Schnittgen«, sagte Staatsanwalt Graumann, »das war nicht einfach für Sie.«

»Das ist noch untertrieben«, sagte die Witwe und schnäuzte sich wieder.

Im Weggehen drehte sie sich noch mal um. »Mir ist noch etwas aufgefallen«, sagte sie, »mein Mann trägt am linken Handgelenk ein Armband aus Stahl. Das kenne ich nicht.«

Graumann hob die Augenbraue und runzelte die Stirn.

Auf der Rückfahrt vom Rechtsmedizinischen Institut in Frankfurt sank Graumann ganz tief in den Beifahrersitz des Dienst-Opels des Polizeibeamten. Die Polizei in Hessen fährt viele Opel aus Gründen der Heimatliebe, während die Dienstwagen der Justiz meistens aus Gründen des Prestiges aus südlicheren Autofabriken stammen.

»Ich bin schon froh«, sagte Graumann leise, »dass wir nicht in China leben.«

»Wieso?«, fragte Müllheimer und bog hinter dem Waldstadion, das heute nach einer Bank heißt, die nur erwähnt werden könnte, wenn sie einen finanziellen Beitrag zum Druck dieses Buches geleistet hätte, auf die Autobahn. »Wir gehen sehr gerne chinesisch essen.«

»Ich meinte eher diese Totalüberwachung der Menschen in China«, sagte Graumann.

Müllheimer schmunzelte. »Da musst du erst ein wenig differenzieren, Herr Staatsanwalt. In China gibt es 850 Millionen Kleinbauern, die sicher nicht viel mehr besitzen als ein Pferd oder ein Stück Vieh, um den Pflug zu ziehen. Da wird weder Überwachung noch LTE-Unterstützung beim Landbau sinnvoll sein.«

»Aber in den Städten«, sagte Graumann jetzt schon etwas empört, »in den Städten betreiben die Chinesen Gesichtserkennung mit Künstlicher Intelligenz. Wer bei Rot über die Straße geht oder zu spät in die Schule kommt oder andere sozialschädliche Sachen macht, wird erfasst und bekommt negative Punkte, und wer davon zu viele hat, wird sanktioniert und kann dann zum Beispiel keine Flugtickets mehr buchen.«

»Sozialschädlich«, sagte Müllheimer langsam, »das erinnert ja schon an Zeiten in Deutschland, die nicht so gut waren, um das mal milde auszudrücken.«

»Entschuldige meine Ausdrucksweise«, sagte Graumann, »aber Totalüberwachung, das geht gar nicht. Und das schließt die Gene ein.«

»Sprich nicht so despektierlich über die Chinesen«, sagte Müllheimer, »wenn die eines Tages die Neue Seidenstraße fertig haben, kommen die eins, zwei, drei hierher und holen dich ab.«

Graumann lachte. »Darmstadt an der Seidenstraße, das klingt gut, wird aber wohl nichts.«

Graumann war gebürtiger Nordhesse aus Fritzlar und erst vor einigen Jahren nach Darmstadt zugezogen. Das rechte Gefühl, was in Darmstadt so alles möglich ist, hatte sich bei ihm noch nicht eingestellt. Bei manch Zugezogenem ist das im Übrigen nie der Fall.

Müllheimer und Graumann fuhren direkt von der Autobahn zur Wohnung von Kirchenvorsteherin Meyerwinkel. Sie wohnte in der hinteren Kiesstraße in einem der für Darmstadt typischen Wohnblocks aus den 50er-Jahren des letzten Jahrhunderts, die nach dem Krieg zur Deckung des immensen Wohnungsbedarfs in der nahezu völlig zerstörten Innenstadt rasch hochgezogen worden waren. Eines Tages, pflegte Müllheimer zu sagen, wird Darmstadt nicht nur des Jugendstils halber, sondern auch wegen seiner bedeutenden 50er-Jahre-Bebauung von Touristen besucht werden. Aber so weit sind wir noch nicht.

»Guten Tag«, sagte Graumann, als sie vor der Tür der Wohnung im zweiten Stock standen.

»Guten Tag«, sagte Frau Meyerwinkel sichtlich misstrauisch. Man weiß ja nie, wer da so und in welcher Absicht bis an die Wohnungstür vordringt.

»Ich bin Staatsanwalt Graumann«, sagte Graumann, »und das ist Erster Kriminalhauptkommissar Müllheimer. Wir ermitteln wegen des Toten an der Stadtkirche.«

Etwas weniger misstrauisch studierte die ältere Dame die Dienstausweise der beiden. »Kommen Sie herein.«

Die Wohnzimmereinrichtung war gediegen und stammte aus den 70er-Jahren des letzten Jahrhunderts. Graumann versank in einem der zwei Sessel.

»Wir sind gekommen«, sagte Müllheimer, »weil uns der Küster berichtet hat, dass Sie heute Morgen beim Anblick der Leiche wütend reagiert haben.«

»Nicht wirklich«, sagte die ältere Dame gelassen und nippte an einer Teetasse, »ich habe ihn nur als das bezeichnet, was er ist.«

»Oder war«, korrigierte Graumann.

»Egal«, sagte Frau Meyerwinkel, »Dreckschwein, das ist die einzig treffende Bezeichnung für diesen Menschen.«

»Wie kommen Sie denn darauf?«, fragte Müllheimer vorsichtig.

»Er wollte die Stadtkirche verkaufen!«, sagte Frau Meyerwinkel, nun schon etwas empörter.

»Ja, aber die gehört ihm doch gar nicht«, sagte Graumann irritiert.

»Also«, begann Frau Meyerwinkel von vorn, »natürlich gehört die Kirche der Stadtkirchengemeinde. Aber dieses Dreckschwein war bei uns im Kirchenvorstand und hat uns vorgeschlagen, die Kirche für 20 Millionen zu kaufen und uns zusätzlich eine neue, moderne Kirche auf den Kapellplatz zu bauen. Für, was weiß ich, noch mal fünf Millionen.«

»Kann der im Reagenzglas Geld vermehren, oder was steckte hinter dem Vorschlag?«, fragte Graumann.

»Die Chinesen«, sagte Frau Meyerwinkel, und Müllheimer musste lächeln.

»Die Chinesen?«, fragte Graumann zurück. »Wieso das denn?«

»Darmstadt«, sagte Frau Meyerwinkel, »liegt am Rande der Route der Neuen Seidenstraße und soll ein Erholungsresort für Lastwagenfahrer und Piloten werden. Man plant, das Schloss zu einem Hotel umzubauen und den Stadtkirchturm mit einer Seilbahn mit dem Schloss zu verbinden. In der Kirche soll dann eine Art Grusellocation eingerichtet werden, mit Gastronomie vor dem großen Epitaph des Landgrafen und Candle-Light-Drink in der Landgrafengruft.«

Graumann blieb der Mund offen stehen. Was für ein großkotziger, absurder Plan!

»Nun«, sagte Müllheimer, »wie hat der Kirchenvorstand auf den Vorschlag reagiert?«

»Es ist schon mehr als ein Vorschlag«, sagte die Kirchenvorsteherin, »er hat uns Planskizzen gezeigt… Wir haben ihn einfach gebeten zu verschwinden und seinen Unfug für sich zu behalten. Was für eine Zumutung! Als ob wir für Geld unsere Kirche aufgeben würden! Nicht mal für sehr viel Geld.«

Immerhin stammt die Kirche in ihrer heutigen Gestalt aus dem 16. Jahrhundert, auch wenn sie wie so viele Gebäude in der Darmstädter Innenstadt ein Wiederaufbau nach dem Zweiten Weltkrieg ist.

»Und«, fragte Graumann, »ist er verschwunden?«

»Ja, aber er sagte, wir würden uns schon noch wiedersehen.«

Das hatte sich bewahrheitet.

Die beiden Ermittler verabschiedeten sich.

»Selbst wenn es kein Unfall gewesen sein sollte«, sagte Müllheimer auf dem Weg zu Graumanns Wohnung im Watzeviertel, »das ist doch kein Mordmotiv? Ein unmoralisches Angebot, das man nicht annehmen möchte.«

»Rache? Wut?«, fragte Graumann.

Müllheimers Handy meldete sich. Der Gerichtsmediziner rief an. Müllheimer schaltete den Lautsprecher an, und Graumann hörte dem Gespräch der beiden aufmerksam zu. Dann sagte der Kommissar: »Wir fahren noch mal nach Frankfurt!«

»Schön, dass Sie sich noch mal Zeit nehmen konnten, zum Rechtsmedizinischen Institut zurückzukommen«, sagte der Arzt.

Graumann nickte freundlich. Das wäre im Bereitschaftsdienst auch nicht unbedingt nötig gewesen.

»Mir hat eines keine Ruhe gelassen«, begann der Rechtsmediziner, »wenn jemand an einem Haus vorbeigeht und es fällt etwas vom Dach und trifft ihn, wo würden Sie die Verletzung vermuten?«

»Auf dem Kopf oder an der Schulter«, sagte Müllheimer.

Der Arzt nickte: »Aber mitten in der Brust am unteren Ende des Brustbeins?«

»Ich glaube«, sagte Graumann langsam, »ich verstehe. Sie wollen darauf hinaus, dass es kein Unfall gewesen ist.«

»Ich denke«, sagte der Rechtsmediziner, »dass aus der Lage der Wunde geschlossen werden muss, dass der Mann auf dem Boden lag, und zwar auf dem Rücken!«

Müllheimer und Graumann waren ganz still.

»Er muss also entweder schon tot oder aber bewusstlos gewesen sein, als ihn der Wetterhahn traf. Ich habe daher die Leiche noch mal von oben bis unten abgesucht und tatsächlich an der rechten Schulter hinten eine kleine Wunde gefunden, die von einem Einstich herrühren könnte.«

»Gift?«, fragte Graumann.

»Möglicherweise, das muss eine toxikologische Feinuntersuchung ergeben. Natürlich könnte es auch ein Insektenstich sein, aber es sah mir nicht so aus.«

»Wenn es kein Stich wäre«, begann Graumann laut zu denken, »wäre der Treffer mit dem Wetterhahn dann Zufall?«

»Sehr unwahrscheinlich«, sagte Müllheimer.

»Denke ich auch«, sagte Graumann, »aber wenn das so ist, wer macht so etwas und wie eigentlich und vor allem warum?«

Als Ludwig Wilhelm seinen Werkzeugkasten aus dem kleinen Kämmerchen links neben dem Turmeingang holen wollte, stutzte er. Irgendetwas war hier verändert, es gab etwas, das hier nicht hingehörte. Sein Blick fiel auf eine Rolle Stahlseil, die ein wenig zerfallen rechts neben der Tür lag.

»Dich kenne ich nicht«, sagte der Küster und hob die Rolle nachdenklich auf. An einem Ende des Stahlseils war ein sehr großer Karabinerhaken, am anderen ein ziemlich kleiner angebracht.

Das Seil erschien ihm durchaus recht lang.

»Vielleicht 60 Meter«, sagte Wilhelm zu sich selbst. Dann dachte er noch ein Weilchen nach, strich sich durch den Drei-Tage-Bart und dachte noch mal nach.

Wilhelm fasste einen Entschluss. Er packte die Rolle, holte sich aus dem Kämmerchen gegenüber der Sakristei den Schlüssel zum Turm und machte sich an den mühsamen Aufstieg.

Auch der Turm der Darmstädter Stadtkirche ist vom Wiederaufbau nach der Zerstörung im Zweiten Weltkrieg geprägt. Der untere Teil bis etwa zur Hälfte der Turmhöhe ist noch original mit einer Wendeltreppe aus Sandstein erhalten. Die obere Hälfte des Turmes ist ein Neubau, was man von innen daran erkennt, dass er von einer innenliegenden Stahlträgerkonstruktion gehalten wird, die Zwischendecken aus Sichtbeton gefertigt wurden und die Treppe aus einer fragil wirkenden, roh gezimmerten Holzkonstruktion besteht, die in mehreren rechtwinkligen Wendungen mit Podesten steil hinaufführt.

Wilhelm ächzte, als er den Schlüssel zur Aussichtsplattform drehte. Die Tür quietschte. »Könnte der Hausmeister auch mal wieder schmieren«, murmelte er, und das war ein Arbeitsauftrag an sich selbst.

Auf der Plattform unterhalb der Kuppel des Turms, in der die Glocken hängen, hat man eine wunderbare Aussicht über die Stadt, im Norden auf die Skyline Frankfurts und den Großen Feldberg, im Westen bis zum Hunsrück und im Süden bis Ludwigshafen. Bei gutem Wetter wohlgemerkt.

Wilhelm wandte sich am Ausgang der Plattform nach links und trat an das Geländer, das aus einfachen Stahlstreben bestand und in jeder Höhe freien Blick nach unten gewährte. Er blickte hinunter, geradewegs zum südlichen Turmeingang, dorthin, wo er den Toten gefunden hatte.

Er nahm den größeren der beiden Karabinerhaken an dem Stahlseil und befestigte ihn mühelos am Geländer. »Passt«, sagte er.

Dann rückte er den Haken vorsichtig bis zu der von ihm als geeignet gedachten Stelle des Geländers. »Kratzer«, sagte er.

Und nun hängte er ein kleines Gewicht, das er mit nach oben gebracht hatte, an den zweiten Karabinerhaken, hielt nach Passanten Ausschau und rief: »Achtung, da fällt etwas vom Turm!«

Das Seil mit dem Gewicht fiel auf das Pflaster vor dem Turmeingang und blieb dort liegen. Das Seil war gerade lang genug.

Wilhelm griff zum Handy und drückte Müllheimers Nummer: »Ich weiß jetzt, wie er es gemacht hat!«

Müllheimer war gerade in einem Gespräch mit der Witwe des Professors. »Ich wollte noch einmal fragen«, sagte er freundlich, »ob es Ihrer Erinnerung nach jemanden gibt, der Ihrem Mann nach dem Leben trachten könnte?«

»Sie gehen von einem Verbrechen aus?«, fragte Frau Schnittgen zurück.

»Ja«, sagte Müllheimer langsam, wir vermuten, dass es kein Unfall war, sondern ein sehr sorgfältig geplanter Mord.«

Frau Schnittgen schluckte. »Wissen Sie«, sagte sie, »mein Mann war nicht nur ein bekannter Biologe und Genforscher, er war auch ein erfolgreicher Unternehmer. Da macht man sich nicht nur Freunde.«

»Ja«, sagte Müllheimer, »aber zwischen kein Freund und Mord liegt noch eine ordentliche Kluft.«

Die Frau nickte. »Es gab immer mal Drohungen militanter Genforschungsgegner, aber über das Besprühen unserer Gartenmauer ist das nie hinausgegangen.«

»Wir haben Sie schon einmal gefragt: Was könnte er denn am Sonntagmorgen an der Stadtkirche gewollt haben. Ging er zum Gottesdienst?«

»Das kann ich mir nicht vorstellen«, sagte die Witwe, »er hatte eine sehr kritische Einstellung zur Kirche. Man könnte sagen, er war Atheist.«

»Wollte er jemanden treffen?«

»Das weiß ich nicht«, sagte Frau Schnittgen langsam, »aber mir fällt ein, dass er über die Stadtkirche und deren Verantwortliche kürzlich heftig geschimpft hat.«

»Das war die Ablehnung des China-Geschäfts durch den Kirchenvorstand, oder?«

»Ja, aber es war noch etwas anderes, das er mir nicht genau erklärt hat. Es ging um eine an ihn gerichtete Forderung, die er als Forscher rigoros ablehnte.«

»Meinen Sie«, fragte Müllheimer ganz harmlos, »Sie würden uns mal die E-Mails und Chats Ihres Mannes in den sozialen Medien anschauen lassen? Vielleicht kommen wir so weiter.«

»Das Passwort zu seinem Notebook kenne ich nicht«, sagte Frau Schnittgen, »aber das Mobiltelefon benutze ich gelegentlich auch, deshalb weiß ich den Zugangscode.« Sie schrieb ihn für Müllheimer auf und reichte ihm ein Smartphone über den Tisch.

G raumann und Müllheimer kletterten mit Wilhelm auf den Turm der Stadtkirche. Als sie oben ankamen, waren sie etwas außer Atem.

»So«, sagte Wilhelm, hielt Müllheimer das Stahlseil unter die Nase und zeigte auf den Kratzer am Geländer. »Hier hat er das Stahlseil angehakt und dann den Wetterhahn am Seil hinunterfallen lassen. Dann kommt der auch da an, wo er hin soll.«

Graumann überlegte. »Dann müsste der kleine Karabinerhaken bei dem Opfer unten an dem merkwürdigen Armreif befestigt gewesen sein, den die Witwe des Toten nicht kannte. Und wenn der Tote dann eben schon tot war und auf dem Rücken lag, musste der Wetterhahn genau auf der Brust landen.«

»Mmhm«, sagte Müllheimer, »wenn es ein Einzeltäter war, musste er das Seil erst oben befestigen, hinunterwerfen und am Arm des Toten festmachen, dann wieder auf den Turm, das Seil kurz aushaken und den Wetterhahn einfädeln, das Seil wieder festmachen und den Wetterhahn abschicken. Sehr aufwändig und vielleicht auch sehr sportlich mit dem zweimaligen Besteigen des Turms.«

»Das Seil könnte ja schon vorbereitet gewesen sein«, sagte Graumann, »und außerdem: Es muss auch kein Einzeltäter gewesen sein.«

»Hätte er nicht ein drittes Mal hinaufgemusst, wenn Sie«, und da nickte Müllheimer Wilhelm zu, »das Seil doch unten bei der Leiche gesehen haben?«

»Nein«, sagte Graumann, »er kann es ja gleich nach dem Abgang des Wetterhahns hinuntergeworfen haben.«

»Wie kommt man denn an den Wetterhahn?«, fragte Müllheimer mit Blick auf die Kuppel, in der die Glocken hängen. Auf der höchsten Stelle der Kuppel befindet sich normalerweise der Wetterhahn.

»Man ist entweder ein sehr geübter, schwindelfreier Kletterer oder braucht ein Hängegerüst«, sagte Wilhelm. »Und Werkzeug. Der Hahn war sehr fest montiert, weil er vor vielen Jahren tatsächlich einmal heruntergefallen war.«

Graumann nickte verständig. Alles nicht so einfach.

Müllheimers Mobiltelefon meldete sich. Er hörte aufmerksam zu, nickte zweimal und bedankte sich, bevor er das Gespräch beendete. »Das war der Gerichtsmediziner«, sagte er. »Er geht davon aus, dass die kleine Wunde an der Schulter der Leiche von einer Injektion herrührt, die ihm hinterrücks überraschend verabreicht worden sein dürfte. Es wurde ein Medikament festgestellt, das für Narkosen verwendet wird und in Überdosierung zu einer Atemlähmung führt.«

Als sie die Treppen bis zur Höhe der Emporen hinabgestiegen waren, erklang aus dem Kirchenschiff festliche, aber auch durchaus wilde Orgelmusik.

»Der Kantor übt«, verriet der Küster.

»Lassen Sie uns doch mal kurz lauschen«, sagte Graumann und öffnete die Tür zur Empore. Sie traten aus dem Treppenhaus auf den hölzernen Boden der Empore und gingen vor, bis der Organist gut zu sehen war.

»Reger«, stellte Graumann fachkundig fest.

»Nein«, sagte Wilhelm, »er heißt nicht Reger. Er heißt Reiter, Gottlob Reiter.«

Graumann wollte gerade erklären, dass er den Komponisten gemeint hatte, als der Küster aufgeregt sagte: »Die Schuhe, das sind die Schuhe, die ich bei dem Mann an der Leiche gesehen habe.«

Der Organist trug sichtlich abgewetzte Halbschuhe, die einmal schwarz gewesen sein dürften. Orgelschuhe halt.

»Hat er einen Schlüssel für das Kämmerchen, in dem Sie das Stahlseil gefunden haben?«, fragte Graumann den Küster, der erschrocken nickte.

»Das reicht für ein intensives Gespräch im Polizeipräsidium«, sagte Müllheimer, und Graumann nickte.

Müllheimer wartete das Ende des gerade erklingenden Satzes ab und sprach den Organisten an, bevor er den nächsten Satz beginnen konnte. »Herr Reiter«, sagte Müllheimer, »wir würden Sie bitten, uns zum Polizeipräsidium zu begleiten.«

Der Organist erschrak. »Bin ich verhaftet?«

»Noch nicht«, sagte Müllheimer ernst.

Auf Müllheimers Schreibtisch im Präsidium lag ein Ausdruck der Auswertung des Mobiltelefons des ermordeten Professors. Müllheimer überflog ihn, sagte nichts, griff sich kurz an den Kopf und reichte Graumann das Papier.

»Mein Name ist Graumann«, sagte Graumann an den Organisten gewandt, »und ich bin Staatsanwalt, und das ist der zuständige Erste Kriminalhauptkommissar, Herr Müllheimer. Herr Reiter, ich muss Sie vorsorglich darüber belehren, dass wir Sie des Mordes an Professor Schnittgen verdächtigen und Sie das Recht haben, einen Anwalt hinzuzuziehen oder keine Angaben zur Sache zu machen.«

Der Organist lächelte fein. »Was werfen Sie mir denn vor?«

»Sie hatten mit dem Professor einen Dialog zu der Frage, ob er die Gene besonders begabter Chorsängerinnen so verändern könne, dass sie noch begabtere und schon auf der Grundlage ihrer Physis ganz besonders stimmgewaltige Kinder haben könnten.«

»Das ist nicht strafbar«, sagte Herr Reiter.

»Was jetzt kommt, ist allerdings ziemlich strafbar«, sagte Graumann, »Sie schlugen dem Professor vor, einige solcher besonders begabter Chorsängerinnen zu narkotisieren, damit er ihnen Eizellen entnehmen könnte. Als Gegenleistung für die erfolgreiche Zucht stimmgewaltigen Nachwuchses haben Sie ihm versprochen, sich bei den Kirchenvorstehern für sein Chinesen-Projekt einzusetzen und zu helfen, den Verkauf der Stadtkirche zu arrangieren.«

»Woher wissen Sie das?«

»Sein Mobiltelefon hat uns das verraten«, sagte Müllheimer.

»Der Professor hat derartige Experimente vehement abgelehnt und Ihnen mit einer Strafanzeige gedroht«, sagte Graumann. »Auf Ihren Vorschlag für ein letztes Gespräch am letzten Sonntag um 9 Uhr am Stadtkirchturm ist er aber eingegangen.«

»Und das war dann auch sein letztes Gespräch«, fügte Müllheimer hinzu.

»Warum wollten Sie genmanipulierte Chorsänger?«, fragte Graumann.

»Weil ich mit dem hier vorhandenen Stimmmaterial das von mir angestrebte Niveau nicht erreichen kann. Ich will einen Weltklasse-Kammerchor heranbilden, verstehen Sie«, sagte Herr Reiter, »aber Professor Schnittgen sagte, dass er die erforderliche Genmanipulation zwar voraussichtlich durchführen könne, aber auf keinen Fall mitmachen werde. Er wollte mich vielmehr zur Strecke bringen, wie er sagte.«

»Und warum der Aufwand mit dem Wetterhahn?«, fragte Müllheimer ruhig.

»Das hatte er verdient«, sagte der Kantor einfach.

»Dann sind Sie jetzt vorläufig festgenommen«, sagte Müllheimer ebenso einfach.

Manchmal konnte sich Graumann des Gefühls nicht erwehren, dass in Darmstadt der Prozentanteil Größenwahnsinniger an der Gesamtbevölkerung höher sein könnte als sonst wo.

ANDREAS ROSS
BRAUNGEBRANNTE UND BITTERBÖSE BAGGERSEE-BANDITEN

Schimmernd glänzt die Oberfläche des braunen Wassers. Die Sonne brennt, und es räkeln sich nahezu dieselben Menschen wie gestern, vorgestern und auch im letzten Sommer verträumt auf der von Wildschweinen durchpflügten ehemaligen Grasfläche. Die Prinz-von-Hessen-Grube hat Hochsaison. Den Badegästen ist es egal, dass im Laufe des Sommers die Wasserqualität immer schlechter wird, noch stören sie sich an den tief dröhnenden Passagierflugzeugen, die in regelmäßigen Abständen irgendwelche Urlaubsziele mit Sonnenhungrigen versorgen. Die hier Herumliegenden wollen ihr Naherholungsgebiet genießen und erfreuen sich an der Sonne, dem blauen Himmel und dem kleinen See. Die Stimmung ist angenehm ruhig und irgendwie familiär.

Schon seit einer halben Stunde schwimmt die blonde Badenixe nur mit ihrer eigenen Haut bekleidet im trotz der Hitze noch kühlen Wasser langsam hin und her. Sie ist in dem Alter, in dem sich das auf der Pobacke tätowierte ehemals filigrane Segelboot zu einem stattlichen Frachter entwickelt hat. Aber selbst diesen hat schon seit längerer Zeit kein von ihr ausgewählter Mann bewundert. Darunter leidet die Braungebrannte, und deswegen ist sie auf der Pirsch.

Viele Männer, die hier die Sonne anbeten, kennt sie von kurzen Gesprächen, einem flüchtigen Blick, einem Hallo-Sagen oder einem Lächeln. All das will sie heute nicht. Heute will sie mehr, und als sie wieder einmal ganz nah am Ufer entlangschwimmt, zieht sie der Anblick eines Körpers magisch an. Ein Mann um die 40, schätzt sie, hat es sich gemütlich gemacht. Gerade reibt er seinen muskulösen Körper mit Sonnenöl ein und die Blondine dreht um, schwimmt nochmals zurück, um das Schauspiel besser beobachten zu können. Als sie zum vierten Mal hin- und hergeschwommen ist, ist sie sich sicher, dass jetzt der beste Zeitpunkt sei, um aus dem Wasser zu steigen. Sie will es tun wie Ursula Andress in einem der ersten James-Bond-Filme, und sie hat dies auch geübt. Der Boden ist sandig und der Ausstieg aus dem Wasser flach, gute Voraussetzungen. Dumm nur, dass sie keine Muscheln in Händen hält, aber das ist jetzt egal, denkt sie und stolziert aus dem Wasser, lässt die langen nassen Haare durch die Luft zischen und versucht, einen Blickkontakt zu dem Fremden aufzubauen.

Es gelingt.

Verblüfft fragende Augen blinzeln ihr im Sonnenlicht entgegen. Sie ignoriert den Blick für eine kurze Zeit, schaut sich auffällig suchend auf dem Sandstrand um, schüttelt übertrieben ihren Kopf und sieht dem Mann erneut direkt in die Augen. Anschließend stolziert sie auf den Nackten zu, wackelt mit den in dieser Situation üblichen Körperteilen und schaut betrübt drein. Als sie vor dem Handtuch des athletisch aussehenden Mannes steht, lässt sie die Augen klappern, die Mundwinkel nach unten sinken und klagt ihr Leid. Die Arme hat sie vor ihre Brüste gelegt, nicht um diese zu verstecken, sondern um der Erdanziehungskraft etwas entgegenzusetzen.

»Sorry, dass ich dich ansprechen muss. Kannst du mir helfen? Hab grad' entdeckt, dass meine Kleider und auch sonst alles, was ich besitze, gestohlen wurde.« Sie dreht sich um, zeigt mit einer ausladenden Bewegung in Richtung des Sandstrandes und lässt so ihre rechte Brust erotisierend, wie sie findet, nach unten wippen. »Und jetzt stehe ich hier, wie mich Gott erschaffen hat. Kannst du mich vielleicht nach Hause fahren?«

Der Mann springt entsetzt auf. Der Blick der Blondine gleitet an seinem Körper hinunter, und sie ist begeistert.

Aufgeregt steht der Angesprochene vor ihr und sagt mit warmer weicher Stimme: »Schätzilein, das ist ja tragisch. Natürlich werde ich dir helfen. Ich ruf gleich meinen Mann an, der kommt bestimmt vorbei und bringt ein paar Klamotten mit. Wäre 'ne Jogginghose und ein T-Shirt okay? BHs haben wir leider keine.«

Schlagartig wird der Blondine bewusst, dass sie auf das falsche Pferd gesetzt hat. Sie will keine weitere Zeit verschwenden und verhindern, dass der gutaussehende und überaus nett wirkende Mann ihre aufsteigende Gesichtsröte sieht, dreht sich abrupt um und sagt in sich hinein nuschelnd: »'tschuldigung, hab mich getäuscht. Mir fällt grad' ein, dass ich heut' meine Sachen ganz woanders hingelegt hab.« Sie lässt ihren Augen sinken, und ohne ein weiteres Wort geht sie mit hängenden Schultern über die ehemalige Grasfläche, die tatsächlich intensiv von Wildschweinen durchpflügt worden war, wie es ihr gerade erneut auffällt.

Als sie an dem hinteren Teil der Liegewiese angekommen ist, blickt die Blondine verdutzt auf. Direkt neben ihrem Handtuch liegt ein anderes, fremdes. Hoffnung keimt auf. Sollte ihr der Tag doch noch ein Geschenk bescheren? Die Frau bewegt sich langsam weiter, voller Neugierde und innerer Anspannung. Sie lässt ihren Blick über den See gleiten. In diesem Augenblick kräuselt sich die Wasseroberfläche, und aus der Prinz-von-Hessen-Grube steigt ein nackter Mann, der durchaus der Bruder des Mannes sein könnte, den sie eben gerade angesprochen hatte. Ihr Atem stockt. Sie ist sprachlos, und das – muss sie zugeben – passiert ihr nicht sehr häufig. Ihr Mund fühlt sich trocken an, vielleicht auch, weil er eine ganze Zeit lang offen stand und Zeit plötzlich keine Bedeutung mehr hatte.

»Na, du Badenixe? Ich beobachte dich schon länger. Willst du dich neben mich legen?«

Sie glotzt den Mann an. Braungebrannt, muskulös und auffällig jung. Sie lässt sich von dem Anblick berauschen. Der Mann schüttelt seine halblangen Haare, als sei er ein Hund mit nassem Fell, schnappt nach dem Handtuch, tupft leicht seinen Körper ab, breitet es wieder auf dem Boden aus und lässt sich darauf gleiten. Für die Blondine geschieht das alles irgendwie wie in Zeitlupe. Sie hat aufgehört zu denken, starrt vor sich hin und fühlt die warme Sonne auf ihrer Haut. Erst als der Mann mit seiner schön behaarten rechten Pranke zärtlich auf ihr Handtuch klopft und sagt: »Komm, leg dich nieder, hier ist noch ein Plätzchen frei«, erwacht sie aus ihrer Starre und folgt der Aufforderung. Der Mann beginnt zu erzählen. Sie lauscht seiner tiefen Stimme und bewundert die klaren blauen Augen und diese toll ausgeprägten Wangenknochen. Immer wieder schweifen ihre Gedanken ab und sind schon bei den gemeinsamen Berührungen, die bestimmt bald Realität werden würden. Von dem, was der Mann sagt, dringt nicht sehr viel in ihre Ohren. Erst als der Traumprinz ihren Unterarm streichelt und die Worte wiederholt: »Kannst du mir helfen?«, schaltet sich ihr Verstand ein. Sie bittet ihn, nochmals zu sagen, was er schon gesagt hatte, und der Mann tut ihr den Gefallen und erzählt davon, was ihm in den letzten Tagen alles Schreckliches passiert sei. Nun habe er Finanzprobleme und er benötige Hilfe.

So etwas Verrücktes, denkt die Frau und versucht, mit ihren Augen die Aufmerksamkeit des Gegenübers zu gewinnen. Erst habe ich um Hilfe gebeten, kurz später werde ich selbst um Hilfe gefragt. Das muss ein Zeichen sein. Es gibt keine Zufälle, wir beide sind füreinander bestimmt. Wir sind seelenverwandt, jubiliert es in ihr. Glückshormone arbeiten in ihrem Hirn und lassen alles bunt und wunderschön erscheinen.

Und als der Mann, der noch immer ganz nah neben ihr liegt, das Tattoo auf ihrem Po bewundert, ist es endgültig um sie geschehen. Natürlich wird sie mit ihm in die Darmstädter Innenstadt fahren, direkt zur Sparkasse gehen und die 28.000 Euro abheben, ihr gesamtes Erspartes, denn der Schönling braucht das Geld nun mal. Er hatte Pech bei seiner letzten Investition, erzählte er ihr, nun aber habe er einen todsicheren Tipp erhalten und will das Geld gewinnbringend anlegen, mit ihr ins Ausland fliegen und einen traumhaften Urlaub verbringen. Dem Versprechen will die Blondine Glauben schenken und alles dafür tun. Sie will keine Zeit verlieren und freut sich darauf, den Traumprinzen nach der Transaktion in ihre Wohnung einzuladen.

»Na, dann lass uns losgehen«, sagt sie verführerisch lächelnd, zieht sich an und packt ihre Sachen zusammen.

Die Fahrt nach Darmstadt vergeht schnell. Die Braungebrannte, bekleidet mit einem leichten Sommerkleidchen, plappert die ganze Zeit.

Eine viertel Stunde später steht sie vor dem Geldautomaten der Postbank direkt am Luisenplatz.

Ihre Hände zittern. Der Mann, der so nahe hinter ihr

steht, dass sie seinen Atem an ihrem Hals spürt, macht sie ganz kribbelig. Einmal schon hat sie die PIN falsch eingegeben. Plötzlich fällt ihr ein, dass das, was sie hier tut, keinen Sinn ergibt. Sie kann unmöglich ihr gesamtes Geld an diesem Automaten abheben. Das kann nicht funktionieren. Sie muss in die Geschäftsstelle gehen und direkt am Schalter darum bitten, die 28.000 Euro ausgezahlt zu bekommen. Also spricht sie kurz mit dem Mann, der immer ungeduldiger wird, fingert ihre Karte aus dem Automaten und betritt die Sparkassenfiliale. Die Schlange ist lang. Sie stellt sich an, schweigt und genießt die warme knetende Hand auf ihrer Schulter. Endlich kommt sie an die Reihe. »Ich möchte dieses Konto auflösen und alles Geld abheben«, hört sie sich sagen.

Jetzt geht alles sehr schnell. Fußgetrappel. Männer spurten durch die Schalterhalle. Vier kräftige Hände packen den Mann, der ganz nah hinter der Blondine steht, reißen ihn herum und führen ihn ab. Die Frau sieht die Polizeiuniformen und versteht nicht. Da erscheint ein Mann in ihrem Blickfeld. Erst erkennt sie ihn nicht, da er so fein gekleidet ist. Neben ihm steht ein weiterer Mann, auch er sieht hervorragend aus. Der erste Mann sagt: »Ach Schätzilein, du wolltest mich zwar veräppeln, da bin ich aber nicht nachtragend, weißt du.« Er blinzelt sie an und lächelt herzerweichend, bevor er weiterspricht: »Ich habe dich beobachtet, und ich habe den Kerl erkannt, der dich so dolle umgarnt hat. Im Darmstädter Echo hat die Polizei über den berichtet, sogar mit Bild. Da wusste ich, dass du Hilfe brauchst.«

ELLA THEISS

TRÄUMEREI

Das Merlin-Hotel in der Neckarstraße hat wahrhaftig fünf
Sterne. Eine lindgrün verspiegelte Fassade reflektiert den
Wolkenhimmel über Darmstadt, eine Freitreppe aus Mar-
mor führt zu einer gläsernen Drehtür, über der die zu einem
Bogen angeordneten Sterne goldfarben erstrahlen. So ein
Hotel hast du in deinem ganzen 62-jährigen Leben noch
nicht betreten, was, Aneta? Nicht mal als Putzfrau.

Im Foyer dieses noblen Gebäudes triffst du heute Vor-
mittag einen Herrn Dr. Fischer aus Frankfurt, um mit ihm
eine Art Kontrakt abzuschließen. Um 10.000 Euro geht
der Deal. Warum wirfst du einen Blick auf dein Handy,
Aneta? Du bist zu früh, weil man in Deutschland, wie
du glaubst, keinesfalls zu spät sein darf. Diesmal bist du
20 Minuten zu früh. Ob du trotzdem reingehen sollst?
Klar sollst du. Es beginnt zu nieseln, und du trägst die
neuen Pumps.

Nase hoch, dezentes Kopfnicken zum Türsteher hin, und
du bist drinnen. Guck dich nicht um, Aneta. Das Inventar
aus Marmor und sandgestrahltem Chrom würde dich ein-
schüchtern. Schreite zielstrebig durch die Lobby auf den
Empfangstresen zu, wo der Mann mit dem dunkelblauen
Sakko auf eine Tastatur eintippt und den dazugehörigen
Bildschirm fixiert. Lehn dich an den Tresen, leg deinen Ellbogen darauf. »Wozniak, mein Name. Ich habe einen Termin mit Herrn Dr. Fischer. Wo kann ich warten?«

Leider rollst du das R wie die meisten Slawen es tun, weil du das deutsche Rachen-R nicht beherrschst. Na und? Schau, den Mann am Tresen stört es nicht. In feinen Hotels ist man weltoffen. Oder man tut als ob. Mit einladender Handbewegung weist er auf eine mit hellem Leder bezogene Sitzgruppe zwischen Yucca-Palmen und zückt sein Telefon. Und kaum, dass du Platz genommen hast, tritt ein drahtig gebauter Mann, Ende 40, mit Aktentasche aus dem Aufzug. Er legt Wert darauf, sogar in Zivil nach Arzt auszusehen: cremeheller Anzug und Budapester in der gleichen Farbe. Er hebt, während er auf dich zueilt, die Hand, als hätte er sich verspätet und müsste um Entschuldigung bitten. Es ist zehn vor elf. Gut gemacht, Aneta. Frechheit siegt, würden die Deutschen sagen.

Er geleitet dich zu der lauschigen, mit reichlich Spiegelglas ausgestatteten Hotelbar. Dort sucht er einen Nischenplatz aus, spendiert dir einen Drink für acht Euro und sieht dir forschend in die Augen. Wie du dich fühlst bei deinem Entschluss, will er wissen. Und ob du Bedenken hast.

Du wiegst den Kopf. Dass Operationen nie ohne Risiko sind, fällt dir ein. Dass man sich nicht »unnötig unters Messer legen« soll. So stand es kürzlich im Krankenkassenblättchen. Unnötig? Du hast die 10.000 Euro bitter nötig, brauchst sie, um das Elternhaus am Stadtrand von Gorzów zu sanieren, wo du mit deiner Schwester Vera einen sorgenfreien Lebensabend verbringen willst. Doch der Doktor erwartet keine Antwort, spricht weiter, erzählt von gesunder Lebensführung, abwechslungsreicher Kost, erklärt, dass wer nicht rauche und Alkohol in Maßen trinke, mit nur einer Niere steinalt werden könne. »Ja, über hundert Jahre können Sie alt werden, liebe Frau Wozniak.«

»Hundert Jahre?« Du lachst herzlich.

Der Doktor hingegen senkt seine Stimme, erzählt mit bedrückter Miene von einem jungen Mann, der wegen eines erblichen Leidens die Niere dingend brauche, weil er sonst sterben müsse. Ein hochtalentierter Pianist sei er, 23 Jahre alt, studiere an der Musikhochschule. Seine Eltern, Geringverdiener, seien bereit, all ihre Ersparnisse zu opfern ...

Du bist gerührt, fragst, ob der junge Mann, wenn er denn genesen sei, einmal ein Klavierstück für dich auf CD aufnehmen könne. Die »Träumerei« von Schumann zum Beispiel, die liebst du ganz besonders.

Dr. Fischers Miene entgleist für einen Moment. »Das ... äh ... lässt sich sicher machen«, sagt er und kommt zur Sache. Er zieht ein zweiseitiges Schriftstück aus seinem Köfferchen. »Unser Vertrag.«

Du stutzt. Alles ist voller Amtsdeutsch und Paragraphenzeichen, du verstehst kaum ein Wort.

Er lächelt nachsichtig, fasst zusammen: »3.000 Euro bekommen Sie jetzt, Frau Wozniak.«

»Sofort?«

»Sobald Sie unterschreiben. In bar. Vertrauen gegen Vertrauen.«

Du nickst knapp, lässt dir die Überraschung nicht anmerken.

Den Rest, erklärt er, bekommst du nach der OP, unmittelbar vorm Verlassen der Klinik. Ebenfalls in bar. Außerdem habe die »Transorgans Unlimited« die Bescheinigung eines Warschauer Krankenhauses besorgt, dass ein gutartiger Tumor aus deinem Rücken entfernt worden sei. Damit dein Hausarzt sich nicht über die Narbe wundert.

Du nickst wieder. Diese Organisation denkt an alles.

Unter Paragraf 2, Punkt 1 steht, dass du ledig, alleinlebend und kinderlos bist, dass du keine nahen Verwandten hast und keine engen Beziehungen pflegst.

»So ist es«, behauptest du. Weil es weitgehend stimmt. Deine Eltern sind tot, dein Bruder meldet sich allenfalls an deinem Geburtstag. Deine Schwester, mit der du allabendlich skypst, verschweigst du guten Gewissens. Was geht die arme, rheumakranke Vera diese Leute an?

»Punkt 2«, fährt der Doktor fort, »verlangt von Ihnen, dass Sie mit niemandem, wirklich niemandem, über Ihre Spende sprechen. Nicht mit Kollegen und Vorgesetzten, nicht mit Nachbarn oder Sportsfreunden. Sie machen sich sonst erpressbar. Was der Organisation, ebenso wie Ihnen, schaden kann.«

»Selbstverständlich«, sagst du. Aller Welt hast du erzählt, du würdest für eine Woche in die Heimat reisen. Nur Vera weiß Bescheid. Vera dich erpressen? Lachhaft.

Punkt 3 sieht vor, dass du nicht nach dem Empfänger deiner Niere forschen darfst. Wie er umgekehrt deinen Namen nicht erfährt. »Alles anonym«, erklärt der Doktor, »wie das Gesetz es verlangt.«

Du bist irritiert. Weil ihm klar sein muss, dass das Gesetz sogenannte Lebendspenden unter Fremden untersagt. Dass das, was ihr vereinbart, illegal ist. So oder so. Ich bin dein Bauchgefühl, Aneta, dein siebter Sinn, wie Vera es ausdrücken würde. Und ich sage dir, dass dieser Doktor, wenn er denn ein Doktor ist, dich für dumm verkaufen will. Dass dieser ganze Vertrag ein Fake ist, der dich einlullen soll. Wozu einen illegalen Deal vertraglich absichern? Welches Gericht würde sich im Konfliktfall damit befassen?

Du hakst nicht nach, du diskutierst nicht, weil du das Geld brauchst. Du unterschreibst und bekommst es, eingepackt in einen reinweißen Umschlag mit Seidenfutter. »3.000 Euro, Frau Wozniak, zählen Sie nach.«

Gönn dir ein Taxi nach Hause, Aneta. Mit so viel Geld in

der Tasche ist ein Taxi sicherer als der Fußweg durchs Mornewegviertel. Bester Laune bist du, was? Noch heute Nachmittag wirst du Vera den größten Teil davon überweisen. Für das marode Dach daheim, durch das es bei jedem Dauerregen tropft. Und übermorgen früh, pünktlich um acht, wirst du am vereinbarten Ort sein: Institut Diana, Schönheitschirurgische Praxis, Flotowstraße.

Du bist guter Dinge erwacht. Hast es überstanden, denkst du. Lächelst dir im Taschenspiegel zu, zupfst dir die Locken zurecht, puderst dir die Nase. Die Naht am Rücken schmerzt kaum, ein bisschen schwindelig ist dir, das kommt vom vielen Liegen. Oder von diesem kahlen, fensterlosen Krankenzimmer im Souterrain. Fertig angezogen hockst zu auf deinem Bett, wartest auf Dr. Fischer, damit er dir das restliche Geld aushändigt: 7.000 Euro. Die wirst du auf direktem Weg zur Bankfiliale in der Dieburger Straße bringen, das ist nicht weit von hier, und auf dein Konto einzahlen. Dann wirst du mit der Straßenbahn nach Hause fahren, deinen Kanarienvogel Klitschko bei der Nachbarin abholen und Vera anrufen. Vera sagen, dass alles gut gelaufen ist und du sie im Herbst besuchen kommst.

Nichts ist gut, Aneta! Guck auf deine Armbanduhr. Da stimmt was nicht. Dass du eine halbe Stunde vergeblich ausharrst – geschenkt. In Krankenhäusern sind die Wartezeiten krasser. Nein, es ist das Datum. Der 22. Juni ist heute. Deine Entlassung war für den 15. vorgesehen. Du glaubst, deine Primark-Uhr sei unzuverlässig? Dann schalte dein Handy ein. Ja, Handys sollen bis zum Verlassen der Praxis ausgeschaltet bleiben, so hat man dir eingeschärft, weil sie angeblich die Funktion der medizinischen Apparate stören, doch wenn du nur einmal und nur ganz kurz ...? Falls man dich ertappt, entschuldigst du dich, sagst, du hättest die Anweisung vergessen. Hinter der angelehnten Tür rührt sich nichts, also gib deine PIN ein.

Siehst du, das Display zeigt ebenfalls den 22. Und drei Whatsapp-Nachrichten von Vera liegen im Postfach. *Liebe Anetka, wo bist du? Bitte melde dich. – Anetka, was ist los? – Deine Nachbarin hat mich angerufen, Anetka …* Die vierte Nachricht ist von der Nachbarin selbst. Das Vogelfutter sei alle, sie habe neues kaufen müssen, und die Orchideen auf der Fensterbank würden welk, ob sie die mit normalem Leitungswasser …

Die Tür schwingt auf, ein Mittdreißiger im weißen Kittel tritt ein, untersetzte Statur, feistes Gesicht, hängende Mundwinkel. »Hier wird nicht telefoniert, Frau Wozniak!«

»Ich habe nur … das Datum … » Du spürst, wie du rot wirst.

»Es gab Komplikationen. Sie lagen im Koma«, sagt er, stellt sich als Dr. Schröder vor und reicht dir eine fleischige Hand.

»Koma? Ich?«

»Sie hatten einen allergischen Schock, ausgelöst durch ein kreislaufstabilisierendes Medikament. Sie hätten diese Allergie angeben müssen. Beinahe wären Sie gestorben.«

»Allergie?« Quatsch, hast du nicht. Dein Armbruch vor sechs Jahren wurde unter Narkose gerichtet. Alles lief problemlos.

»Sie hätten Ihre Allergie unbedingt angeben müssen.«

»Haben Sie mich operiert?«

»Ein Kollege. Er ist abgereist.«

»Und wo ist Dr. Fischer?«

»Auch abgereist. Sie lagen im Koma.«

Warum wiederholt der Mann alles? Du wirst ungeduldig, verlangst dein Geld.

Er greift in sein Revers, zieht einen Briefumschlag heraus. Billiges Papier diesmal. »Das Dokument für Ihren Hausarzt, falls er dumme Fragen stellt. Und Ihr restliches Honorar. Da Sie noch etwas schwach auf den Beinen sind, fahren wir Sie selbstverständlich nach Hause.«

Der Umschlag ist verblüffend dünn. Und zugeklebt. Überwinde deine Scham, Aneta, reiß ihn auf, guck rein. – Und? Es sind zehn 200er-Scheine.

»Das sind 2.000 Euro«, sagst du. Es klingt dumm. Klingt, als könntest du nicht gut rechnen.

»Richtig«, sagt er und räuspert sich.

»Mir stehen 7.000 zu.«

»Wir mussten für die Zeit, die Sie hier am Tropf hingen, und für den Pflegeaufwand etwas abziehen. Sie können von Glück reden, dass Sie am Leben sind.«

Dir wird heiß. Vor Zorn. »Das ist … Betrug!«, schreist du und springst auf.

Abrupte Bewegungen verträgt dein Kreislauf nicht. Dir wird schwarz vor Augen, du musst dich am Bettpfosten festhalten.

»Sie haben Ihre Allergie verschwiegen.«

»Ich habe keine Allergie. Ich will jetzt Dr. Fischer sprechen. Wenn er abgereist ist, dann eben am Telefon.«

»Sie haben außerdem verschwiegen, dass Sie lebende Verwandte in Polen haben.«

Du ringst nach Luft, du keuchst. »Wo… woher wissen Sie das?«

Er grinst verkniffen.

Die Erkenntnis trifft dich mit voller Wucht: Du bist Betrügern aufgesessen, Aneta, Betrügern, die so tun, als seist du die Betrügerin. Und du kannst nicht zur Polizei, ohne dich selbst anzuzeigen. Tränen schießen dir in die Augen, dir wird vollends übel. Du schaffst es gerade noch, das Couvert in deine Schultertasche zu stopfen und dich aufzurichten, dann erbrichst du dich auf seine Schuhe. Wieder Budapester. Diesmal sind es braune.

Er weicht vor Ekel zurück, du wischst dir den Mund ab und gehst, ohne dich umzudrehen, wankst den Flur entlang zum Aufzug, steigst ein, drückst den Knopf.

Das ist der Lastenaufzug, Aneta, und der falsche Knopf. Du fährst abwärts und merkst es nicht. Rohe Betonwände und unverputzter Estrich empfangen dich beim Aussteigen. Eine schwache Neonlampe beleuchtet einen Flur voller Gerümpel: Krücken, zerlegte Krankenbetten, ausgediente Rollis. Du bist im zweiten Untergeschoss, Aneta. Mach kehrt!

Zu spät, der Aufzug ist weg. Nimmst du halt die Treppe. Und die ist … wo? Überall Eisentüren mit nicht zu deutenden Kreidemarkierungen. Du entscheidest dich für die doppelflügelige Tür mit dem senkrecht gestellten Hebel, drückst ihn waagrecht. Frische, kühle Luft weht dir durch den Spalt ins Gesicht. Sie tut dir gut, und du atmest auf, weil du glaubst, hier ginge es ins Freie. Irrtum. Da sind Fliesen am Boden, an Wänden und Decke, ein summender Motor, ein synthetischer Geruch … ein Kühlraum ist das hier, eiskalt, penibel sauber und leer, nein … nicht leer … hinter der Tür liegen … Leichen! Vier tote Menschen auf Plastikplanen am Boden, nackt, mit klaffenden Schnittwunden an Brust und Bauch, Rippenknochen ragen heraus, Blutschlieren sind wie mit einem Pinsel über die bleiche Haut gewischt. Erneut befällt dich die Übelkeit, du siehst weg, du siehst wieder hin. Da ist etwas, was dich zwingt hinzusehen. Auf Post-it-Zetteln sind die Namen geschrieben: Patrik Haas, ein magerer alter Mann mit landstreicherhaft filzigem Bart, Aras Saleh, ein untersetzter Dunkelhäutiger, Gina Maria … Alonso? – Du schlägst dir vor Entsetzen beide Hände vor den Mund. Das ist deine Kollegin Gina. Man hat ihr das Haar abgeschnitten, die Ohrmuscheln auch. Vor drei Wochen hat Gina gekündigt und ist verschwunden, ohne sich zu verabschieden. Was ein Skandal war, weil sie beim Chef einen Kredit offen hatte. Gina ist hier, ist tot, ausgenommen wie ein Schlachttier.

Kehr um, Aneta! Ich bin deine linke Gehirnhälfte, dein Scharfsinn, deine Besonnenheit. Geh hinauf zu diesem Dr. Schröder, entschuldige dich und tu, als wär alles in Ordnung.

Du zögerst. Zögerst zu lange. Ein Wärter mit der Statur eines Hammerwerfers und der Miene einer Bulldogge steht breitbeinig im Flur zwischen dem ganzen Gerümpel. Hält eine Keule in der Hand, nein, keine Keule, das Ding sieht aus wie die Elektroschocker in den Fernsehkrimis.

»So, Alte, jetzt …«

Weiter kommt er nicht, weil du mit einer Geistesgegenwart, wie du sie dir nicht zugetraut hättest, einen der kaputten Rollis schnappst und ihn dem Kerl mit Wucht vor den Wanst rammst.

Er bricht jaulend zusammen. Du hast ihn im Schritt erwischt. Ha, das ist perfekt! Renn los, Aneta, renn! Immer den Flur entlang und um die Ecke. Da gibt es eine altmodisch gezimmerte Holztür mit schmiedeeisernem Griff. Sieht aus wie eine Hauseingangstür aus den 60er-Jahren. Sie ist unverschlossen, du schlüpfst durch und schließt sie leise, lehnst dich aufatmend dagegen und siehst dich um. In einen altertümlichen Gewölbekeller aus Brandsteinen bist du geraten, es riecht nach Fäule und Desinfektionsmitteln. Über dir an der Wand ist eine Notbeleuchtung angeschaltet, taucht das Gemäuer um dich herum in fahles Licht. Der Rest des Kellers liegt im Dunkeln.

Was jetzt? Du hast gesehen, was du niemals hättest sehen dürfen. Sie werden dich verfolgen und umbringen, wie sie Gina …

Da, schau, die Holztür hat einen Eisenriegel auf Höhe deines Kinns. Und einen auf Höhe deiner Knie. Schieb sie vor. Beide. Damit sperrst du den dicken Wärter aus.

Und dich sperrst du ein? Du sitzt in der Falle? Ach, Aneta, es gibt immer einen Ausweg, wie die Großmutter wusste. Sie hat fest an einen gütigen Gott geglaubt.

Ich bin nicht dein Gott, nur dein Gedächtnis, Aneta. Und ich sage dir, dass du dich in dem unterirdischen Wegesystem befindest, das die Darmstädter scherzhaft ihre »Katakomben« nennen. Ein Kollege hat dir vor Jahren davon erzählt, und du hast gedacht, er wolle dich auf den Arm nehmen. Der zweieinhalb Kilometer lange Tunnel verbindet das Alte Schloss mit dem Gelände an der Fasaneriemauer. Aus dem 14. Jahrhundert stammt der Tunnel, diente den Landgrafen, dann den Großherzögen als Versteck und Fluchtweg. Später richteten Darmstädter Brauereien ihre Kühlräume darin ein, dann die Nazis ihre Folterkammern. Labyrinthisch verzweigt soll der Tunnel sein, großenteils verschüttet und unerschlossen.

Schalt deine Handylampe ein, Aneta, lauf los. Kann sein, du kommst im Schlossmuseum heraus. Oder im Lichtenberghaus, dem Gästehaus der Technischen Universität, das neben der Fasaneriemauer erbaut ist.

Der Schein deiner Lampe fährt durch antike Backsteingewölbe und rohe Felswände, einzelne Nischen sind von Bauschutt versperrt. Ruß klebt an der Decke, es stinkt nach

Moder und kaltem Rauch. Die feuchte Kühle dringt durch deine Kleider. Dich gruselt es, und du glaubst für einen Moment an einen Albtraum, aus dem du gleich mit pochendem Herzen erwachen wirst. Es ist kein Traum. Und es gibt kein Zurück, Aneta. Lauf weiter.

Da! Eine Rampe. Es geht aufwärts, endlich. Notlampen überall. Sogar einen Aufzug gibt es hier. Den nimm lieber nicht. Das solide verputzte Treppenhaus führt hinauf und hinauf … bis zu einer zweiflügeligen satinierten Glastür, durch die diffuses Licht fällt. Da ist er, der Ausgang! Das Schlossmuseum?

Wieder befällt dich das Gefühl, zu träumen. Ungläubig taperst du durch ein glasüberdachtes Atrium mit marmornem Springbrunnen und bronzenen Skulpturen. Landschaftsaquarellen an den Wänden. Eine Sitzgruppe plaudernder Männer in Morgenmänteln, sie drehen sich nach dir um. Du bist in den Männertrakt der berühmten Privatklinik an den Seiterswiesen geraten. Geh tapfer weiter, nimm die Tür links, nein, nicht die, das ist der Vorratsraum, nimm die nächste, das Patientenzimmer mit der Nummer 104. Denn dort warte ich auf dich.

Ich bin deine linke Niere, Aneta, und befinde mich im Leib eines 64-jährigen Mannes mit einem blau-weiß-gestreiften Pyjama und einem Herzen aus Gold, wie Vera es ausdrücken würde. Lass dich in seine Arme fallen und vertrau ihm, ich bin ja dabei.

Mit ohnmächtigen Frauen hat er keine Erfahrung, er drückt die Klingel an seinem Bett, um die Schwester zu rufen. Hebt deine zu Boden gefallene Handtasche auf, legt sie auf dem kleinen Tisch am Fenster ab, widersteht der Versuchung hineinzusehen und klingelt ein zweites Mal.

Die Schwester kommt und kommt nicht. Er denkt an den Erste-Hilfe-Kurs, den er vor Jahrzehnten im Zusammenhang mit seiner Führerscheinprüfung besucht hat. Wichtig sei, so hat er gelernt, eine sogenannte stabile Seitenlage herbeizuführen. Also kippt er dich vorsichtig zur Seite, will an deiner Bluse zupfen, denn sie ist hochgerutscht und er glaubt, du würdest dich schämen, wenn du so entblößt aufwachst. Jetzt bemerkt er das Pflaster an deinem unteren Rücken, auf Höhe deiner linken Niere, und wundert sich.

Die Tür geht auf, Schwester Sabrina tritt ein. »Sie haben gerufen.«

»Nein.«

»Aber Sie haben zweimal geklingelt.« Sie wirft einen finsteren Blick auf die sich räkelnde Frau in seinem Bett, auf dich, Aneta.

»Habe ich nicht«, sagt er streng. »Meine Lebensgefährtin ist bei mir. Merken Sie nicht, dass Sie stören?«

Die Schwester geht, die Tür fällt zu.

Er schaut dir in die blinzelnden Augen, tätschelt dir die Wange, spricht beruhigend auf dich ein.

Fass Zutrauen, Aneta, sag es: »Bitte … helfen Sie mir. Man verfolgt mich. Ich … ich habe im Keller Leichen gesehen … aufgeschnitten.«

»Aufgeschnitten, im Keller?« Er mustert dich, überlegt, ob du geistesgestört sein könntest. Doch er besinnt sich. Im Tiefgeschoss dieser Klinik befindet sich – außer den Lager- und Versorgungsräumen – der spezielle Saal, in dem er operiert wurde und über den er nicht sprechen darf. Offiziell hat man ihm deine Niere im Ausland transplantiert und er ist nur zur Nachsorge hier. Er hat sie bei »Organs Unlimited« gekauft, weil ihm niemand eine legale Transplantation versprechen konnte.

»Es kommt vor, dass Menschen in Krankenhäusern sterben«, sagt er. »Speziell nach einer Operation an inneren Organen und ...«

Raus mit der Sprache, Aneta, sag es: »Meine Kollegin ist darunter. Gina. Sie wird seit Wochen vermisst.«

»Vermisst? Mein Beileid!« Er nestelt ein Papiertaschentuch aus seinem Kosmetikbeutel und reicht es dir. »Gestatten, Martin Lorenz. Kennen Sie Lorenz' Küchen?«

»Lorenz' Küchen. Praktisch fürs Leben?« Du trocknest deine Tränen.

»Ja, das ist unser Slogan. Haben Sie eine Küche von uns?«

»Weiß nicht, ich wohne zur Miete.«

Er nickt verständnisinnig. »Ihr werter Name?«

»Aneta Wozniak. Ich habe eine Niere verkauft. Für 10.000 Euro. Doch die wollen mir das Geld nicht geben.«

»10.000?« Er ist konsterniert, er hat mehr als 100.000 bezahlt.

»Nur die Hälfte habe ich bekommen, 5.000 haben sie mir vorenthalten.«

»Wenn es Sie tröstet, die schenke ich Ihnen.«

»Das ... kann ich nicht annehmen.«

»Dann leihe ich Ihnen die Summe, zinsfrei. Vielleicht hat man mir ja Ihre Niere transplantiert.« Er krempelt seine Pyjamajacke auf und zeigt dir seine Narbe. »Dann stünde ich tief in Ihrer Schuld.«

Du schüttelst den Kopf. »Meine Niere hat ein junger Pianist bekommen.«

»Ein hochbegabter junger Mann, der an der Musikhochschule studiert?«

»Woher wissen Sie das? Kennen Sie ihn?«

»Und ob. Mir hat ein Herr Dr. Fischer erzählt, der junge Musiker brauche das Geld, um sein Studium zu finanzieren.«

Du lachst. Zum ersten Mal an diesem Tag lachst du. Und Martin Lorenz lacht mit.

Wieder klappt die Tür auf. Schwester Sabrina bringt Kalbsleber mit Maronenpüree.

»Möchtest du was abhaben, Schatz?«

»Danke ... äh, Liebster, ich muss gehen.«

Die Schwester rollt die Augen, stellt das Tablett ab und verschwindet.

»Ja, wir sollten gehen. Und zwar sofort«, sagt er, zieht seinen Koffer aus der Garderobe und beginnt zu packen.

»Wir?«

Wie rasch doch eine Entlassung aus dem Krankenhaus vonstattengehen kann! Da staunst du, was, Aneta? Dieser Herr Küchenfabrikant tritt in den Flur, beschwert sich lauthals über die träge Klinikorganisation, das miserable Essen, das anmaßende Personal, das eintrete, ohne anzuklopfen. Prompt ist der Stationsarzt mit einem Entlassungsbericht zur Stelle, und der Pförtner telefoniert nach einem Taxi.

»Querulant!«, entschlüpft es Schwester Sabrina.

Martin Lorenz überhört es, reicht dir den Arm und geleitet dich wie eine Diva hinaus. »Kommen Sie mit zu mir«, flüstert er. »Wer erlebt hat, was Sie erlebt haben, sollte nicht allein sein.«

Du zögerst. Mit einem Fremden mitgehen?

»Ich muss Sie vorwarnen«, sagt er. »Ich bin geschieden und wohne allein. Aber ich schwöre, Sie nicht anzurühren. Ich schlafe auf meiner Dialyse-Couch. Das bin ich gewohnt.«

Sieh ihm in die Augen, kleine himmelblaue Augen, umgeben von einem Strahlenkranz. Schieb deine Bedenken beiseite und steig ins Taxi. Ich bin deine Menschenkenntnis, Aneta. Vera würde sagen, dein Herz.

Sein Zuhause ist ein von Thujen umrahmter Bungalow auf der Kuppe des Gundernhäuser Stetteritz. Von außen modernistische Schlichtheit, von innen junggesellenmäßige Leere. Das Wohnzimmer besteht aus einem verschrammten Jugendstilsekretär, einer durchgesessenen Couchgarnitur und jeder Menge am Boden liegenden Krimskrams. Im Schlafzimmer, wo du nächtigen sollst, steht eine Ausziehcouch wie aus den 80ern. Nur die Einbauküche, Marke Lorenz, ist neu und vom Feinsten.

»Meine Ex-Frau hat alles mitgenommen«, erklärt er, als er deine Verblüffung bemerkt. »Und meine Köchin hat Urlaub.« Er ordert Pizza beim Lieferservice und holt eine Flasche Moët & Chandon aus dem Keller. »Als Aperitif.«

Du willst als Allererstes Vera anrufen. »Aber selbstverständlich, Frau Wozniak«, sagt er und bietet dir sein Festnetz an.

Vera weint vor Erleichterung und dankt dem Herrgott, denn sie hat drei Tage und Nächte gebetet. Am vierten Tag hat sie bei der Polizei angerufen – in Gorzów, die ohne zu zögern in Darmstadt nachgefragt hat.

»Bei der Polizei?« Du erschrickst, markierst ein Lachen, obwohl sich ein Kloß in deinem Hals festgesetzt hat. Du musst dich bei der Polizeidienststelle melden. Eine Lügengeschichte erzählen. Behaupten, dass ein Missverständnis vorliege …

Nach der Pizza gießt dein Gastgeber zwei Gläser echt schottischen Single-Malt-Whisky ein, und ihr beschließt, euch zu duzen. »Prosit, Aneta, auf unsere Niere!« Er setzt sich zu dir auf die Couch, und ihr navigiert auf seinem Laptop durch Google Maps. Tatsächlich: Das Institut Diana in der Flotowstraße liegt höchstens 200 Meter Luftlinie von der Seiterswiesen-Privatklinik entfernt. Dazwischen verläuft die Dieburger und darunter wiederum ein Großteil der »Katakomben«. Die Organhändler nutzen einen Seitentrakt, um ihre Beute zu transportieren. Vielleicht auch, um die Leichen verschwinden zu lassen? Dir fallen die verschütteten Nischen ein, die rußige Decke, der Geruch nach kaltem Rauch. Du brauchst einen weiteren Whisky. Martin auch.

Er surft zur Polizei in Hessen, ruft die Seite mit den aktuell vermissten Personen auf. »Hier habe ich seinerzeit meine Frau als verschollen eintragen lassen. Bis ich Post von ihrem Scheidungsanwalt bekam.«

Du schreist auf, denn dort ist dein Passfoto veröffentlicht, oben an erster Stelle. *Aneta Ivona Wozniak, 62 Jahre alt, 1,67 groß … vermisst seit dem 8. Juni …*

Dir dämmert es. Deshalb die Klausel in diesem windigen Vertrag, dass du alleinstehend bist und keine engen Verwandten hast. Niemand sollte nachforschen, wenn du mehrere Tage ausbleibst. Vera hat dich als vermisst gemeldet, und so wusste dieser Dr. Schröder von ihr. Während die arme Gina keinen hatte, der um sie besorgt war. Die anderen Toten im Kühlraum wohl auch nicht. »Ich habe meiner Schwester mein Leben zu verdanken«, sagst du leise.

Martin streichelt dir übers Haar, erinnert sich. Vor Jahren meint er, von einer Organhandelsmafia in Indien gelesen zu haben, die ihre Opfer in künstliches Koma versetzte, um Suchanzeigen abzuwarten. Im Fall, dass Verwandte sich meldeten, wurde den Opfern wie vereinbart lediglich eine Niere entnommen. Andernfalls wurden sie lebendig ausgeweidet: Nieren, Leber, Bauchspeicheldrüse, Darm … zuletzt das Herz. Millionen soll die Mafia mit dem Verkauf verdient haben. »Hör mal, Aneta, das musst du der Polizei melden.«

»Dann werden wir selbst bestraft.«

»Du nicht, du bist Geschädigte, bekommst höchstens eine Vorstrafe. Und ich, na ja, ich hab einen guten Anwalt. Mein Geld ist weg, aber das lässt sich verschmerzen.«

Hat er nicht recht, Aneta? Da sind Schwerverbrecher am Werk, die machen weiter, bis jemand sie stoppt. Ich bin dein Gewissen, Aneta. Auf mich musst du hören. Immer.

Du seufzt, du schluchzt, du willigst ein und malst eine Skizze, die den Kühlraum des Instituts Diana ortet. »Gleich morgen früh geh ich zur Polizei«, sagst du.

Martin kündigt an, dich zu begleiten. Du umarmst ihn, küsst ihn. Dass er versprochen hat, dich nicht anzurühren und auf seiner Dialyse-Couch zu nächtigen? Vergiss es, Aneta, genieß dein Glück. Glück währt, wie du weißt, nicht ewig.

Gegen 4 Uhr in der Nacht dringen sie über die Terrasse ins Haus ein und zerren euch aus dem Bett. Drei vermummte Gestalten. Sie traktieren euch mit Elektroschockern, bis ihr wehrlos seid, sie drücken euch chloroformgetränkte Tücher vor die Nase, bis ihr ohnmächtig werdet. Der Alkohol in eurem Blut tut ein Übriges.

Ihr erwacht im Stockdunkeln, an den Händen gefesselt und am Rücken aneinandergebunden, nichts als eure Pyjamas am Leib. Man hat sich nicht die Mühe gemacht, euch zu knebeln, hier hört euch keiner schreien. Du weißt, wo du dich befindest. Erkennst die feuchte Kälte, den Geruch von Moder und kaltem Rauch. Weshalb haben sie euch am Leben gelassen? Um euch lebendig auszuschlachten – wie Gina und die anderen?

»Martin?«

Er schläft, stöhnt leise, braucht seine Tabletten. Unbedingt. Sonst stößt sein Organismus deine Niere ab. Und dann? Was wird dann? Und was wird aus Vera? Wie soll Vera ohne dich auskommen? Du zitterst vor Kälte und Entsetzen. Und wartest. Worauf?

Es wird Stunden dauern. Deine Gliedmaßen werden taub und steif sein, dein Leib wird vor Durst und Hunger schmerzen, und du wirst zu delirieren beginnen. Wirst glauben, dich auf einem Schiff zu befinden, das Martin und dich rund um die Welt schaukelt. Du wirst sphärische Klänge hören und einen bildschönen jungen Mann an einem Piano vor dir sehen, der dir zulächelt und mit flinken Fingern die »Träumerei« von Schumann spielt.

»Hörst du, Martin, ist das nicht herrlich?«, wirst du fragen. Und Martin wird laut weinen und der Kellerwand entgegenschreien, dass er sich in dich verliebt hat.

Da wird dir urplötzlich ein Licht erscheinen, so hell, dass es blendet. Du wirst es für das legendäre Licht am Ende des Tunnels halten, für deine Nahtoderfahrung, und du wirst fröhlich werden, weil du denkst, dass alle Qual und alle Angst überstanden sind und dass ein friedlicher Tod dich erwartet.

Unsinn, Aneta, es ist die Stirnlampe eines Höhlenexperten der Stadtverwaltung, der mit einem Tross von Polizisten anrückt. Nein, ein Wunder ist das nicht. Denn vorige Nacht, während du schliefst, ist Martin aufgestanden, ist unruhig in seinem leeren Wohnzimmer auf und ab gegangen und hat sich entschlossen, die 110 anzurufen. Ja, und noch in der Nacht hat er der Bereitschaftspolizei deine Skizze zugemailt. Erst gegen zwei ist er ruhiger geworden, ist zu Bett gegangen und eingeschlafen.

Heute Morgen gegen sieben haben Darmstädter Beamte den Kühlraum gefunden, die Toten bergen lassen, Dr. Schröder und alle Mitarbeiter des Instituts Diana festgenommen. Und nun durchkämmen sie den Tunnel und finden euch, Martin und dich.

Glaub mir, Aneta. Ich bin deine Schöpferin, die Autorin deiner Geschichte, und ich unterwerfe mich nicht vordergründigen Wahrscheinlichkeiten. Ich nehme mir heraus, über dein Schicksal zu bestimmen, wie es mir gefällt. Und über das von Martin genauso. Ich verfüge weiterhin, so unwahrscheinlich es sein mag, dass sämtliche Stroh- und Hintermänner dieser Mafia vor Gericht kommen. Und zu angemessen hohen Gefängnisstrafen verurteilt werden. Bald wirst du mit Martins Hilfe dein Elternhaus sanieren, sodass du zusammen mit Vera deinen Lebensabend darin verbringen kannst. Es sei denn, du ziehst es vor, in Darmstadt wohnen zu bleiben. Und in Martins Begleitung regelmäßig die Kammerkonzerte im Staatstheater zu besuchen. Irgendwann geben sie garantiert einmal die »Träumerei«. – Und Vera? Fährst du oft besuchen.

Schau, Aneta, sie kommen näher. Polizisten mit Sturmhauben und Maschinenpistolen. Wie Gespenster erscheinen sie dir, und du schauderst. Doch sie bleiben zurück, sie warten. Eine weiß gekleidete Sanitäterin kommt auf dich zu, beugt sich zu dir herab, fragt, ob du verletzt bist. Du siehst sie ungläubig an. Sie hat das Gesicht eines Engels.

Man schneidet euch die Fesseln auf, man will euch aus diesem Verlies herausführen, will euch mit heißen Getränken und Thermoplanen versorgen.

Komm zu dir, Aneta, steh auf. Die Geschichte ist zu Ende. Und alles wird gut.

ULI AECHTNER

NEUNERREGEL

Marten Müller ließ die Whiskyflasche in den Papierkorb gleiten, am Garagentor hatte es geklopft.

»Herein, ist nur angelehnt!«

Das Tor schwebte hoch, eine Blondine duckte sich darunter weg und kam, von einer Brise Novemberwind begleitet, zu ihm herein. Unter ihrem aufgeknöpften Mantel ließen sich ein knappes Oberteil und schwarzbestrumpfte lange Beine sehen. Sie war die Art Frau, die er mochte, an die er aber nie rankam. Schon gar nicht, seit er sein Büro in eine Garage im Bad Vilbeler Stadtteil Heilsberg hatte verlegen müssen. Die Garage gehörte zu dem – inzwischen mit Hypotheken belasteten – 50er-Jahre-Häuschen, das er von seinen Eltern geerbt hatte. Wie für die meisten Menschen »auf dem Heilsberg« von Anfang an üblich, hatte Marten bislang mit dem Rücken zu den Vilbelern gelebt und seine Interessen nach Frankfurt ausgerichtet. Doch nun klebte an der Tür seiner Detektei am Goetheplatz der Kuckuck. Der letzte Auftraggeber hatte ihn reingelegt und für eine monatelange Recherche im Drogenmilieu keinen Cent bezahlt. Wobei Marten den riskanten Job nur angenommen hatte, weil seine Auftragslage seit Längerem zu wünschen übrig ließ.

»Was kann ich für Sie tun, Gnädigste?«, fragte er seine Besucherin.

Die Blonde klappte ihre Handtasche auf, zog Spiegelchen

und Gloss hervor und malte sich die blutroten Lippen nach. »Meine Mitarbeiter sind verschwunden. Neun von zehn.«

Marten blickte in den Papierkorb, in dem neben der Whiskyflasche verfrühte Weihnachtskarten und unbezahlte Rechnungen steckten. »Soso, Mitarbeiter. Was für eine Firma betreiben Sie denn?«

»Ich besitze eine Begleitagentur in Bad Homburg.«

Die Stadt mit den meisten Reichen und den geringsten Steuerabgaben, fiel Marten dazu ein. »Was ist mit der Polizei?«, wollte er wissen.

Die Gnädigste schlüpfte aus einem High Heel und rieb sich mit dem unbeschuhten Fuß das paarige Schienbein. Sie muss Flamingo heißen, dachte Marten.

»Was die Polizei wissen darf, steht im Impressum meiner Webseite«, lautete die Antwort.

So kannte Marten seine Kundinnen. »Verraten Sie mir Ihren Namen?«

»Sybille von Kranichstein.«

Also tatsächlich eine auf einem Bein. »Wo steckt Ihr zehnter Mann?«

»In der Frankfurter Uniklinik.«

»Handynümmerchen?«

»Von einem Komatösen?«

»Unsinn, von allen zehn Begleiterlein natürlich!«

Er schob ihr Block und Stift hin und wartete, bis sie die Nummern von ihrem Smartphone abgeschrieben hatte. »Fein. Ich bekomme 200 Euro pro Tag plus Spesen.«

Ein Zucken um ihren Mund. »Und wie lange werden Sie brauchen? Das Weihnachtsgeschäft …«

»Ich beeile mich.«

Ein knappes Nicken, dann wandte sie sich zum Gehen. Marten griff in den Papierkorb. Fünf tiefe Schlucke später hatte er sie im Internet gefunden. Sybille von Kranichstein. Begleitdienst für Damen.

Er beschloss, die dämlichen Wegbegleiter der Reihe nach aufzusuchen. Nummer eins, Douglas Wahrlich, wohnte hinter grünen Klappläden in einem putzigen Seckbacher Fachwerkhaus. Im Jahre 881 erstmals als »Seckibah« schriftlich erwähnt, gehörte Seckbach zu jenen Landgemeinden, die sich die Stadt Frankfurt im Laufe der Jahrhunderte einverleibt hatte. Der Name war vermutlich auf Sickerwasser zurückzuführen, zu Martens Beruhigung lag Douglas' Grundstück aber auf dem Trockenen.

Aufs Läuten hin öffnete niemand. Womöglich war der Gesuchte mit den anderen Begleitherren unterwegs. Natürlich, reimte Marten sich zusammen, die Typen hatten beschlossen, eine flotte Adventssause zu machen. Und Nummer zehn hatten sie verhauen, weil er seine Gesellschaft verweigert hatte.

Marten schlüpfte aufs Grundstück und hebelte die Hintertür des Fachwerkhauses auf.

Drinnen flutete ihm der Duft von Myrte und Rosen entgegen. Douglas Wahrlich saß an einem wackligen Schreibtisch, das hübsche Gesicht seitlich auf eine PC-Tastatur gebettet. In seinem Hinterkopf klaffte ein beachtliches Loch, und auf dem Boden lag eine zerbrochene Parfümflasche Größe XXL. Ein betagter Computer surrte vor sich hin. Marten bewegte die Maus hin und her. Der Rechner war nicht gesperrt, der Monitor leuchtete auf. Dort stand ein Witz.

Sagt eine Blondine zu ihrem Mann: »Du kannst das Parfüm von meinem Wunschzettel streichen. Ich hab eine Flasche im Schrank gefunden.«

Marten befand, dass er genug Parfüm geschnuppert hatte, und machte sich davon.

Gero Grün war in der Offenbacher Innenstadt zu Hause. Lange würde das nicht gutgehen, wusste Marten. Offenbach wurde gerade gewaltig gentrifiziert, in die Jahre gekommene Bauten mussten teurem Bauhaus-Abklatsch weichen. Und der arme Grün lebte in einem zugigen Mietshaus, das um die Jahrhundertwende entstanden war.

Als sich aufs Klingeln hin auch hier nichts tat, schellte Marten bei der obersten Wohnung und drückte sich ins Treppenhaus, sowie der Summer erklang.

»Wer ist da, bitte?«, rief eine Frau von knapp unter dem Dach aus.

»Post!«, brüllte Marten der Frau zu.

Er wartete, bis er ihre Tür zuschlagen hörte, nahm dann die Treppe in den ersten Stock. Gero Grüns Wohnungstür war nur angelehnt. Praktisch, da brauchte er seinen Dietrich gar nicht erst aus der Tasche zu ziehen. Leise drückte er die Tür weiter auf und trat ein.

Den Gesuchten fand er in dessen Schlafzimmer. Er ähnelte einem Schauspieler, den Marten gerne im TV sah, nur kam er nicht auf dessen Namen. Rücklings und komplett bekleidet hatte er sich auf seinem Bett ausgestreckt. Seine breite Brust hatte jemand mit einem Fleischermesser traktiert, tiefe Stiche waren in Form einer 13 angeordnet. Auf einem Stuhl in Bettnähe lag ein aufgeschlagenes Notizbuch, in das der Dahingeschiedene zuvor noch etwas gekrickelt hatte:

Sagt eine Blondine zur anderen: »Ich habe gehört, Weihnachten fällt dieses Jahr auf einen Freitag. Wenn es nur nicht Freitag, der 13., ist!«

Nummer drei, Gero Weinert, bewohnte ein Dachstübchen in Sachsenhausen-Süd. Mit dem Frankfurter Stadtteil »Dribbdebach« – sprich: jenseits des Mains – hatte die Wohnlage nur wenig zu tun, mit der Himmelsrichtung Süd dafür umso mehr. Den Maklern war es recht, zog doch allein der Name Sachsenhausen solvente Mieter an.

Auch Weinert öffnete nicht, womöglich übertönte der Lärm der über das Haus hinwegdonnernden Urlaubsflieger das Klingeln. Marten umrundete das Haus. Voilà, Herr Weinert lag auf der Terrasse. Der erste Blick offenbarte, dass auch er ein Kerl gewesen war, wie er Frauen gefiel. Der zweite Blick sagte Marten, dass man Nummer drei aus seinem Stübchen geschubst haben musste. Im Dachgeschoss stand ein Fensterflügel offen, und die Flugbahn stimmte. Aus der Hosentasche des Verendeten ragte ein Zettel, auch er hatte sich etwas notiert. Marten zog das Papier hervor und las.

Warum klettern Blondinen im Dezember nur noch durchs Fenster? – Weil Weihnachten vor der Tür steht!

In seiner Garage studierte Marten die Webseite der Kranichin noch einmal genauer und staunte nicht schlecht. Nicht nur, dass ihre Herren durch die Bank Schönlinge waren. Offiziell vermietete die Kranichin titelreiche Grafen, vergeistigte Professoren, preisgekrönte Rennfahrer, braungebrannte Golfchampions und kamerasichere Schauspieler für alle Anlässe. Die Damenwelt konnte sie zu Ausstellungen mitnehmen, ins Theater oder ins Restaurant. Vermutlich, um mit diesen Hochstaplern Neid zu erwecken, dachte Marten. Oder um leibhaftige VIPs in feste Beziehungen zu locken?

Die Nummer vier, Henner Sonne, traf Marten in der Frankfurter Taunusstraße an. Er saß am Lenkrad seines Oldtimer-

Mercedes-Coupés. Der Altbau, vor dem er geparkt hatte, präsentierte auf roten Balkon-Markisen die Silhouetten von sich räkelnden Schönen im Eva-Kostüm. Wen immer er hier hatte begleiten wollen, es war nicht gut gelaufen. Jemand hatte ihm eine eiserne Kette um den Hals gelegt und zugezogen. Würgemale rankten sich um seinen Hals. Sein Körper war noch warm und sein Handy eingeschaltet. Marten kam rasch dahinter, dass es mit dem Fingerabdruck seines Besitzers gesichert war. Er presste das Handy gegen den Zeigefinger des Toten und las dessen letzte Mails. Kurz vor seinem Ableben hatte Nummer vier an Nummer eins geschrieben:

Die Tochter einer Blondine sagt: »*Mami, ich will zu Weihnachten ein Pony mit rosa Schleife*«. *Darauf die Mutter:* »*Fein, Mäuslein, dann gehen wir zum Friseur.*«

Marten dachte über das Wort »Friseur« nach. Dem Verblichenen war die blonde Haarpracht an der Stirn abrasiert worden, die verlorenen Goldlocken lagen in seinem Schoß. Marten widmete sich wieder dem Handy des Toten. Nummer vier hatte auch an Nummer fünf gemailt:

Eine Blondine sagt zu ihrem Mann: »*Du, der Christbaum brennt.*« – »*Das heißt: Er leuchtet.*« – »*Oh ja, jetzt leuchtet auch die Gardine!*«

Als Marten bei beginnender Dämmerung in Okarben bei Nummer fünf ankam, einem Jens Karibik, leuchtete dessen Bauernhäuschen. Heiße Sanierung, befürchtete Marten. So rasch wie in Karben ganze Stadtviertel aus dem Boden schossen, wurde auch hier dringend Platz benötigt. Die moderne Dreifelderwirtschaft in der Wetterau lautete: Rüben, Brache, Bauland.

Marten näherte sich dem vom Feuerschein erleuchteten Grundstück. Vor dem Gartentor lag Jens Karibik auf einer

Bahre. Der Reißverschluss des Leichensacks war offen, und Marten konnte erkennen, dass sich Adjektive wie »durchtrainiert« und »tätowiert« durchaus auf Nummer fünf anwenden ließen.

Er trat den Rückzug an.

»He, Marten Müller, stehen bleiben.« Eine bekannte Stimme in seinem Rücken. Er drehte sich um. Vor ihm stand Kriminaloberkommissar Mayerbeer, Polizeipräsidium Frankfurt, Abteilung K 11. Er kannte ihn von früheren Fällen her. »Sie pfuschen uns nicht gerade ins Handwerk?«

»Aber nein«, log Marten.

»Von Sybille von Kranichstein weiß ich, dass sie Sie engagiert hat. Was wohl dafür spricht, dass sie sauber ist. Welche Mörderin lässt schon bezahltermaßen gegen sich selbst ermitteln? Haben Sie die anderen Leichen bereits gesehen?«

»Leichen?«, fragte Marten zurück. »Ich sehe es hier nur leuchten.«

Er wollte die Kranichin zu sich zitieren, als sie selbst an sein Garagentor klopfte. Marten ließ sie ein, bot ihr den Stuhl ihm gegenüber an. Sie war schon eine Augenweide. Das Haar so dicht und lang und blond. Zwei Handvoll bebender Busen. Allein konnte man sie gar nicht frei rumlaufen lassen, so war sie vermutlich auf die Idee mit ihrer Begleitagentur gekommen.

»Sie haben interessante Herren anzubieten«, begann Marten. »Professoren, Rennfahrer, Schauspieler …«

»Künstler nicht zu vergessen«, stimmte sie zu.

»Leider haben all Ihre Mitarbeiter, die ich bisher aufgesucht habe, das Zeitliche gesegnet«, fuhr Marten fort.

»Wirklich?« Die von Kranichstein zog ein Tempotaschentuch hervor und schnäuzte sich. »Sie werden doch herausfinden, wer das war?«

Marten nickte. »Ich muss nur leider mein Honorar erhöhen. Bisher habe ich Vermisste gesucht, nun muss ich Morde aufklären.«

Nummer sechs, Lester Rosen, saß in Frankfurt-Bergen in der Pose eines Stadtschreibers in seinem Wohnzimmerchen am aufgeklappten Sekretär. Vor ihm lagen Weihnachtskarten mit in Schönschrift verfassten Grüßen und ein altmodischer Füllfederhalter. Den Inhalt des daneben befindlichen Tintenfasses hatte ihn jemand trinken lassen. Sein schön geschwungener, leicht geöffneter Mund war tintenschwarz, darin steckte ein zusammengeknäultes Blatt Papier. Der Tintenspeichel hatte den Text verwischt, Marten konnte ihn gerade so noch entziffern:

Eine blonde Lehrerin zum Direktor: »Ich weiß gar nicht, welches Kind aus meiner Klasse ich unfair behandeln soll? Kira, Paul oder das fette hässliche?«

Nach einer schöpferischen Pause in seiner Garage und etlichen ermutigenden Schlucken Papierkorbwhiskys machte sich Marten auf den Weg in die Frankfurter Uniklinik. Bodo Blankenheim alias Nummer zehn lag mit einem eingegipsten Arm im Krankenhausbett. Höchst komplizierter Bruch, hatte der Pfleger Marten im Flur zugeraunt, als er nach der Zimmernummer des Patienten gefragt hatte. Blankenheims Augen waren blau, rot, grün untermalt. Die Lippen aufgequollen.

»Sie haben Glück, dass Sie noch leben«, begrüßte Marten ihn.

»Hut gaa nich meh weh«, flüsterte Blankenheim.

»Sechs ihrer Kollegen habe ich bereits als Leichen gesehen. Und ich wette, ich finde die anderen drei auch noch tot auf.«

»Hui kommen Vieh darauf?«

»Was hat es mit diesen Weihnachtswitzen auf sich?«

Blankenheim schien kurz darüber nachzudenken. »Die Chefin hat einen Weihnachtswitz auf die Webseite stellen wollen. Ich sollte ihn aussuchen.« Er hatte sich bemüht, möglichst deutlich zu sprechen, und verzog nun vor Schmerz das Gesicht. »Iff bin nah der Neunerregel vorgegangen.«

»Neunerregel?«, fragte Marten. »Kenn ich nicht.«

»Vie suchen sich vehn Fitze aus dem Internet. Dann lassen Vie Freunde und Bekannte die Fitze bewerten. Und Vie killen die neun schlechtesten.«

»Killen? Ist das nicht ein bisschen umständlich?«

Blankenheim schüttelte vorsichtig den Kopf. »Ist eine Anleitung für Comedians.«

»Kennt Ihre Chefin die Witze?«

»Möglich, dass Henner sie rumgemailt hat. Der kann nie was für vich behalten.«

Marten bedankte sich, die Türklinke des Patientenzimmers schon wieder in der Hand.

Beim Anblick von Nummer sieben rebellierte sein Magen. Den Zugang zu dessen Einzimmerapartment im Frankfurter Stadtteil Riedberg hatte Marten sich selbst verschaffen müssen, Karolus Meister konnte niemandem mehr öffnen. Der Ärmste hockte leblos vor Jokkmokk. Auf dem so bezeichneten Ikea-Tisch taute eine Schweinelende auf. Zur Tatzeit war sie vermutlich hart gefroren gewesen, sodass das Opfer problemlos damit erschlagen worden war. Marten erinnerte sich nicht mehr, aus welchem Krimi diese Mordsidee geklaut war. Den erwarteten Weihnachtswitz fand er auf einem Zettel unter dem Teller.

Eine Blondine zur anderen: »*Mein Mann will mir zu Weihnachten ein Schwein schenken.*« – »*Das sieht ihm ähnlich.*« – »*Wieso? Hast du es schon gesehen?*«

Marten befreite gerade die Papierkorbflasche von ihrem restlichen Inhalt, als Kriminaloberkommissar Mayerbeer ihm die Ehre in seiner Heilsberger Garage erwies.

»Ei Guude, welch hoher Besuch!«

»Guude, Marten Müller. Ich brauche Ihre Hilfe.« Der Soko-Leiter kam gleich zur Sache. »Dem achten Opfer in dieser Begleitdienst-Serie hat jemand etwas mit Filzstift auf den Rücken geschrieben:

Er hat seiner Blondine ein Handy zu Weihnachten geschenkt und ruft sie beim Einkaufen an. ›Große Güte‹, staunt sie. ›Woher weißt du, dass ich im Supermarkt bin?‹«

»Wo und wie genau ist Nummer acht gestorben?«, fragte Marten.

»Man hat ihn auf der Zeil im Karstadt in der Toilette eingesperrt, geknebelt und gefesselt. Nach Ladenschluss wurde er gezwungen, kiloweise Fertigkost aus den Regalen zu futtern. Zwei vermummte Männer sind aus dem Kaufhaus gestürmt, als ein Abteilungsleiter die Tür morgens aufschloss. Am Tatort stand ich bis zu den Waden in Verpackungsmüll.«

»In umweltschädlichem Plastik?«, fragte Marten irritiert.

»Und das beim ›Grünen Aktionsplan gegen Plastikmüll‹.«

Einmal mehr suchte Marten den Verprügelten in der Uniklinik auf.

»Nun gestehen Sie schon«, sagte er zu ihm. »Sie haben nicht nur die neun schlechtesten Weihnachtswitze gekillt, sondern auch die Witzeschreiber.«

Bodo Blankenheim war so weit genesen, dass er verständlich sprechen konnte. »Unsinn, wo denken Sie hin? Ich bin doch kein Mörder.«

»Und wer hat Sie verhauen?«

»Ich bin die Treppe …«

»Schon klar.« Marten winkte ab. »Sie mögen Ihre Chefin, oder?«

Blankenheim lächelte. »Sie mag mich auch.«

Sybille von Kranichstein bewohnte ein Bad Homburger Jugendstil-Anwesen unweit der Taunus Therme, umgeben von parkähnlichem Grün. In der Diele standen Louis-XIV-Sessel, die Wände waren mit alten Meisterwerken behängt, zumindest hielt Marten sie dafür. Gefühlt atmete alles Geschmack und Geschichte.

»Nun mal Butter bei die Fische«, forderte er die Hausherrin auf. »Wie haben Sie es geschafft, neun Mitarbeiter in einer Nacht zu erledigen? Sie müssen Hilfe gehabt haben. Auftragskiller, nehme ich an. Kleiner Gefallen unter Dienstleistern?«

Die Kranichin hob schweigend eine Braue.

»Der gute Blankenheim sollte einen Weihnachtswitz auf Ihre Webseite stellen«, pokerte Marten. »Er hat die Neunerregel anwenden wollen und von jedem Ihrer Mitarbeiter einen Witz angefordert, um neun Witze auszumerzen und nur den besten ins Netz zu stellen. Doch mit ihren Witzen haben Ihre Mitarbeiter Sie, meine Liebe, aufs Korn genommen, was Ihnen gehörig missfiel.«

Ihre Hand fuhr durch ihr engelsgleiches Blondhaar. »Glauben Sie mir: Es tut weh, ständig für blöd gehalten zu werden.«

»Lediglich Blankenheim war freundlich zu Ihnen. Den haben Sie nur die Treppe hinuntergeschubst. Was ich jetzt noch gern wüsste, ist, was Nummer neun für einen Witz gerissen hat.«

»Wirklich? Na dann … *Zwei Blondinen wollen einen Weihnachtsbaum stehlen und durchstöbern seit Stunden eine*

Tannenschonung. ›Mir reicht's‹, sagt die eine zur anderen.
›Lass uns einfach einen ohne Christbaumschmuck nehmen.‹«

»Okay … Und wo kann ich Nummer neun finden?«

»Er schaut sich im Garten die Tannen an.«

»Aha, er sucht wohl Ihren Weihnachtsbaum aus?« Marten öffnete die stattliche Haustür, sein Blick glitt über das von Fichten gesäumte Grundstück. »Ich kann ihn nirgends sehen.«

»Ihr Honorar.« Sie hatte einen fetten braunen Umschlag aus der Garderobenschublade gezogen, und er nahm ihn entgegen. »Wenn ich Ihnen noch einen Drink anbieten darf … Einen Whisky vielleicht?«, hauchte sie verführerisch.

Marten schüttelte bedauernd den Kopf. Sybille von Kranichstein war die Art Frau, die er mochte, aber den Whisky würde er in seiner Garage trinken. Allein. Es lag auf der Hand, dass Nummer neun die Tannen von unten betrachtete. Er würde ein bisschen graben müssen, der gute Kriminaloberkommissar Mayerbeer.

»Frohe Weihnachtstage allerseits.«

FRANZISKA FRANZ
BEMBEL HORST

»Horsti, auf einem Bein kann man nicht stehen«, ruft der Typ mit dem Cowboyhut, hinten links in der Ecke und hebt sein Apfelweinglas. Soll heißen, er möchte ein zweites Glas haben.

Ich kenne ihn nicht und Horsti dürfen mich nur meine Freunde und Stammkunden nennen. Aber in diesem Fall mache ich eine Ausnahme. Ich werde mich demnächst ohnehin von meinen Stammkunden verabschieden müssen, wenn kein Wunder geschieht. Widerwillig fülle ich ein Glas mit dem leckeren Stöffchen aus dem letzten Fass, das ich besitze. Danach muss ich faden Fusel anbieten. Deswegen werde ich ihm beim dritten Glas den billigen Apfelwein einschenken, dann ist der Kerl besoffen genug und merkt es nicht. Abgesehen davon wird er, der ambitionierte Apfelweinneuling, ohnehin nach dem dritten Glas das stille Örtchen aufsuchen. Ist völlig normal bei diesem Getränk. Man braucht einen Magen wie ein Ackergaul, bis man sich dran gewöhnt hat, sonst kann's schon mal in die Hose gehen.

Meine Wirtschaft, der »Bembel Horst«, ist stadtbekannt und liegt in der Alten Rittergasse im Stadtteil Sachsenhausen, dort, wo täglich Touristen auf Ebbelwoi Tour gehen. Der Cowboy hinten links stammt nicht aus Frankfurt, jede Wette, da kann mir keiner was vormachen. Er kommt zwar nicht aus dem Wilden Westen, aber aus dem hohen Norden, wie ich am Dialekt erkenne. Aus seinem Mund klingt

mein Kosename »Horsti« völlig bescheuert. Mit dem hinge-
hauchten H und dem langgezogenen O. Während die Hessen das O ins Wort reinprügeln und das R in Gänze unter
den Tisch fallen lassen.

Umso mehr ärgert mich, mein letztes Stöffchen an ihn
zu vergeuden, da habe ich im ersten Moment nicht drüber
nachgedacht. Er wäre ein Kandidat für das Fuselfass gewesen, schade.

Mein Apfelwein, so sagen die Kenner, ist einer der besten, den man in Frankfurt bekommt. Deswegen existiert
meine Wirtschaft schon seit über 20 Jahren. Die dunkelbraunen Sitzbänke haben Mulden und sind abgenutzt. Ein typi-
sches Zeichen dafür, dass mein Laden immer gelaufen ist. Im
Übrigen schaden Patina und abgewetzte Sitze einer Apfel-
weinwirtschaft nicht im Geringsten. Sie machen sie erst urig.

Den Speierling, der Baum, von dem ich all die Jahre geern-
tet habe, den gibt es länger als meine Wirtschaft. Und den
Besitzer des Bad Vilbeler Grundstücks, auf dem eben dieser Speierling steht, den gibt es ebenfalls deutlich länger.

Josef Breitfinger, früher selbst fleißiger Apfelweintrinker,
ist Imker und in die Jahre gekommen. Ich lernte ihn bei seinem Besuch meines Wirtshauses kennen, vor 20 Jahren. Im
Lauf des Abends hatte er mich beiseitegenommen und mir
nahegelegt, ihn aus geschäftlichen Gründen doch einmal in
Bad Vilbel zu besuchen, dort wohne er. Das musste er mir
nicht zweimal sagen, denn Geschäfte mache ich gern, wenn-
gleich ich als Allergiker dem Bienenvolk skeptisch gegen-
überstehe. Sein bewohntes Grundstück liegt oberhalb besagten Gartens mit besagtem Baum.

Als ich jung und unerfahren war, veredelte ich mein Stöffchen mit Birnensud, denn Speierlinge sind Raritäten, und es
ist ein Kunststück, einen freien Baum zu finden.

Da gibt es das ungeschriebene Gesetz, dass niemals zwei Kelterer von einem Baum ernten dürfen. Sonst kann es schon mal unangenehm werden für den zweiten im Bunde. Anfänglich wollte ich das nicht glauben, habe mich nachts angeschlichen, um einen Eimer voll abzupflücken, waren eine Menge Früchte am Baum, das fällt nicht auf, dachte ich. Das Ergebnis war ein zerbeulter Eimer, Nasenbeinbruch und die schiefe Nase, mit der ich heute rumlaufe.

Ich war äußerst überrascht, als Breitfinger bei meinem Besuch mit mir zu dem darunterliegenden Grundstück ging und mir das Prachtstück zeigte. Der »Sorbus domestica«. Ehrfürchtig ließ ich meinen Blick bis zur reich behängten Krone schweifen.

Es handelt sich bei diesem Baum um ein großes Exemplar. Der Speierling braucht Licht und Freiheit, um seine sauren, kleinen apfelartigen Früchte entwickeln zu können, und grenzenlose Freiheit hat er dort, denn er steht am Rande eines Steinbruchs. Ich schätze, er ist inzwischen an die 70 Jahre alt und kann locker hundert werden.

Da diese Früchte verdammt teuer sind, wunderte mich Breitfingers Angebot. Ich sollte ihm pro Monat ein paar Kisten Apfelwein liefern. Dafür durfte ich als alleiniger Nutznießer von September bis Oktober die Früchte ernten, die den Apfelwein veredeln. Ein bis drei Prozent des Saftes der kleinen sauren Früchte mischt der Fachmann, zu dem ich mich im Lauf der Jahre entwickelte, dem Apfelwein bei. Er wird dadurch nicht nur aromatischer, die Flüssigkeit wird deutlich klarer.

Voller Freude belieferte ich von diesem Tag an den Breitfinger. Seitdem fließt bei mir der Ebbelwoi in Strömen aus dem Zapfhahn und in die Kehlen der Kundschaft, in meine eigenen Taschen hingegen der Gewinn.

Den Mann hatte mir der Himmel geschickt.

Jupp, wie ich Breitfinger seit einigen Jahren liebevoll nenne, hat vor nicht allzu langer Zeit dem Apfelwein abgeschworen, da ihn seine Beine nicht mehr schnell genug aufs Örtchen tragen, wie er mir hinter vorgehaltener Hand beichtete. Das war der Anfang vom Ende, wie ich heute weiß.

Das Wort Demenz nehme ich nur ungern in den Mund. Erklären würde es den zwei Meter hohen Zaun, der über Nacht um das Grundstück gezogen worden war, ohne dass mich Jupp vorher über sein Vorhaben in Kenntnis setzte, und der mich im letzten Herbst davon abhielt, meine Speierlinge zu ernten. Jupp selbst traf ich leider bis heute nicht mehr an. Er ist wie vom Erdboden verschluckt. Meine zigfachen Versuche ihn telefonisch zu erreichen, schlugen fehl.

Dafür stieß ich wenig später auf den Mann, der dieses Grundstück gepachtet hat und jetzt über meine Früchte verfügt. Dass es sich bei ihm um meinen Erzfeind handelt, entspannt die Lage nicht. Ich vergesse nie, wie ich dastand, an dem hohen Zaun, mit dämlichem Gesichtsausdruck sprachlos vor mich hin glotzend.

»Das ist mein Baum.« Ich erinnere mich genau, dass ich Derartiges gestammelt habe. Was Klügeres wollte mir nicht einfallen.

»Gewesen, mein Lieber. Ich habe das Grundstück gepachtet, jetzt ist es meiner.« Der Satz wiederholt sich mir fast jede Nacht in Albträumen, von denen ich seit jenem Tag geplagt werde. Bei meiner Frage nach Jupps Verbleib hob mein Erzfeind nur die Schultern. »Altenheim vermutlich, kann er sich jetzt leisten, zahle ja genug Pacht.«

Eiskalter Hund, dachte ich damals und daran hat sich bis heute nichts geändert.

Alfons Riedel, ihm gehört das Riedel-Eck, zwei Kneipen neben meiner eigenen. Unsere Feindschaft ist legendär und reicht mehr als 20 Jahre zurück, zu dem Zeitpunkt, als er versucht hat, mein Apfelweinrezept zu stehlen. Jawohl, er ist ein Gauner, wie er im Buche steht. Hat damals den Keller aufgebrochen und sich Proben aus den Fässern geholt, nach dem Rezept hat er vergeblich gesucht, so was hat man im Kopf. Die Proben zu stehlen reichte ihm aber nicht, er hat damals einen ganzen Eimer voller Speierlinge mitgehen lassen.

Ob er dabei überrascht worden ist oder woher ich das weiß? In flagranti hab ich ihn nicht erwischt, habe aber später einen Spitzel in seine Kneipe eingeschleust, der sein Gesöff getestet hat – meinen besten Freund Reinhard nämlich. Auf ihn und seine Geschmacksnerven hab ich mich schon immer verlassen. Und siehe da, das Stöffchen war mit Speierlingsud versehen; meinem Speierlingsud. Dass Riedel es mit dem Saft übertrieben hatte, kam mir wiederum zugute. Die bittere Plörre ließ sich nicht trinken. Stellte nicht nur Reinhard fest, sondern Riedels gesamte Kundschaft, die daraufhin zu mir übersiedelte, bis heute muss man bei mir reservieren.

Riedel befand sich bald vor der Insolvenz, hat seine Kneipe nie wieder zum Laufen gebracht. Wäre ich nicht gewesen, hätte er längst aufgegeben, jede Wette. Er lebte dafür, es mir irgendwann heimzuzahlen, der alte Verbrecher. Jetzt hat er's geschafft. Was immer er mit Jupp angestellt hat, um ihn rumzukriegen.

Die Vorstellung, dass der Mistkerl mich ausgebootet hat, raubt mir schlicht den Verstand.

Da ist etwas anderes, was mich ebenfalls plagt, die Frage nach Jupps Verbleib. Meine innere Stimme, anfänglich zurückhaltend leise, schreit mir mittlerweile diese Frage entgegen.

Zu Recht, würde ich sagen. Kein Mensch verschwindet spurlos. Nicht einmal Jupp. Selbst wenn er vor lauter Demenz seinen Garten nicht findet.

Sobald mein Fass leer ist, wobei es sich nur um Tage handeln kann, werde ich telefonisch die Pflegeheime abklappern, eine Antwort, weshalb er das Grundstück verpachtet hat, ist er mir schuldig. Irgendetwas ist da oberfaul. Außerdem habe ich dann etwas zu tun, wenn die Kundschaft ausbleibt.

Der Cowboy ist mittlerweile ausgetreten, ich fülle sein Glas schnell aus dem Billigfass nach und stelle es auf seinen Platz. Er merkt keinen Unterschied, das dachte ich mir.

Gerade will ich mich über meine Dummheit ärgern, da kommt Reinhard rein. »Tag, Horsti, 'nen Schoppen und setz dich zu mir, du wirst nicht glauben, was gerade passiert ist«, sagt er.

Ich fülle sein Glas mit dem kostbaren Rest und stelle es ihm vor die Nase.

Er grinst breit und prostet mir zu. »Weißt du, wen sie eben verhaftet haben?«

»Schieß los.«

»Den Alfons«

»Den Riedel?«, frage ich ungläubig.

Reinhard nickt.

»Was hat er denn jetzt schon wieder angestellt?«

»Er hat einen umgebracht, und rate wen?«

»Mensch, Reinhard, woher soll ich das wissen?«

»Hast du nicht kürzlich gesagt, du möchtest wissen, wo der Jupp geblieben ist?«

Ich nicke irritiert.

»Der Riedel hat ihn auf dem Gewissen.«

Jetzt brauch ich selbst einen Schoppen. »Das musst du mir erklären«, sage ich erschüttert.

»Ich bin gerade am Riedel-Eck vorbeigekommen, als die Bullen reingegangen sind. Da dachte ich, ich mach mich mal schlau, was die da wollen, und bin ebenfalls reingegangen. Und was glaubst du, was sie gesagt haben?«

»Keine Ahnung.«

»Die haben den Breitfinger im Steinbruch gefunden. Muss übel ausgesehen haben. Halb verwest schon.«

»Ich werde verrückt, der Breitfinger ist tot? Aber was hat nun der Riedel damit zu tun?«

»Das hat er auch gefragt. Dann haben die dem Riedel gesagt, dass ihn der Schäfer gefunden hat, der seine Schafe zum Grasen aufs Grundstück lassen durfte. Dabei hat er zufällig in die Schlucht geguckt, und siehe da, da lag er, der Jupp, mit 'nem Fetzen von Riedels Hemd in der Hand.«

»Woher wussten die denn, dass es Riedels Hemd war?«

»Du weißt doch, der Riedel trug immer die rot karierten, das hat ihnen der Schäfer gesteckt. Die haben ihm den Stofffetzen unter die Nase gehalten und gefragt, ob er den kennt. Der Riedel war so überrascht von der Situation, dass er gestammelt hat: Freiwillig hätt' ihm der Breitfinger den Baum ja nie überlassen. Er habe ihm Geld angeboten, aber der Breitfinger hat gesagt, der Baum sei fest in deiner Hand. Da hat der Riedel rotgesehen, und er hat den Jupp in seiner Wut ein wenig geschubst, wirklich nur ein wenig, hat er gesagt. An den Abgrund habe er in dem Moment nicht gedacht. Der Jupp hat sich noch für einen Moment an seinem Hemd festgehalten, erklärte er. Natürlich wollte er nachfassen, um ihm zu helfen, da sei der Stoff gerissen, sei heute alles keine gute Qualität mehr, hat er gesagt. Auf die Frage, warum er keine Hilfe geholt hat, ist ihm keine Antwort eingefallen. Da haben sie ihn mitgenommen.« »Und mir hat er was von Altenheim erzählt, der fiese Hund«, sage ich erschüttert. Ich hebe mein Glas: »Möge der Breitfinger in Frieden ruhen. Ich halte den Baum und das gute Stöffchen in Ehren. Auf meinen guten alten Freund Jupp, die Gerechtigkeit und den Speierling!«

IVONNE KELLER
SCHLECHTE PRESSE

Es ist herrlich und schrecklich zugleich, wenn man erschöpft und schweißgebadet ins Bett sinkt und die Augen zugleiten wie eine automatische Tür. Dann ist der erlösende Schlaf die Belohnung für das Vollbrachte; doch der Traum ist die Strafe. Denn gerade wenn die Erschöpfung und die Müdigkeit des Körpers einen förmlich in die Matratze hineinziehen, dann haben die Gedanken alle Möglichkeiten für ihre wilden Irrfahrten.

Ich setze einen Fuß vor den anderen, strecke meine Fußspitzen gen Boden, konzentriere mich auf den exakten Abstand meiner Füße zueinander und spüre, wie meine Zehen langsam in den weichen Boden einsinken. Es folgen die Fersen, schließlich die Fesseln, das Schienbein, die Wade, bis zum Knie sinke ich ein, und irgendwann fühlt es sich ein bisschen an wie Morast, aber angenehm warm; vielleicht ist es der Main, der hier fließt – ich weiß es nicht. Schließlich folgt auch der Rest meines wendigen Körpers, und ich gleite wie ein schimmernder Fisch in die Tiefe. Wenn das Wasser an der glatten Haut entlangrauscht und man ein Gefühl der Schwerelosigkeit erfährt, das ist wie Tanzen.

Ich schwebe weiter und schwinge meine Arme, sie heben mich in die Lüfte, der Sonne entgegen, die mich auf ihren warmen Strahlen über die Skyline meiner Heimatstadt hinweg auf eine Wiese begleitet, auf der ich wie eine Feder niedersinke. Der erdige Boden ist noch ein bisschen feucht, wahrscheinlich vom Tau, aber es kann auch sein, dass ich es selbst bin, die vor Nässe tropft. An meinen nackten Waden kleben die Grashalme, pressen ihr Muster hinein wie ein urzeitliches Fossil. Ich hebe den Kopf, neige meinen Blick zur Wade hinab und entdecke sogar das feine Muster eines niedergefallenen Blattes; die Verzweigungen der Blattmitte zeichnen sich überdeutlich auf der glatten Haut ab. Jetzt erkenne ich, wo ich bin.

Die Vögel über mir im Frankfurter Niddapark zwitschern, ich lege meinen Kopf wieder auf der feuchtwarmen Wiese ab und starre in den blauen Himmel, so lange, bis meine Augen zu brennen beginnen und ich sie schmerzhaft schlie-ßen muss. Die Vögel zwitschern voller Lebenslust, so wie sie es nur im Frühling tun. Im Sommer zwitschern Vögel eigent-lich gar nicht, glaube ich.

Während ich noch den Vögeln lausche, vernehme ich mit einem Mal ein fernes Rauschen, einen Zug vielleicht, der heranrast. Der Gesang der Vögel verwandelt sich urplötz-lich in ein ohrenbetäubendes Getöse und ich will fliehen, ich habe Angst, will schreien – aber im Traum höre ich mich an wie Darth Vader, nicht menschlich. Und weil ich schließ-lich begreife, dass es nur ein Traum ist, der sein Spiel mit mir treibt, versuche ich, die Augen zu öffnen, bevor das Schreck-liche bei mir ankommt. Aber sie wollen nicht. Das Grollen und Rauschen wird lauter, ich befinde mich mitten drin im Zentrum des Bösen.

»Mach' endlich die Augen auf!«, grollt Darth Vader in mir, doch kein Laut entweicht meinen Lippen.

Meine Augen denken nicht daran, meinem Befehl zu gehor-chen, sie öffnen sich keinen Millimeter, so sehr ich es auch versuche, und auch der Rest meines Körpers verweigert jede Regung. Endlich, nach Minuten der Autosuggestion und Überredungskünste, kommt mein schwerfälliger Arm wie ein Fremdkörper unter der Bettdecke hervor, tastet sich mit letzter Kraft zur Wand vor, und meine Finger suchen fieberhaft nach dem Schalter, während das Monster in meinem Zimmer nach meinem schlappen Arm schnappen will.

Nur das Licht der Lampe vertreibt den Schrecken; erst die Konturen der Möbel und die Sicht auf meine Aufzeichnungen beruhigen mein aufgebrachtes Herz. Wenige Sekunden später gleite ich wieder hinab in die fremden Welten, und ich kann nur hoffen, dass das Licht die Geister fernhält.

Wenn ich dann morgens aufwache, so wie heute – das Nachtlicht brennt noch –, ist meine Zunge wie ausgetrocknet. Sie liegt wie ein pelziger Fremdkörper in meinem Mund, und ich schmatze, versuche ein wenig Speichel aus den Mundwinkeln zu erhaschen, doch es ist nur Trockenheit vorhanden. Die Lippen sind runzlig wie zerknittertes Papier, die Zunge klebt am Gaumen und lässt sich nur mit einem schnalzenden Geräusch lösen. Ich lechze nach einem Schluck Wasser, doch obwohl die Flasche Elisabethenquelle griffbereit neben dem Bett steht, bin ich unfähig, danach zu greifen.

Meist dreht sich kurz nach dem Erwachen der Schlüssel zu meiner Kammer, und die Stein brüllt: »Aufstehen, Frau Kerner!«

Dann kommt sie herein, diese dürre Person, die ich mir um den kleinen Finger wickeln könnte. Ihr blondes Haar ist fast weiß und so dünn wie das eines Kindes. Ihr lieblicher Vorname lautet Sonja. Doch ihre Stimme ist die eines SS-Mannes. Wenn ich mich nach ihrem Befehl nicht gleich rühre, zieht sie mir die Decke von den Beinen und rüttelt an meiner Schulter. So geht es zu, hier in meinem Gefängnis, Tag für Tag und Nacht für Nacht. Sie nennen es untereinander »Geschlossene«, aber das ist mir kein Begriff.

Heute jedenfalls dreht sich der Schlüssel nicht, und ich werfe einen kurzsichtigen Blick auf meine Armbanduhr. Meine Sicht ist verschwommen, ich greife nach meiner Brille und vergewissere mich, dass ich mich nicht verguckt habe. Es ist tatsächlich schon fünf Minuten über die Zeit, das gab es noch nie.

Vielleicht ist sie krank, die Sonja, denke ich, wälze mich zur Seite und greife endlich nach der Wasserflasche, nehme den ersten, erlösenden Schluck, den mein Mund jedoch noch nicht als Flüssigkeit wahrnehmen kann. Das Wasser perlt von meinen vertrockneten Schleimhäuten ab, als seien sie aus dem gleichen Stoff wie meine geblümte wasserabweisende Stofftischdecke, die ich früher auf meinem Balkontisch hatte. Das Wasser rinnt also in meine Kehle und der Mund brennt, die Schleimhäute schreien nach mehr, aber man muss schon ordentlich viel Wasser nachgießen, bis so eine Tischdecke schließlich aufgibt und sich ein dunkler Fleck abzeichnet. Selbst wenn ich eine ganze Flasche hinunterstürze, ist der Durst lange nicht gelöscht, aber ich kenne das schon, erst wenn ich eine Tasse Kaffee bekomme, vergeht das pelzige Gefühl. Kaffee mit viel Zucker und Milch, dazu ein oder zwei Croissants mit Butter und Marmelade und anschließend noch die Reste meiner Tischnachbarn, wenn keiner hinsieht. Einige der anderen halten nicht viel vom Essen, sie sind in einer Art Hungerstreik. Diese Probleme teile ich nicht.

Mein trockner Mund macht mich langsam verrückt. Ich kratze mit den Fingernägeln an meiner Zunge, betrachte den Belag, der mich malträtiert, und wische ihn dann an meiner Bettdecke ab. Vielleicht würde für den Moment auch heißes Wasser genügen, dann könnte ich damit den Mund ausspülen, aber das gibt es in meiner Kammer nicht, »Verletzungsgefahr«, heißt es. Zum Duschen muss ich in eine andere Abteilung, in der Regel direkt nach dem Frühstück, man achtet sehr auf die Hygiene.

Ich stelle die Wasserflasche ab und richte mich auf. Dass die Stein nicht kommt, könnte mich freuen, hat sie mich doch gestern Abend am Anfertigen meiner Notizen auf der Wand hindern wollen, meinte, ich solle mich an die Regeln halten, dann könnten wir beide hier ein zufriedenes Leben haben. *Wir beide!* Sie hat es sich seit Neuestem zur Angewohnheit gemacht, mich abends noch einmal aufzusuchen, kurz vor Dienstschluss, um die Wand nach meinen Notizen abzusuchen, und seien sie auch noch so klein, und um mich auszuhorchen über die Aktivitäten meiner Verbündeten. Manchmal bringt sie mir eine süße Belohnung, jetzt zur Vorweihnachtszeit meist ein, zwei Bethmännchen, wenn ich noch einen Moment mit ihr plaudere. Manchmal tue ich ihr den Gefallen, doch ich verstricke mich nicht in Wahrheiten. Natürlich plant immer irgendeiner einen Ausbruch oder was man so nennt, bei keinem hat es bisher geklappt, ich versuche es erst gar nicht. Mein Aufenthalt hier ist hoffentlich bald vorbei, und ich werde die Zeit einfach weiter mit meinen Aufzeichnungen verbringen. Wenn die Bäume nicht wären, würde ich von meinem Fenster aus den Main sehen. Die Vorstellung gefällt mir. Außerdem ist das Essen schmackhaft. Freitags gibt es Fisch, samstags oft Rippchen mit Kraut, sonntags auch mal ein Wiener Schnitzel, das über den Tellerrand ragt. Nachtisch gibt es täglich – aber sie haben mich auf Diät gesetzt, auch »zum eigenen Besten«. Ich erhalte nie mehr als zwei Portionen, und die auch nur, weil ich meine Lieferanten habe. Habe ich schon erwähnt, dass ich nicht freiwillig hier bin? Aber bevor ich mich noch einmal darüber beschwere und etwas zu Bruch geht, habe ich beschlossen, zu resignieren.

»Wenn man nicht mehr um Verbesserung kämpft, ist das Ergebnis die Resignation.«

Schlau gesagt, was? Bernhard fand es gar nicht schlau, er hat mich betrachtet, als wäre ich Abschaum, als ich ihm das auf sein »Du bist so unglaublich fett geworden!« gegen den Kopf schleuderte. Er meinte, ich hätte wohl »einen an der Klatsche«, und wenn ich so weitermachte, dann würde er eben gehen.

Und er ging, der Hänfling.

Als ich mich vom Bett erhebe, beginnen die Dinge interessant zu werden. Ich trete auf etwas Weiches, und ein erschrecktes Keuchen entweicht meinen Lippen, die noch immer pergamentartig aneinanderreiben. Ich denke an eine Matratze oder ein großes Stück Fleisch, auf das ich getreten bin, mein Bein will zurückweichen, muss aber zunächst der begonnenen Bewegung folgen – ich war schon mal schlanker.

Der Schreck lässt mein Herz aussetzen. Ich komme ins Wanken und kralle mich an den Bettpfosten, überlege fieberhaft, was mir im Weg liegen könnte. Meine Brille ist nicht die beste, sie hat einen Sprung, aber die Blödmänner hier wollen sie mir nicht ersetzen, weil es heißt, ich brächte sie ohnehin wieder zu Bruch. Zögernd werfe ich über meinen Busen hinweg einen Blick auf die Sache unter mir, und ich frage mich mit einem Mal, was die Stein da unten zu suchen hat. Normalerweise schläft sie nicht in meiner Kammer, schon gar nicht zu meinen Füßen, genauso wenig wie Bernhard, damals in unserer Wohnung, von der aus man den Henninger-Turm

sah. Wieso sie meinen Mann da in der Küche vor dem Kühl-
schrank abgelegt hatten, das fragte ich mich monatelang, bis
mir klar wurde, dass es Verdunklungstaktik war. Das haben
mir meine Informanten erzählt, von denen darf keiner was
wissen, aber selbst die Stein schnallt das nicht. Ich schätze,
sie kann auch Hypnose, wahrscheinlich hat sie sich deshalb
so entspannt hier hindrapiert. Liegt da, wie ein gepresster
Schmetterling. Ihr feines langes Haar ist ganz wirr und kno-
tig, als habe sie es tagelang nicht gekämmt. Nun ja, es ist ihre
Sache, wie sie sich den Menschen präsentiert. Im Schlaf zeigt
jeder sein wahres Gesicht.

Ich will noch eine Weile an meinen Aufzeichnungen
arbeiten, dazu steige ich bedächtig über ihren dürren Körper hinweg und greife nach dem fast stumpfen Bleistift auf
meinem klapprigen Schreibtisch – das ist alles, was sie mir
in die Finger geben, die Ignoranten.

Meine Güte, ich bemerke eben eine riesen Sauerei.

Meine Aufzeichnungen an der Wand sind zur Hälfte zerstört, mindestens! Fieberhaft fahnde ich mit dem Blick nach
dem Übeltäter, und plötzlich wird mir klar, wo er ist. Die
Stein hält ihn in der Hand, oder besser gesagt, er liegt unter
ihrer Hand. Wie herausgefallen liegt der Radiergummi dort
und wartet darauf, wieder von ihr missbraucht zu werden.
Eine Sekunde lang kämpfe ich mit mir, überlege, ob ich mir
die Mühe machen soll, ihn aufzuheben – doch ich entscheide
mich aus logistischen Gründen dagegen.

Schnell wende ich mich meinen restlichen Aufzeichnungen zu, halte mein Ohr an die Wand, um meiner Kammer-
nachbarin zu lauschen, die den nächsten Coup plant, und
schreibe panisch alles mit. Noch heute bin ich dankbar für
den Kursus in Stenografie, den ich in den 80ern besuchen

durfte. Die Stein hat mich informiert, dass diese Technik nicht mehr angewendet wird, und ich schlug ihr hämisch vor, einen Spezialisten aufzusuchen, der ihr meine Aufzeichnungen übersetzt. Dazu hätte sie sie aber an der Wand lassen müssen, und das wollte sie nicht.

Noch einmal schaue ich nach ihr, werde langsam ungeduldig und frage mich, ob das vielleicht wieder eine neue Verdunklungstaktik ist von denen – da kommt mir eine gute Idee.

Wenn die Stein in meinem Zimmer am Boden liegt und schläft, was ist dann mit der Tür? Ich könnte mir glatt selbst einen Kaffee holen, ich weiß, wo die Küche ist. Vorsichtig nähere ich mich der Tür und – sie ist offen! Ich kann mein Glück kaum fassen, beeile mich, soweit es geht, schiebe meinen Körper hinaus und vernehme plötzlich Stimmen, die nicht aus meinem Kopf kommen. Eine Unterhaltung schwebt durch die Flure, so leise, als wollte sie sich vor mir verbergen. Ich lege den Kopf schräg, wie ein Reptil, das Beute ins Auge fasst. Eine Art Versammlung scheint abgehalten zu werden, jemand sagt: »Könnte Sonja sich diesen lächerlichen Fernsehbericht so zu Herzen genommen haben? Schlechte Presse trifft doch jede Einrichtung mal.«

Ich vernehme das Schnalzen der Zunge eines anderen, der meint: »Sie hatte es wirklich satt, dass sich Außenstehende einfach so ein Urteil über die angeblich katastrophalen Zustände bei uns erlauben, ohne die Hintergründe dafür zu kennen. Wir können doch nicht nach jedem Anfall ein Zimmer renovieren. Es ist doch keiner wirklich darüber informiert, wie die Leute hier abgehen!«

Das scheint mir eine interessante Truppe zu sein, die da zusammensteht. Wenn es um Informationen geht, werde ich hellhörig. Im Leben wird man über verschiedene Dinge informiert. Die Welt ist voller Informationen und damit sind meistens schlechte Neuigkeiten gemeint. Auch über Bernhards Tod hat man mich informiert, er sei erstickt, hieß es.

»Man könnte auch sagen, er ist er-presst worden«, sagte die Stein und glotzte vielsagend, das feine Haar pendelte um ihren Kopf, die zarten Finger trommelten auf den Tisch zwischen uns. Dann hob sie den Zeigefinger. »Wenn ich Sie wäre, würde ich einmal darüber nachdenken, Frau Kerner.«

Wenn sie ich wäre, würde sie nicht vor meinem Bett liegen.

Man wird auch darüber informiert, dass es keine Schuhe in dieser Größe gibt, erst recht keine Hosen, aber ein Kleid ist ohnehin am komfortabelsten, vor allem, wenn man zur Toilette muss. Man wird ebenfalls darüber informiert, dass man die Wohnung bis zum nächsten Ersten zu verlassen hat, wie viele Kalorien zwei Zigeunerschnitzel mit Kroketten haben und dass sie die Tür abschließen, »zur eigenen Sicherheit«.

Heute ist sie offen. Ich fühle mich unendlich frei, setze einen Fuß vor den anderen, gebe mir Mühe nicht zu straucheln, konzentriere mich auf den exakten Abstand meiner Füße zueinander und begebe mich auf den Weg in die Küche.

Es wird Zeit, dass ich etwas in den Magen bekomme.

ANDREAS SCHÄFER
JACKPOT

Manchmal gibt es Momente, in denen sich der Bauch für einen Angriff entscheidet, obwohl der Verstand schrill »Flucht« schreit.

In dieser Nacht war es wieder so weit.

Ich war jetzt aber nicht mehr in Afghanistan, wie beim letzten Mal, vor zehn Jahren. Nein, ich war auch nicht in einem meiner Träume, die mich seit damals viele Nächte begleitet hatten.

Aber jetzt fühlte ich wieder einen dieser Momente.

Nur eine halbe Minute vorher hatte ich vom Fahrersitz meines Taxis die Gruppe der Jungs gesehen, die zehn Meter vor mir von der Rolltreppe aus der B-Ebene am Schweizer Platz ausgespuckt worden waren. Die üblichen Kunden, die ich als Taxifahrer nicht mehr mitnahm, weil es immer wieder Stress gab.

Aus meinen Kopfhörern dudelte mein Lieblingsblues, ich freute mich auf das Saxophonsolo und wollte mich eigentlich entspannen. Aber der testosterongeladene Gang, die provokanten Cowboyhaltungen und die nach einer Herausforderung suchenden Blicke ließen mein Gefahrenradar schon hochfahren, noch bevor die junge Frau rechts neben mir an meinem Taxi vorbeilief und auf die Gruppe traf.

Sie versuchte auszuweichen und auf die Fahrbahn vor mir zu treten, doch der Erste stellte sich ihr in den Weg, weshalb sie versuchte, sich zwischen ihm und dem Zweiten im Slalom durchzuzwängen.

Doch dann stand sie in der Mitte, umringt von sechs meiner Lieblingsfahrgäste, die ihr gleich an die Brüste und ans Gesäß fassten, während einer sie festhielt und in Richtung eines Hauseinganges zog. Wahrscheinlich hatten die meisten von ihnen ein Messer dabei, was jetzt noch in der Hosentasche blieb.

Jeder halbwegs normale Taxifahrer hätte sein Handy herausgenommen, den Notruf gewählt und seinen Arsch in der Deckung gelassen.

Die Friedhöfe waren mittlerweile voll von denen, die gemeint hatten, sie müssten den Helden spielen. Aber die meisten hatten auch nicht ein Jahr in einer anderen Galaxie am Hindukusch verbracht. Und nach zehn Jahren lief heute Nacht mein Bauchnavigator erneut auf Hochtouren.

Ich legte meine Kopfhörer ab, nahm dann meinen Teleskopschlagstock aus dem Ablagefach der Fahrertür, stieg aus und ging auf die Gruppe zu. Sie bemerkten mich zunächst nicht, weil sie sich voll auf ihr Opfer konzentrierten und wahrscheinlich vollgekifft, besoffen oder beides waren. Die junge Frau war etwa Mitte 20, zehn Jahre jünger als ich. Die langen dunklen Haare hatte sie zum Zopf gebunden. Sie trug eine weiße Bluse, Bluejeans und Turnschuhe. Als ich die Stahlrute mit einer hundertfach geübten Bewegung mit meiner Rechten ausfuhr, nahm der Erste die Witterung auf. Er stand als Nächster zu mir, drehte sich um und blickte auf.

Seine dunklen Haare umrahmten ein ovales, tiefgebräuntes Gesicht, in dem eine schiefe Hakennase über einem sich nun öffnenden Mund prangte.

»Kuffäääär!«, kam es kehlig zwischen den Resten eines schadhaften Gebisses hervor, offenbar der Warnruf der bunten Truppe.

Der Bleiknopf an der Spitze meiner Stahlrute traf ihn seitlich am Unterkiefer, die Haut platzte auf wie eine reife Tomate. Er knickte um, und noch während er fiel, drehte sich sein Nachbar zu mir. Aus dem Augenwinkel sah ich, dass ich jetzt auch die Aufmerksamkeit der Anderen hatte, während die junge Frau erstarrt stehen blieb. Ich traf den Nachbar von oben auf dem rechten Schlüsselbein und als er zusammensackte, trat ich dem Nächsten, der auf mich zukam, mit meinem Arbeitsschuh mit Stahlkappe ins Zentrum seiner Familienplanung.

Die drei restlichen Helden gaben Fersengeld, und ich sah zu, dass nicht noch einer auf die Idee kam, doch noch sein Messer herauszuholen. Nachdem ich zwei Mann mit mehreren Schlägen so »verarztet« hatte, dass sie bestimmt keine Gefahr mehr bildeten, nahm ich mir Hakennase vor, der im Rinnstein kniete. Ich trat ihm in die Seite, sodass er der Länge nach liegen blieb, kniete auf ihm und fixierte seinen Hals mit der Spitze meines Teleskopschlagstockes am Rand der Bürgersteigkante, wodurch ihm die Augen aus dem Kopf traten.

Er röchelte nach Luft, die ich ihm für einen Moment gewährte, und in einem kurzen Gespräch stellte ich seine afghanische Herkunft fest.

Karma, dachte ich sofort.

Dann nahm ich ihm sein Smartphone ab, schoss ein Foto von seiner lädierten Visage, steckte das Handy ein und machte ihm auf Dari unmissverständlich klar, dass ich sie alle töten werde, sollte ich sie noch einmal in Frankfurt wiedersehen.

Sie hieß Paula und wohnte in Bornheim. Ich hielt auf der oberen Berger Straße vor ihrer Wohnung und wollte sie rauslassen. Sie nahm einen 20er aus ihrer Hosentasche, doch ich schüttelte den Kopf.

»Lass gut sein. Die Uhr war nicht an. Ist okay.«

Aber Paula blieb noch sitzen und blickte geradeaus.

Keiner von uns beiden wollte den ersten Schritt machen, vielleicht um einfach nichts Falsches zu sagen.

Sie war Studentin, stand kurz vor Ihrem Abschluss in Sozialpädagogik und jobbte in einer Ebbelwoikneipe in der Schweizer Straße. Wahrscheinlich war ihr Weltbild ein wenig verrutscht, es tat mir leid für sie, aber … willkommen im Leben.

Ich hatte versucht ihr zu erklären, dass die kleinen Penner sich nicht mehr sehen lassen würden, und sie hatte sich mehrfach bedankt, aber immer wieder gesagt, dass sie sich woanders einen Job suchen würde.

Während der ganzen Fahrt hatte sie an ihrer Jeans und ihrer Bluse herumgenestelt.

Sie zeigte ständig Selbstadaptoren, Symptome einer klassischen Stressabfuhr nach einem traumatischen Erlebnis. Ich kannte das von mir selbst und wusste auch nach wochenlangen Sitzungen mit den Psychologen im Bundeswehrkrankenhaus in Koblenz, warum der Körper unbewusst auf diese Art reagierte.

»Die ersten Stunden nach einem traumatischen Ereignis und eine professionelle Begleitung sind entscheidend für die spätere Verarbeitung«, hörte ich Dr. Körner, meinen Seelenklempner in Koblenz, aus meinem geistigen Off. Ich erinnerte mich an unsere langen Gespräche und an seine Ausführungen zum Konzept des Dharma und Karma: »In Indien gab es eine Kriegerkaste, die Kshatriya. Wenn diese Kämpfer im Krieg töteten, bewirkte dies kein schlechtes Karma, weil sie ihre Aufgabe erledigten. Nur wenn sie aus egoistischen Gründen mordeten, dann konnte das ein schlechtes Karma zur Folge haben.«

»Kommst du vielleicht noch kurz mit hoch?«, flüsterte sie endlich, und ich zögerte keine Sekunde.

»Klar, gerne«, sagte ich und versuchte, mir die Stunden mit Dr. Körner in Erinnerung zu rufen, um endlich mal wieder etwas Gutes zu tun, für Paula und damit auch für mein Karma.

Wir lagen mitten in der heißen Zone im Gefecht und drück-
ten uns zwischen staubige Felsen im gelben Sand.
Das Stakkatokonzert Dutzender AK-47 dröhnte in mei-
nen Ohren, die Taliban feuerten aus allen Rohren, und die
Splitter flogen uns um die Ohren. Secko streckte seine Hand
hoch und zählte ab. Unser Kamerad lag im freien Schuss-
feld, und wir mussten ihn evakuieren. Mein Oberleutnant
zählte nonverbal mit den Fingern seiner linken Hand von
fünf rückwärts, und bei null trat ich hinter dem Felsen her-
vor, schoss mit meinem Sturmgewehr Sperrfeuer und rückte
zur nächsten Deckung vor.

Ich wachte auf, mein Herz raste, mein T-Shirt war schweiß-nass, und ich versuchte mich zu erinnern, wie ich hierher-gekommen war.

Paulas gleichmäßige, ruhige Atemzüge neben mir ließen mir Zeit, mich zu beruhigen und wieder im Hier und Jetzt in ihrem Schlafzimmer anzukommen.

Ich lauschte ihrem entspannten Atem. Die Balkontür des Schlafzimmers stand offen, und die sternenklare Nacht schien neben dem Vorhang hervor.

Dann ließ ich unseren Abend noch einmal vor meinem inneren Auge Revue passieren.

Nachdem wir in ihrer Wohnung angekommen waren, hatte sie mir zuerst zwei Gläser und eine Rotweinflasche in die Hand gedrückt, sich für einen Augenblick entschul-digt und sich geduscht und umgezogen.

Wir setzten uns auf eine Ebbelwoibank auf ihrem Balkon, stießen mit unserem ersten Rotwein an, und sie schenkte mir einen Blick aus ihren dunkelbraunen Augen, die mich unendlich faszinierten und gleichzeitig irgendwie hypnotisierten. Paula trug nun einen schwarzen Kapuzenpulli mit weißem Eintrachtadler auf der Brust und eine dunkle Jogginghose. Die nassen dunklen Haare fielen ihr elegant auf die Schultern. Sie erzählte mir von ihrem Job in der Kneipe, ihrem Studium und dem Praktikum bei einer Organisation, die jugendliche Flüchtlinge betreute.

Aber sie erwähnte mit keinem Wort den Überfall, der uns zusammengeführt hatte.

Ich hörte ihr aufmerksam zu und unterbrach sie nicht.

»Niko, ich habe mir immer einen eigenen Bauernhof gewünscht, schon als Kind.« Sie nahm noch einen Schluck vom Wein, sah mich wieder mit ihrem unverschämten Blick an, und ich spürte sofort die Schmetterlinge in meinem Bauch. »Ich bin auf dem Land aufgewachsen, meine Großeltern hatten einen Hof im Odenwald.«

»Schön«, erwiderte ich und erinnerte mich an Dr. Körner. Er hatte mich auch einfach erzählen lassen, damit ich mir die Dinge von der Seele reden konnte.

»Meine Eltern sind bei einem Autounfall gestorben, ich war erst elf Jahre alt.«

»Tut mir leid«, hörte ich meine brüchige Stimme. In Sachen Empathie war ich ein Nachhilfeschüler, auch wenn ich mich jetzt gerade bemühte, an meinem Karma zu arbeiten.

Ich nahm die Flasche vom Tisch und schenkte uns nach, um die Situation irgendwie zu überbrücken.

»Ich würde gerne so eine Art SOS Kinderdorf für traumatisierte Jugendliche gründen und ihnen eine neue Heimat bieten, auf einem Bauernhof, egal wo.«

»Was ist mit dem Hof deiner Großeltern?«, hakte ich nach.

Sie senkte den Kopf. »Den hat meine Cousine geerbt. Nichts zu machen.«

»Sorry«, entgegnete ich und versuchte kläglich, die Kurve zu kriegen. »Na ja, vielleicht klappt es ja mal mit einem Lottogewinn …«

»Ja«, meinte sie, »… wäre nicht schlecht …«

Für einen kurzen Augenblick stellte ich mir Hakennase und seine Helden beim ökologischen Gartenanbau vor.

Doch ich behielt meine Gedanken besser für mich.

Paula schwieg für einen unendlichen Augenblick, bevor sie zögerlich ergänzte: »… ob ich mir da … etwas einbilde?«, fragte sie mit leicht bebender Stimme und sah mich plötzlich unsicher an. Und dann brachen blitzartig alle Dämme, sie fing an zu weinen, lehnte sich an mich, und ich nahm sie tröstend in den Arm.

Die Einschüsse neben meinen Stiefeln ließen den Sand und die Felsen in kleinen gelben, splittrigen Wolken aufsteigen.

Ich visierte im Lauf den nächsten großen Felsen an und rollte kurz darauf dahinter in Deckung. »Secko!«

»Kamerad gesichert!«, schallte es zurück.

Er hatte ihn evakuiert.

Und dann schaltete mein Bauch auf Angriffsmodus.

Ich rückte meine Pilotenbrille zurecht, wechselte mein Magazin, nahm eine Handgranate von meinem Gürtel, entsicherte, wartete kurz und warf sie dann aus meiner Deckung in Richtung der Sniperstellung.

In der Ferne hörte ich für einen Sekundenbruchteil das typische Rotorengeräusch von mindestens einem Apache-Hubschrauber. Endlich kam unser Backup mit MG-Bordschützen. Die Handgranate detonierte mit einem dumpfen

*Knall, kurz darauf rieselten kleine Steine und gelber Sand
auf mich herab. Dann nahm ich mein G 3 hoch und trat aus
der Deckung. Vorwärts.*

Ich erwachte aus meinem Sekundenschlaf und sah auf die
Digitaluhr im Display meines Tachos. Gleich Mitternacht.
Die Hälfte der Nachtschicht hatte ich hinter mir.

Die drei Anzugträger kamen schwankend die Berger Straße
herunter. Einer verabschiedete sich und öffnete meine Beifahrertür, während die beiden anderen weitergingen. Er ließ sich
neben mir auf den Sitz fallen, zog die Tür zu und sah mich an.

Er war etwa 50, die dunklen Haare waren an den Schläfen
angegraut, und seine eisgrauen Augen betrachteten mich wie
die eines Insektenforschers, der gerade einen Schmetterling
aufgespießt hatte. Sein taubengrauer Anzug war mindestens
drei meiner offiziellen Monatsgehälter wert.

»n' Abend«, wehte es mir undeutlich mit einer Fahne aus
Ebbelwoi und Zwiebeln entgegen.

»Abend«, gab ich wortkarg zurück. Er nannte mir eine
Adresse im noblen Westend, und ich fuhr sofort los, weil
ich keinen Bock auf Gespräche mit ihm hatte. Er fing immer
wieder an, er sei der Walter, Investmentbanker und wer ich
wäre und ob ich immer Taxi fahren würde. Ich sagte nur:
»Niko. Ich bin Niko. Und ja, das ist mein Hauptjob.«

Mittlerweile hatten wir die Ampel am Eschenheimer Tor
erreicht und ich hielt bei Rot hinter einem anderen Taxi an.
Der erleuchtete historische Wehrturm stand in besonderem
Kontrast zu dem modernen Hotel einer arabischen Edel-
kette, das sich direkt dahinter in die nächtliche Frankfurter Skyline streckte.

Ich liebte die Nachtschichten in der amerikanischsten der
deutschen Metropolen.

Hier spielte die internationale Musik der Banken und Konzerne, hier liefen die Fäden an der Börse zusammen, und hier gab es viel zu lauschen, nicht nur digital an den hiesigen Internetknotenpunkten, sondern auch live als Taxifahrer.

Auf dem Fahrstreifen rechts vor uns hielt ein Kombi, Mein Blick blieb für wenige Sekunden an der Familie und ihren beiden Kindern auf dem Rücksitz hängen. Ich dachte sofort an Paula und unsere Zukunft, bis Walter mich nach wenigen Sekunden wieder aus meinen Gedanken riss.

»Dreh' doch noch mal vorher eine Runde durchs Gebiet«, nuschelte Walter.

»Wo soll ich Sie absetzen?«, fragte ich.

»Nirgendwo. Ich steig mal um.«

Noch bevor ich etwas sagen konnte, stieg er aus, warf die Beifahrertür zu und stieg hinten rechts ein. Dann warf er zwei 50er auf den Beifahrersitz und sagte nur: »Hier schon mal 'ne Anzahlung.«

Das wurde mir echt zu blöd. Mein erster Impuls war, ihn sofort rauszuschmeißen. Aber vielleicht wurde es jetzt erst richtig interessant.

»Niko, fahr mal Weserstraße«, raunte er, lehnte sich zurück und summte leise einen Schlager.

Ich aktivierte die verdeckte Innenraumüberwachung meines Mercedes. Die digitale Video- und Audioaufzeichnung lief an, ohne dass es Walter bemerkte. Die versteckten Pins und Mikros waren auf den Beifahrersitz und die Rückbank gerichtet, offiziell um Raubüberfälle zu dokumentieren. Aber ich hatte den automatischen Notruf deaktiviert und konnte daher auch digital aufzeichnen, ohne dass das bekannt wurde.

Die Ampel sprang auf Grün, und ich fuhr den Banker zum Straßenstrich.

Sie war höchstens 16 und hatte einen Lederminirock an und eine durchsichtige weiße Bluse. Die langen schwarzen Haare trug sie offen. Ihre grellrot geschminkten Lippen standen im harten Kontrast zu dem kalten Blick aus ihren dunklen Augen, als ich auf Weisung von Walter neben ihr hielt. Sie stöckelte heran und beugte sich sofort durch das offene Fenster hinten rechts, als wenn es nicht das erste Mal wäre, dass die Kunden mit dem Taxi vorfuhren.

»Hallo, Walter«, gurrte sie mit einem wodkagetränkten, blechernen Ostblockakzent.

Rumänin oder Bulgarin?

Walter hatte also einen Faible für Straßennutten und war nicht das erste Mal hier unterwegs.

»Romina, steig ein, wir drehen noch mal 'ne Runde, du kannst dir mal 'nen schnellen 50er verdienen, du kleine Schlampe!«

Super, genau das waren die Filme, auf die mein Chef stand. Deshalb sagte ich nichts. Sie stieg hinten ein, ich fuhr los, dachte an den Extrabonus und ließ der Nummer auf der Rücksitzbank ihren Lauf.

Ich hielt an einer Nobeladresse im Westend, nur wenige Minuten nachdem ich Romina wieder an der Weserstraße abgesetzt hatte.

»Hey, Niko, kannst du mir deine Nummer geben, ich suche immer zuverlässige Jungs.«

Ich überlegte kurz, dann fragte ich Walter: »Schreibbereit?«

Er nahm sein Smartphone heraus und brummte: »Kommen.«

Militärische Ausbildung, dachte ich mir und gab ihm die Nummer eines meiner »schwarzen« Nokia-Handys.

»Nur SMS«, meinte ich.

»Schon klar«, gab er zurück.

»Wenn du Bock hast, kannst du gerne mal mitmachen, dann holen wir uns zwei und lassen es richtig krachen«, sagte er, lachte, schlug mir auf die Schulter und stieg aus.

Ich fuhr weiter, bog an der nächsten Kreuzung ab, parkte einfach in der nächsten Hofeinfahrt und sprintete zurück.

Währenddessen verriegelte ich meinen Mercedes per Fernbedienung.

Er war entgegen der ursprünglichen Fahrtrichtung zurückgelaufen. Klar, dass er sich von mir nicht an seiner richtigen Adresse absetzen ließ.

Ich stand in der Deckung eines Kleintransporters, als er sich an der nächsten Straßenkreuzung noch einmal umsah und dann abbog.

Dann sprintete ich weiter hinterher und sah an der nächsten Kreuzung gerade noch, wie in seiner Laufrichtung im Eingangsbereich einer Villa das Licht anging. Auf der Straße war sonst niemand zu sehen. Ich prägte ich mir die Details der Umgebung ein, um die Villa später zu lokalisieren, und ging zurück zu meinem Taxi. Dann wählte ich einen Südstaatenblues aus meiner Playlist, rollte mit meinem Taxi durch das nächtliche Mainhattan und freute mich auf einen Extrabonus von meinem Chef.

Die Villa war der Firmensitz einer Investmentbank aus New York, ihre Website enthielt nur wenige Namen und nach weiteren Recherchen lächelte mich Walter von einem Social-Media-Profil für Führungskräfte falsch an. Nach wenigen Minuten kam ich auf die Facebook-Profile seiner Ehefrau und ihrer beiden Kinder, die am Starnberger See lebten. Ich loggte mich aus dem WLAN der Nordendkneipe aus, in dem ich mich mit einer Fake-ID angemeldet hatte, und fuhr weiter.

Eine Stunde später saß ich mit anderen Taxifahrern bei einem Briefing in einem Besprechungsraum.

Frank Seeger, mein Chef beim Taxiunternehmen »Frankfurt Mobile«, hielt ein Kurzreferat über den Konkurrenzkampf mit Uber und gab uns einige Verhaltensmaßregeln mit. Danach holte er mich in sein Büro. »Und, gibt's was Neues?«

»Ich bin jetzt in der Nachtschicht von Sachsenhausen nach Bornheim gewechselt, und am Flughafen wird es tagsüber immer mieser, die treten sich da alle auf die Füße«, wich ich ihm aus. Von Walter hatte ich ihm nichts erzählt, aber die digitalen Aufnahmen von Walters Date mit Romina hatte ich sofort auf einen Stick gezogen und auf dem Recorder im Taxi gelöscht.

Nach kurzer Überlegung hatte ich mich entschieden, auf den Extrabonus zu verzichten, Walters »Nummer« auf Eis zu legen und den Stick für mich zu behalten.

Meinen Auftritt mit den Jungs am Schweizer Platz und mit Paula hatte ich ebenfalls bei unseren Gesprächen unter den Tisch fallen lassen.

Ich war sicher, dass die Jungs keine Anzeige bei der Polizei gemacht hatten. Die waren bestimmt froh, dass sie noch lebten, und mit Paula hatte ich vereinbart, dass die Sache unter uns bliebe.

»Niklas, ich muss dich doch nicht erinnern, dass du hier nicht nur Taxi fährst, oder?«

»Nein, Secko, ich weiß Bescheid«, räumte ich ein und erwähnte seinen Spitznamen aus unserer gemeinsamen Zeit bei der Bundeswehr.

»Komm mir nicht auf die Tour«, sagte er, »du hast den Job aus gutem Grund angetreten.«

»Ja und du weißt, ich bin regelmäßig hier an der Kathedrale und an der Mauer und fische nach Kunden.«

Das waren die beiden Codewörter für das russische Generalkonsulat im Nordend und das chinesische Generalkonsulat in Sachsenhausen.

Die Leute, die dort ein und aus gingen, stellten entweder als Reisende Visumanträge oder sie gehörten zum Personal. Und diese Konsulatsangestellten waren eigentlich fast alles Agenten, hochinteressant für die Sicherheit der Bundesrepublik Deutschland.

Das Ziel war die Feststellung potenzieller Zielpersonen, deren Observation und Identifizierung. Im Taxi fiel man nicht auf.

Der Grund für all das lag viele Jahre zurück. Es passierte an einem der Kameradschaftsabende in unserer Kaserne, kurz nach dem Desaster von Kundus. Irgendein Depp spielte einen dieser Märsche auf seinem Handy, einige Hände gingen hoch, und schon waren wir als Nebendarsteller auf einem Handyvideo zu sehen, das eine der anderen hellen Kerzen auf unserem Bundeswehrkuchen aufnahm. Alle völlig besoffen, aber das interessierte auch keinen mehr. Gut, wir hätten sie anscheißen können, dass sie den Mist lassen sollen. Aber es war uns in diesem Moment egal. Wir waren damals froh, dass wir noch lebten, nachdem wir in Kundus zusammen durch dick und dünn gegangen waren. Keiner hätte gedacht, dass dieses Scheißvideo irgendwann einmal auftauchen würde. Aber als das Video dann schließlich beim MAD gelandet war, hatten wir während unserer Vernehmung die Qual der Wahl. Entweder geregeltes Ausscheiden aus der Bundeswehr und Anschlussjob als Freelancer oder unehrenhafte Entlassung.

Die Kleingeister hatten uns mit ihrer braunen Scheiße reingeritten, und wir kamen nicht mehr raus.

Secko und ich entschieden uns für die erste Variante und traten unseren Job als Freelancer an.

Als Oberleutnant war er schon mein Vorgesetzter gewesen und war nun auch als freier Mitarbeiter weiter mein Chef.

Und jetzt hatte ich eine Gelegenheit zum Auschecken. Ich wollte sie nutzen. Aber Secko und die offizielle Schiene dabei rauslassen. Denn Walter war mein persönlicher Hauptgewinn.

»Hast du irgendwas am Laufen?«, raunte er, lehnte sich in seinem Rollsessel zurück und kniff die Augen zusammen.

Ich sah schuldbewusst nach unten und blieb ein bisschen bei der Wahrheit, so wie ich es gelernt hatte. »Ich habe eine kennengelernt.« Meine übliche Salamitaktik. Nicht zu viel preisgeben.

»Was Ernstes?«

Ich holte tief Luft und sah ihm in die Augen. »Ja.«

»Schön, freut mich für dich!«

Er grinste mich listig an, und ich wusste nicht, ob er das wirklich ernst meinte. Bei Secko wusste man nie wirklich, was los war. Er glich einem Chamäleon mit ständig wechselnder Tarnfarbe.

»Na ja, ich will mir mit ihr wirklich was aufbauen. Ich habe mir was zurückgelegt. Wir wollen vielleicht auswandern.« Jetzt war die Katze aus dem Sack.

»Wer ist sie?«

»Secko, lass sie aus dem Spiel, sie ist ein gutes Mädchen und absolut sauber. Sie weiß von nichts und so soll es auch bleiben!«

Er sog die Luft tief ein, sah mir einige Sekunden in die

Augen und seufzte dann: »Schade, Niklas, wirklich schade. Nun gut, dein Vertrag läuft ja bald aus. Ich wünsche dir trotzdem alles Gute.«

Er grinste, und ich ahnte, dass er doch mehr wusste, wie schon so oft in all unseren gemeinsamen Jahren.

Ich hielt an der Straßenecke im Westend, unweit des Palmengartens, und sah zur Villa hinüber.

Walter trug einen schwarzen Anzug, als wenn er zu einer Beerdigung eingeladen worden wäre. Und eine topmoderne schwarze Sonnenbrille. Der Aktenkoffer lag schwer in seiner rechten Hand, und er kam mir entgegen.

Ich drückte die Wahlwiederholung auf meinem Nokia. Kurz darauf blieb er stehen, ohne den Koffer abzustellen, griff einhändig in sein Sakko und nestelte sein Schwarzhandy hervor.

»Hmmh«, grunzte er.

»Du gehst jetzt um die Ecke Richtung Palmengarten. Ich habe dich im Blick. Den Koffer stellst du am Eingang Palmengarten hinter den roten Ferrari.« Die Übergabestelle hatte ich vorher aufgeklärt.

»Niko, verarsch mich nicht. Was habe ich für Garantien, dass du das Video vernichtest?«

»Keine. Du willst doch nicht, dass deine Tochter Romina kennenlernt, oder?«

Schweigen.

»Ich kann mit ihr schon einmal vorab ein kleines Privatfilmchen von Romina und ihrem Daddy auf Facebook teilen, was hältst du davon?«

Weiterhin Schweigen.

»Pass auf, Walter, wenn du mich nicht verarschst, hast du einmal gezahlt und dann ist Ruhe. Das garantiere ich dir.

Aber wenn irgendwelche Arschlöcher in meinem Rücken auftauchen, mach ich dich kalt, klar?«

»Klar.« Walter beendete das Gespräch und ging weiter in Richtung Palmengarten.

Ich hielt kurz an, stieg aus, nahm Walters Aktenkoffer hinter dem Ferrari auf, ging wieder zu meinem Taxi und stieg ein. Im Rückspiegel sah ich ihn, wie er zurück zur Villa lief und die Straße überquerte, ohne sich umzudrehen. Ich wollte gerade weiterfahren, als ich das Motorrad hörte und wieder in den Rückspiegel sah. Der Fahrer und der Sozius waren komplett schwarz gekleidet, beide trugen schwarze Helme. Der Sozius nahm einhändig eine kurzläufige MP hoch. Der Schalldämpfer war wohl topmodern, ich hörte nur ein entferntes Ploppen.

Und Walter führte für eine Sekunde einen zackigen Breakdance auf, bevor er zusammenbrach.

Sie fuhren weiter in meine Richtung, und mir war klar, dass ich an der Reihe war. Ich dachte an Paula und an unseren gemeinsamen Traum.

Eine schmerzhafte Wehmut ergriff mich.

Ich hob mein Sturmgewehr hoch und ging durch die gelbe Staubwolke, nahm nur Schemen wahr, doch ich lag nicht mehr unter Beschuss. Als ich um den Felsen der Stellung herumging, sah ich das Ergebnis meines Handgranatenwurfes.

Volltreffer.

Die Staubwolke hatte sich gelegt.

Einer der beiden Taliban lag auf der Seite, sein blutüberströmter Kopf wurde nur durch den Turban zusammengehalten.

Der andere hatte überlebt. Er trug einen ehemals beigen

135

Hosenanzug und schwenkte seine AK-47 in meine Richtung. Ich sah ihm direkt in das blutverschmierte Gesicht.

Er war höchstens 13 Jahre alt.

Die dunklen Augen starrten mich fanatisch an, und er presste seinen Kiefer schmerzerfüllt zusammen.

Sein letzter Blick ließ mich danach auch in meinem tiefsten Schlaf nicht mehr los.

Ich nahm mein G3 hoch und schoss ihm zwischen die Augen.

Und mein Film am Palmengarten lief wie in Zeitlupe ab. Ich nahm meine SIG aus dem Insideholster und rollte aus der Fahrertür hinter meinen Mercedes auf den Gehweg, während sich die Splitter meiner Taxischeiben über mir verteilten. Immer noch kaum etwas zu hören.

Geiler Dämpfer, dachte ich mir.

Ich sammelte mich für eine Sekunde. Der Sozius musste absteigen, um mir den Rest zu geben.

Meine Chance.

Das Motorrad kam zum Halten.

Der Fahrer spielte kurz am Gas.

Alles oder nichts.

Nichts zu verlieren.

Ich kam auf dem Gehweg oberhalb der Hinterachse meines Mercedes aus der Deckung und hatte Glück.

Das Blickfeld des Sozius war wahrscheinlich wegen seines Motorradhelmes eingeschränkt, daher sah er mich nicht sofort. Ich schoss in schneller Folge zwei Mal in das Zentrum seines Helmes, eine klassische Doublette, tausendfach trainiert.

Dann drehte ich mich zum Fahrer, der eine Hand mit einer Automatik hob und mich anvisierte, bevor er die nächste Doublette in den Helm bekam. Auch keine Chance. Er fiel seitlich vom Motorrad.

Ich steckte meine SIG weg, holte den Aktenkoffer aus meinem Taxi, stellte erst ihn bereit, dann die Maschine auf, setzte mich darauf, nahm den Koffer zwischen die Beine und fuhr los.

Niklas Strom war eine der Identitäten, die mir als Freelancer zur Verfügung gestellt worden waren. Ich hatte noch andere Pässe, aber die waren zum Aussteigen nicht geeignet, weil ich die offiziell bekommen hatte. Aber in den letzten Jahren hatte ich in Frankfurt einige Leute umherkutschiert, und da war auch einer dabei gewesen, dessen Allerweltsgesicht dem meinem ziemlich ähnlich sah. Und der nach der Taxifahrt mit mir seinen Pass vermisste. Ich hatte ja alle Zeit der Welt. Ich blätterte durch den Pass der Republik Österreich und sah auf das Foto. Rainer Schulze aus Wien könnte mein Zwillingsbruder sein. Ich hatte ihn zu seinem Hotel gefahren. Als er noch einmal in die Bar ging, sah ich mich in dieser Zeit in seinem Hotelzimmer um. Sein Pass steckte in seinem Laptopcase. Und mittlerweile war er nach Australien ausgewandert, zumindest laut seinem Facebookprofil.

In den letzten Tagen hatte ich viel Zeit, mir Gedanken zu machen, was schiefgelaufen war. Und ich kam immer wieder auf die gleiche Hypothese.

Walter hatte viel gewusst, wurde erpressbar und, wer auch immer, hatte ihn und seinen Erpresser auf einen Schlag ausschalten wollen.

Ich hatte in ein Wespennest gestoßen.

Seine Geldpakete aus dem Aktenkoffer hatte ich gecheckt. Sie waren sauber, Walter hatte Wort gehalten. Und eine Million war okay für einen Neustart.

Paula wartete an einer Bushaltestelle in Bornheim, und ich hielt mit meinem neuen Geländewagen neben ihr. Sie öffnete die Heckklappe, warf ihren Rucksack hinein und stieg dann neben mir ein.

Wir küssten uns und sahen uns tief in die Augen.

»Träume können manchmal auch wahr werden …«, raunte ich lakonisch, sie lachte, schnallte sich an, und ich fuhr los.

Der Main schimmerte wie träges Quecksilber in der Abendsonne. Der Horizont hinter der Skyline war in einem hellen Rot gefärbt, als wir über die Alte Brücke in Richtung Sachsenhausen fuhren.

Karma.

Hier hatten wir uns kennengelernt, und hier verließen wir die Stadt.

Sie blätterte in den Ausdrucken mit dem Exposé des Bauernhofes, den ich in einem Immobilienportal gefunden hatte. Am nächsten Morgen hatten wir einen Termin auf diesem Bauernhof in Kärnten. Die Geldbündel aus Walters Koffer hatte ich in eine Sporttasche gepackt und mit zwei Backupwaffen in einem doppelten Boden im Kofferraum meines Geländewagens verstaut. Wir hatten unsere Wohnungen aufgegeben, unsere Jobs gekündigt und starteten in unseren gemeinsamen Wunschtraum.

Ich wollte meine Vergangenheit endlich hinter mir lassen und im Hier und Jetzt noch etwas für mein Karma tun.

»Schön, dass wenigstens du etwas geerbt hast«, meinte sie und stöberte weiter in den Papieren, »auch wenn es mir wegen deiner Tante wirklich leidtut …«

Irgendwie hatte ich ihr meinen plötzlichen Wohlstand ja erklären müssen. Die Erbschaft von einer entfernten Tante war auch irgendwie glaubwürdiger als ein Lottogewinn.

Für einen Augenblick überfiel mich mein schlechtes Gewissen wegen dieser Lüge, auch wegen meines Spitznamens Nick, den ich ihr, abweichend von meiner neuen Identität, als Erbe aus meiner Bundeswehrzeit erklärt hatte und behalten wollte. Alle anderen Brücken musste ich hinter mir einreißen, damit die Killer von Walter keine neue Spur von mir aufnehmen konnten.

»Ich freue mich schon so …«, sagte sie hoffnungsvoll und sah mich freudestrahlend an.

Ich lächelte kurz zurück, weil ich mich auch auf unsere gemeinsame Zukunft freute.

Die Sporttasche im Kofferraum war seit Jahren endlich wieder einmal ein Volltreffer gewesen.

Aber der wichtigste Jackpot und Hauptgewinn meines neuen Lebens saß neben mir.

LEIF TEWES

DER SINN DES LEBENS

Um 3 Uhr in der Früh begann die Schießerei. Es klang nah, in der Stille der Nacht hörte er verschiedene Schusswaffen. Schnelles helles Tackern, das mussten wohl Maschinengewehre sein, dumpfe einzelne Schüsse, ob das Gewehre waren? Die kurzen Knaller kamen bestimmt von Pistolen. Er war einiges gewohnt in dieser Stadt. Hatte erst Tage zuvor auf dem Weg zur Schule das brennende Kaufhaus gesehen, angezündet von diesen großen, wilden und doch nicht erwachsenen Menschen, faszinierend viele Frauen dabei, die lautstark demonstrierten und sich mit der Polizei prügelten. Aber eine richtige Schießerei kannte er nicht. Für »Stahlnetz« sei er noch zu jung, meinte seine Mutter.

Leise glitt er aus dem Bett, lauschte kurz dem regelmäßigen Atmen des kleinen Bruders, schlüpfte in die Hose, zog sich einen Pullover über, schlich mit den Schuhen in der Hand den knarzenden Flur entlang und verschwand durch die Kellertür. Erst draußen zog er die Schuhe an, rannte durch den Hinterhof, im Dunkeln zertrat er ein paar Bohnensträucher, und schwang sich über die altersschwache Mauer. Die Straße hoch, dann links, dort sah er mehrere Streifenwagen mit Blaulicht, umherlaufende Polizisten, es mussten an die hundert sein. Sie sprachen in Funkgeräte, in Megaphone und miteinander, immer wieder übertönt von Schüssen. Eine kleine Menschenmenge hatte sich bereits auf der anderen Straßenseite versammelt, abgeriegelt durch

Beamte und quer stehende Fahrzeuge. Wieder fielen Schüsse, sie kamen aus einer Toreinfahrt. Er kannte sein Viertel und schlich über einen Hof auf ein Grundstück mit einer Kriegsruine. Hier spielte er oft mit Freunden Räuber und Gendarm, er kannte jeden Stein und jede morsche Treppe. Aus dem zweiten Stock konnte er alles sehen: Der Schütze schien sich in einem Fabrikgebäude versteckt zu haben, der einzige Zugang war die breite Toreinfahrt. Vier Stunden hockte er in dieser Ruine, voller Aufregung, wechselnder Sympathie und schließlich nachlassender Spannung. Bei Sonnenaufgang wurde es still. Später erfuhr er, dass der Täter, ein Raubmörder, sich mit der letzten Patrone selbst erschossen hatte.

Es war der größte Polizeieinsatz in Frankfurt für Jahrzehnte.

Seine Entscheidung, Polizist zu werden, reifte aber erst Jahre später. Er stand kurz vor dem Abitur, der kleine Bruder erschien nicht zum Abendessen. Die Mutter jammerte und betete gleichzeitig, lief aufgeregt zwischen Küche und Wohnzimmer hin und her, der Vater drohte während des Abendessens dem Abwesenden verschiedene Strafen an, mit der Stimme eines Finanzbeamten, der säumige Steuerschuldner aufsuchte. Erst als die Dunkelheit anbrach, wurde der Vater still und schickte ihn mit seiner Mutter los, die Strecke zur Schule abzulaufen. Sie rannten quer durch die Stadt, schauten in Hinterhöfe, in die Baustellen der Wohnblöcke, die endlich die letzten Kriegslücken verschluckten. Er klingelte bei Freunden des Bruders. Keiner hatte ihn nach der Schule gesehen. In ihrer Verzweiflung liefen sie durch das Bahnhofsviertel, aber wie verlor sich ein Zwölfjähriger in den von Griechen und Türken beherrschten Straßen, zwischen rauchigen Kaschemmen und schwülstig dekorierten Striplokalen?

Gegen Mitternacht kehrten sie erschöpft und verzweifelt nach Hause zurück, nachdem die Mutter ihn genötigt hatte, alle Strecken mehrmals abzulaufen. Der Vater zog seinen Sonntagssakko an und zerrte ihn zum nahegelegenen Polizeirevier, damit er die Strecken benennen konnte, die er bereits abgelaufen war, die Mutter ließen sie weinend zurück. Der Junge erschrak über die Gleichgültigkeit der Beamten. Die Schreibmaschinen schienen Vorkriegsware zu sein, Ordner stapelten sich an den Wänden. Es fehlten die Dynamik und der Drang zur Moderne, den er in der Stadt halb fasziniert, halb verschreckt beobachtet hatte. Es gäbe viele vermisste Jugendliche, so der Beamte, die doch wahrscheinlich alle nur bei den Hippies in einem der besetzten Häuser im Westend sitzen und Drogen nehmen würden, sie könnten nicht jedem Jungen, der eine Nacht nicht nach Hause käme, hinterherjagen.

Er konnte sich Jahrzehnte lang von einer Sekunde auf die andere an diese Ohnmacht erinnern.

Erst am nächsten Abend wurde ihnen auf dem Revier zugesagt, dass sie die üblichen Drogenhöhlen nach dem kleinen Bruder durchsuchen würden, auch wenn er und sein Vater den Polizisten versicherte, dass ihr Zwölfjähriger dort nicht zu finden sei. Er wurde dann zwei Tage später an der Offenbacher Staustufe aus dem Fluss gezogen. Erwürgt und nackt in den wie ein Abwasserkanal stinkenden Main geworfen. Die Polizei dokumentierte es als »Lustmord an Knaben« mit wenig Aussicht auf Lösung des Falls. Erst Jahrzehnte später erfuhr die Gesellschaft von manchen sexuellen Praktiken ausgeübt durch Lehrer, Priester und einsame Männer in dieser Zeit.

Das meiste davon war dann bereits verjährt.

Er hatte damals keine Vorstellung, was genau seinem kleinen Bruder widerfahren war. Nur eines wusste er: Er würde den Mörder finden.

Er begann, täglich die Polizeiberichte im Lokalteil zu lesen, probierte mit Tinte aus dem Schulfüller seine Fingerabdrücke zu nehmen und zu lesen, notierte Kennzeichen der Autos in der Straße und wie lange sie dort standen. Die Mutter trank von Tag zu Tag immer mehr, bis sie noch nicht mal in der Lage war, das Abendbrot zuzubereiten, und lallend oder heulend, so genau war der Unterschied nicht auszumachen, auf dem Sofa lag. Ab und zu schlug sie der Vater, bis auch er begriff, dass die Familie endgültig zerbrochen war.

Mit einem Zweier-Abitur bewarb er sich noch am Tag der Zeugnisausgabe bei der Schutzpolizei und zog eine Woche später in das Wohnheim der Polizei.

Seinen Vater traf er noch einmal einige Jahre später auf der Beerdigung der Mutter, kurz nachdem er zur neu gegründeten Polizeihochschule in Wiesbaden gewechselt hatte. Als Jahrgangsbester kehrte er nach Frankfurt zurück, arbeitete sich über Verkehrsdelikte, Kaufhausdiebstahl und Bahnhofsviertelschießereien bis in die Abteilung »Kapitaldelikte«. Zwischen Raubmorden und Eifersuchtsdramen riss er sich oft um die Untersuchung von Sexualmorden an Jugendlichen, die längst nicht so selten waren wie in der Öffentlichkeit bekannt. Oder der Öffentlichkeit bekannt gemacht wurden. Er lernte die Sehnsüchte und Handlungspraktiken der meist älteren Männer kennen, die sie an Kindern und Jugendlichen auslebten, das jüngste war sieben Jahre alt. Der Sexualtrieb wurde ihm so verhasst, dass er jede weibliche Bekanntschaft an der Kneipentür stehen ließ, seine eigenen Sehnsüchte und Bedürfnisse mit 18 Stunden Tagen im Büro unterdrückte und den Rest in Rotwein ersäufte. Nur einmal ließ er sich auf eine kurze Affäre mit der älteren Frau eines ihm verhassten Kollegen ein, anfangs nur, um ihm für dessen bis zur Unerträglichkeit zur Schau getragenen Unfehlbarkeit eins auszuwischen, dann aber auch, um in dieser Totgeburt einer Beziehung wennschon nicht die Frauen, so doch ihre primären Geschlechtsorgane kennenzulernen und zu erfahren, wie sie mit seinem umging.

Keinen der Verbrecher, die er verhörte oder die er als heimlicher Zuschauer im Gerichtssaal beobachtete, konnte er mit dem Tod seines Bruders in Verbindung bringen. Dafür blieben zu viele »Lustmorde an Knaben« unaufgeklärt, sein toter Bruder verstaubte schon lange in ähnlicher Gesellschaft im Archiv.

Der zehnte Jahrestag nahte, als er beim Verlassen des Präsidiums von einem Beamten gefragt wurde, ob er noch schnell bei dieser schwatzhaften Alten vorbeischauen könne, die schon zweimal erschienen und zu Protokoll gegeben hatte, dass sie einen fremden Mann vor einer Schule gesehen habe. Er winkte ab, zu oft war er solchen Hinweisen erfolglos nachgegangen, zu sehr war seine Motivation, Polizist zu sein, einer hartnäckigen Ermüdung gewichen. Das sei doch ganz in seiner Nähe, beharrte der Beamte und wedelte mit einem Zettel. Grummelnd schnappte er nach der Notiz, murmelte, dass er die Tage mal vorbeischauen würde, und verließ das Präsidium.

Es war wieder so ein herrlicher Sommertag, in der Straßenbahn hingen leicht bekleidete Frauen in bunten und viel zu kurzen Röcken knutschend an jungen Kerlen mit langen Haaren, von missmutigen Blicken ergrauter Herren begleitet. An den Ampeln betrachtete er Autos, die eine einzige rollende Dekadenz ausstrahlten, und fragte sich dabei, wann er zuletzt Freude am Leben verspürt hatte. Jeder Mörder, den er festgenommen hatte, hatte seinen Glauben an das Böse im Menschen verstärkt, und jeder, den er nicht erwischt hatte, den Glauben an das Böse in der Welt. Irgendwann, dachte er, als er in ein helles BMW-Cabriolet blickte und die gebräunten Knie der Fahrerin betrachtete, würde er Erlösung finden müssen oder untergehen, so wie seine ganze Familie.

Ah, endlich, sagte die alte Frau, als er klingelte und seinen Ausweis zeigte. Ob er einen Tee wolle, fragte sie und führte ihn ins Wohnzimmer, sie habe auch etwas Stärkendes dazu und zeigte lächelnd auf eine Flasche Klosterfrau Melissengeist auf dem mit grünen Fliesen belegten Wohnzimmertisch. Er nickte und ließ die Alte ihre Gastfreundlichkeit ausleben, sie hatte offensichtlich wenig Gelegenheit dazu.

Die Wohnung roch nach altem Mensch und kaltem Rauch, an der Wand hingen Schwarz-Weiß-Fotografien von Bergen und Seen, sie allein darauf zu sehen. Die Alte konnte den Mann sehr gut beschreiben, den sie mehrmals immer zur großen Pause vor der Schule auf der anderen Straßenseite gesehen hatte, sie müsse ja zu Mittag das Fenster wegen dem Lärm der Schüler schließen, dass die aber auch immer so einen Krach machen müssten, die Lehrer würden ja überhaupt nicht mehr einschreiten, also früher sei das anders gewesen, ganz anders. Noch ehe er einwerfen konnte, dass früher nicht alles besser gewesen sei, verstummte die Alte, senkte ihre Stimmte und flüsterte, wie ihr dieser Mann aufgefallen sei. Mittelgroß, Hut, dunkle Kleidung, nein, kein Anzug, ein nicht zur Hose passendes Sakko. Einmal hätte sie ihn aus einem Auto steigen sehen, in dem er wohl länger gesessen habe, der Wagen sei schon in der Früh dort gestanden.

Ein Auto, aha, ob sie die Marke oder die Farbe nennen könne.

Oh ja, rief die Alte, ihr Neffe habe auch so einen, der sei immerhin Bankdirektor in einer Sparkasse im Taunus und habe sich den Wagen voller Stolz vor einigen Jahren gekauft und sie schon einige Male zu einer Spazierfahrt am Sonntag ins Grüne eingeladen, so herrlich bequeme Sitze, aber er fahre immer so schnell, sie würde sich, auch wenn es kneife, diese neumodischen Gurte tatsächlich anlegen.

Ja was es denn nun für ein Wagen sei.

So ein toller Mercedes, na er als Polizist kenne ihn wohl, der sei ja ein paar Jahre zuvor im Fernsehen zu sehen gewesen, als diese linken Terroristen den Herrn Schleyer entführt hatten. Genau so einen, nur helle Farbe, also eher so Sand, oder, sie kicherte, wie Nikotinfinger und wedelte mit ihrer rechten Hand vor seinem Gesicht.

Er nahm einen Schluck melissenvergeistigten Tee. Ob sie sich an das Kennzeichen erinnern könne.

Nein, nur dass es ein Frankfurter Kennzeichen gewesen sei, da sei sie sich sicher, aber die Buchstaben und die Zahlen, nein, darauf habe sie nicht geachtet. Er beugte sich über den grünen Tisch und legte ihr seine Hand auf den faltigen Arm. Sie solle die Augen schließen und noch mal genau dieses Bild hervorrufen. Wie sie da so am Fenster stehe, der Mann steigt gerade aus dem Auto, das Wetter, der Lärm, und dann ein Foto machen.

Die Alte schloss die Augen, schnaufte tief und wackelte mit dem Kopf. Er hielt die Luft an. Ein K, rief sie, nur ein einziger Buchstabe, und, dann stockte sie. Zwei Zahlen, vielleicht eine eins oder eine neun dabei, aber sie könne es nicht genau sehen. Sie öffnete die Augen und trank einen Schluck Melissengeist direkt aus der Flasche.

Das sei ja toll gewesen, sagte er, sie sei eine gute Beobachterin, das sei sehr wichtig gewesen. Die Alte wollte ihm noch Bratkartoffeln machen, es sei ja schon spät und er sehe nicht aus, als habe er eine wartende Frau zu Hause, aber er entschuldigte sich und verließ die Wohnung.

Nur zwei Tage brauchte er, um den einzigen Halter eines Strich-Achter Mercedes zu finden, in Savannen-Farbe, wie sie vom Hersteller genannt wurde, mit einem K im Kennzeichen und zwei Ziffern. Rudolf Baumgartner, keine Vorstrafen, Sportlehrer, Anfang 50, unverheiratet. Den Notizzettel der Wache hatte er längst weggeworfen und dem Beamten gesagt, es habe sich erledigt, wäre nur eine einsame Alte gewesen, die ihren Nachbarn anschwärzen wollte. Sonntag, überlegte er, sollte ein guter Tag sein, da sitzen die Leute abends träge vor dem Fernseher, wie im Limbus, nach einem vertanen Wochenende und vor der nächsten immergleichen Arbeitswoche.

Mit Einbruch der Dämmerung bestieg er die Straßenbahn, die letzten hundert Meter schlenderte er, den Hut tief in die Stirn gezogen, durch die Straße mit dem modernen Wohnblock im Norden der Stadt. In einer Parkbucht stand der Mercedes. Er wartete, bis jemand aus dem Haus trat und er ins Treppenhaus gelangen konnte. Im dritten Stock klopfte er an Baumgartners Wohnungstür.

Ein Mann in heller Strickjacke mit sehr großen Knöpfen öffnete und schaute ihn überrascht an. »Was kann ich für Sie tun?«

Er zog seinen Polizeiausweis aus der Manteltasche.

»Worum geht es?«, fragte der Mann.

Er holte ein zerknittertes Schwarz-Weiß-Foto seines Bruders hervor und zeigte es Baumgartner. Das Erschrecken in den Augen dauerte nur den Bruchteil einer Sekunde, dann sprang Baumgartner zurück und warf die Tür zu, doch als Polizist kannte er die Wirkung der eigentlich unbequemen Polizeistiefel, die er deswegen selten trug, aber eine solche Tür schmerzfrei aufhalten konnten. Er lief Baumgartner durch den engen Flur hinterher, im Wohnzimmer packte er ihn an den Schultern und warf ihn auf das Sofa. Der Mann zitterte, als er vor ihm stand und die Sig Sauer P6 auf die Stirn drückte.

»Warum?«, rief er.

»Sie verstehen das nicht! Es war keine Absicht, ich wollte das nicht!«

»Wie viele noch?«

Die Augen des Mannes wurden groß, an der Schläfe trat ein Schweißtropfen unter den Haaren hervor und schlich langsam Richtung Ohr.

»Wie viele noch?«, rief er erneut. So viele unaufgeklärte Fälle, so viele erfolglose Indizienprozesse, streitbare Spurenlagen, und die Anwälte wurden immer besser und das Böse immer böser. Er zog die Pistole von der Stirn vor das linke Auge.

Der Mann schwieg, doch das andere Auge sprach.

»Aufstehen!«, sagte er. Zahn um Zahn. Hier und jetzt. Kein Palaver. Der Tag war gekommen.

Mit dem Pistolenlauf im Auge dirigierte er Baumgartner langsam um den Wohnzimmertisch, zog den Vorhang zurück und öffnete die Balkontür.

Als er am Montagmorgen in der Teambesprechung hörte, dass ein Lehrer vom Balkon gesprungen sei und man prüfen müsse, ob Selbstmord oder Fremdverschulden vorliege, rührte er sich nicht.

Die erste Woche fühlte er eine sprichwörtliche Last von seinen Schultern abfallen, der Mantel schien ihm auf einmal zu eng, er kaufte einen neuen zwei Nummern größer. Einige Kollegen mutmaßten, er habe endlich eine Frau kennengelernt, sei plötzlich so umgänglich, gesprächig, gemeinsamen Bieren nicht mehr abgeneigt. Mit Herbstanfang verdünnte sich dieses Gefühl der Überlegenheit wie ein mächtiger Fluss in der Meeresmündung, der Rausch des Sieges wich einem ordentlichen Kater, und ein neuer Nebel zog auf. Er hatte seine Lebensaufgabe erfüllt, doch das Leben war immer noch da. Um ihn herum war es weiterhin blutig und tödlich, was sollte er auch anderes machen als das, was er gewohnt war, gelernt hatte? Jetzt war es ja auch irgendwie egal. Doch draußen blühte die Stadt, auch im nahenden Winter. Während sich die Kollegen in den Polizeirevieren über die immer zahlreicheren Einsätze bei Demonstrationen ärgerten, auf denen gegen Raketen, Umweltvernichtung oder gehörlose Politiker protestiert wurde, wäre er gerne mitmarschiert, nur um wieder ein Ziel zu haben.

Doch er hatte eine Grenze überschritten, wie durch die Passkontrolle im Flughafen, ein Zurück gab es nicht. Hatte den Anspruch auf das Leben verwirkt.

Dann stand er wieder an dieser Schleuse, im Morgengrauen, der Schmerz überfiel ihn wie bei einer entzündeten Zahnwurzel: unerwartet und aufs Äußerste qualvoll. Nein, es war nicht vorbei, würde nie vorbei sein. Vor ihm ein junges Leben, das schon vor seinem Tod zerstört war, und doch gab es anscheinend einen Grund, es mit zwei Schüssen schneller zu beenden. Eine drogenabhängige Prostituierte, die, wie ein Kollege berichtete, eine Woche zuvor vermisst gemeldet worden war, aber wer suchte schon nach einer Junkie-Nutte. Nichts hatte sich geändert, nichts würde sich ändern, egal was er tat, wie er es tat, oder auch nicht tat.

Tagelang, oder vielmehr nächtelang, zog er durchs Bahnhofsviertel, befragte Luden, Wirte, Straßennutten, Stammfreier, und statt den Grund für den Tod der jungen Frau zu finden, fand er unzählige Tote. Viele dieser Menschen, die ihm begegneten, waren bereits tot, manche wussten es, andere nicht. Sie mussten nicht erst erstochen, erwürgt oder erschossen werden.

Eine geisterhaft an der Wand eines Supermarkts lehnende Prostituierte verwickelte ihn in ein Gespräch, das er nicht beenden konnte. Nur ein Zehner, sprach sie ihn an, schwer zitternd, ob wegen des ersten Schnees oder aufgrund einer bestimmten Mangelerscheinung war nicht auszumachen. Als er seinen Ausweis zeigte und nach der Toten fragte, zuckte sie nicht zusammen. Die habe es hinter sich, murmelte sie nur. Er bemerkte ihre Stiche am Hals, die breiten Zahnlücken und bot an, sie in eine Klinik zu fahren, sie solle ihr einziges Leben nicht verschwenden. Sie winkte müde ab. Hätte sie schon dreimal versucht, aber der Tod sei hartnäckig. Warum, wollte er fragen, doch eigentlich wusste er es. Wenn du einmal auf der falschen Seite bist, gibt es kein Zurück. Erst ein vorbeitorkelnder Junkie, der ihr etwas zuraunte und sie um die Straßenecke zerrte, erlöste ihn.

Jacqueline, wie sich nannte, oder Sabine, wie sie im Pass genannt wurde, war die Erste, die sich an die Tote erinnerte. Sie saß auf einem Bett, das den Raum derart füllte, dass er kurz überlegte, ob das Haus um das Bett herum gebaut worden war, zog sich ein T-Shirt über, worum er sie gebeten hatte, und band ihre langen dunklen Haare mit einem Haargummi zusammen. Er blickte unterdessen zwischen einem mottenzerfressenen Vorhang auf die Moselstraße und wollte das Fenster öffnen, um dem überhitzten Geruch aus billigem Parfüm, Schweiß und Gummi ein wenig Straßenluft unterzumischen.

Einige Wochen habe die Tote ein Zimmer auf diesem Stockwerk genutzt, sagte sie, sei aber immer wieder tagelang nicht aufgetaucht. Spezialaufträge, habe sie dann gesagt, dabei aber unglücklicher als üblich gewirkt.

Ob sie wüsste, was das für Aufträge waren und wer die vermittelt habe.

Natürlich schüttelte sie den Kopf. Entweder, sagte sie, seien die Mädchen eifersüchtig auf gute Jobs und gönnten ihren Kolleginnen nicht den einen anständigen Kunden, oder solche Aufträge seien von Leuten gebucht, die zu kennen keine gute Idee sei.

»Und warum bist du hier?« fragte er.

»Wo sonst?«

»Na woanders.«

»Überall ist es besser, wo ich nicht bin. Von daher ist es egal, wo ich bin.«

Sie seufzte, und er blickte wieder durch das verriegelte Fenster auf die Straße. Rot, gelb, blau blinkten und blitzen die Reklamen, im Schritttempo krochen VW Passats die Straße entlang. Nein, er würde es nie verstehen.

»Erklär es mir«, sagte er zum Fenster.

Sie kam tatsächlich mit in das Café an der Ecke, in dem sich die Bordsteinschwalben trafen und mit Glühwein aufwärmten, Jugoslawen laut und unverständlich miteinander diskutierten und bis 5 Uhr morgens eine gute Currywurst serviert wurde, wie er wusste. Die Wirtin begrüßte ihn mit einem freundlichen Kopfnicken und räumte einen kleinen Tisch am Fenster frei.

Ihrer Geschichte hörte er äußerlich ungerührt zu, aber jede Erzählung aus der durch Alkohol und Gewalt zerstörten Familie oder die des ersten Freundes, der sie mit vier Kumpels in einer Gartenhütte nach einem Besäufnis vergewaltigte, riss tiefe Löcher in das Fell, das er in all den Jahren in der Mordkommission geglaubt hatte wachsen zu spüren und das sich jetzt dünn wie Bibelpapier erwies. Vielleicht hätte er doch Pfaffe werden sollen.

Beim zweiten Bier blickte sie ihn unangenehm lange wortlos an, ehe sie fragte, was denn seine Geschichte sei, wann er
gestorben sei und sich seitdem mit Tod und Elend umgebe,
zumal schlechter bezahlt.

Jetzt fiel ihm wieder auf, wie wenig er den Umgang mit
Frauen gewohnt war. Einige Kolleginnen wären einem
flüchtigen oder vielleicht auch längeren Kontakt mit ihm
nicht abgeneigt gewesen, wie es hieß, doch durch seine Wohnungstür trat er immer allein. So wusste er nicht, wie schnell
Frauen die Wahrheit erkennen und wie unerbittlich sie diese
aussprechen. Aber eigentlich, dachte er in diesem Augenblick, als er der bestimmt zehn Jahre jüngeren Frau gegen-
übersaß, die mehr Elend erlebt, als er gesehen hatte, und
deren dunkle Augen wie ein Senklot in sein Herz stachen,
eigentlich war ein neues Zeitalter angebrochen. Er musste
nicht mehr den Tod seines kleinen Bruders rächen, er vertrat
nicht mehr das Gesetz, vielmehr hatte er drauf geschissen,
lebte nach Regeln, die nirgends aufgeschrieben und schon
gar nicht von einer Mehrheit verabschiedet worden waren.
Diesem unerschütterlichen Polizistenglauben, dass sie als
Vertreter des Gesetzes ebenso unfehlbar seien, hatte er nie
angehangen, ein Pharisäer konnte er also nicht mehr werden.

Vielleicht, dachte er in genau diesem Moment, sei es an
der Zeit, nicht den Tod zu rächen oder aufzuklären, nicht
länger in hilflosen Eifersuchtsmördern die Verirrung ihrer
Gefühle zu suchen, im Sumpf des Lebens versunkene Leichen zu finden, sondern das Leben zu verstehen und vor
dem Tod zu retten. Der Sinn des Lebens ist nicht, nicht zu
sterben, sondern ihm einen zu geben.

Natürlich erzählte er ihr nicht von dem Tod des kleinen Bruders, dem des Sportlehrers, dem der Mutter, geübt
flüchtete er sich in auswendig gelernte Sprüche zur Moti-

vation eines Kriminalbeamten, das mit »der Gesellschaft dienen« und so, aber ihrem verrutschten Lächeln entnahm er, dass sie ihm kein Wort glaubte. Er kratze ihr Lächeln von der verfleckten Tischdecke ab, putzte es und gab es ihr wieder zurück.

Die Wirtin kam, fragte nach einem weiteren Bier, Jacqueline nahm einen Tee, sie schwiegen, bis das Bier kam und sie den Teebeutel ausdrückte und in den Reklame-Aschenbecher legte. Von hundert Männern, so hatte er mal in einer grauen einsamen Stunde gelesen, würden 99 durch Frauen gerettet, der Rest durch göttliche Gnade. Nur wodurch Frauen gerettet wurden, das stand da nicht. Und Pfaffe ist er nun mal nicht geworden.

Ob sie, fragte er dann, Lust auf ein Abendessen in einer anderen Gegend habe.

Sie fragte nicht, ob er danach lieber einen Blowjob oder Doggystyle möge. Stattdessen dauerte es fast zwei Monate, ehe sie ihm, nachdem er eine Flasche Rotwein getrunken hatte, ihre Brust entblößte, er darin versank und am nächsten Morgen unbeholfen, aber ehrlich mit ihr schlief.

Es wurde zum Ritual, dass er stets behauptete, er habe sie gerettet, und sie ihm dann sanft durch das langsam ergrauende Haar strich und beide das Gegenteil dachten.

ROGER STRUB
SCHWEIZER MOMENTE

Mittwoch, 16. Oktober 2019

Um 9 Uhr verließ ich das Frankfurter Marriott Hotel und ging zu Fuß zum Haupteingang der Messe. Dort entwertete ich mein Tagesticket für die Buchmesse, ließ mich im Strom der Besucher ein Stück weit in Richtung der Hallen treiben, um dann umzukehren und die Messe ohne Brille und mit einer Tragtasche, in der ich meinen Sakko verstaut hatte, gleich wieder zu verlassen. Ich ging zurück zum Hotel, fuhr mit dem Aufzug in die Tiefgarage und setzte mich in mein Auto. Ich griff nach dem kleinen Rucksack auf dem Rücksitz. Daraus entnahm ich eine Baseballmütze, Turnschuhe und eine leichte Regenjacke und zog Letztere im Sitzen umständlich an. Danach wechselte ich die Schuhe, setzte die Baseballmütze und die Brille wieder auf und fuhr mit dem Aufzug hinauf in den 26. Stock. Wie vereinbart klopfte ich dreimal an die Tür seiner Suite. Achim Wolff rief: »Herein«. Beim Eintreten nahm ich die Baseballmütze ab und steckte sie in meinen Rucksack.

»Hallo, da bist du ja endlich«, begrüßte Wolff mich. »Hattest du eine gute Reise?«

»Ja, es hatte nur wenig Stau auf der A5. Und für einmal habe ich auch genügend Zeit eingeplant. Ich bin bereits gestern angereist.«

Er reichte mir die Hand. »Das ist ein kluger Entscheid. Nun, ich hoffe, du bringst mir nicht nur ein tolles Exposé, sondern wiederum auch leckere Schweizer Pralinen mit. Du weißt ja, kleine Geschenke erhalten die Freundschaft.« Er lachte glucksend, während ich den Rucksack öffnete und ihm eine Schachtel »Schweizer Momente« überreichte.

Er bedankte sich überschwänglich, öffnete die Schachtel sogleich und griff gierig zu. Er war süchtig nach Schokolade. Während er kaute und wohlige Laute von sich gab, fragte er: »Willst du einen Whisky? Schokolade und Whisky, das passt perfekt.«

Es war kaum 10 Uhr am Morgen. Ich antwortete: »Oh Gott, nein, das vertrage ich nicht, schon gar nicht vor Mittag. Wir können uns gerne am Abend an der Bar zusammen einen genehmigen.«

Er schenkte sich ein volles Glas ein und meinte: »Am Abend bin ich bereits vergeben. Ich werde mit einigen Leuten von ›Random House‹ essen gehen und danach habe ich eine Verabredung mit einer hübschen Autorin.« Er leerte das halbe Glas in einem Schluck.

Ich dachte seinen Satz weiter: »… die dann mit dir ins Bett steigen wird, weil sie hofft, dass du ihr Buch einem Verleger verkaufen wirst. Wenn sie dir einen bläst, wirst du es sogar ernsthaft versuchen, weil sie dir dann dankbar und später erneut gefällig sein muss.« Ich sprach es nicht laut aus, um ihn nicht zu verärgern. Das hätte nur meinen Plan gefährdet. Es lief ja alles bestens. Die hübsche Autorin würde ohnehin vergebens auf Wolff warten. Während er sich die nächste Praline in den Mund stopfte, verlangte er nach meinem Exposé.

»Ich hoffe, du hast dir etwas wirklich Gutes ausgedacht. Wir bräuchten eine neue Figur, eine Serie, die sich verfilmen ließe. Du schreibst wirklich toll, aber manchmal wäre ein bisschen weniger literarischer Klimbim einfach mehr. Denk bei deiner Arbeit auch an die einfach gestrickten Leserinnen und Leser.«

Ich ging darauf nicht ein. »Lies es einfach. Wenn du es nicht gut genug findest, dann bin ich ja an der Buchmesse richtig. Hier wimmelt es von Agenten und Verlegern.«

»Hoppla, das war deutlich. Aber glaub mir, so einfach ist das nicht.« Er stopfte sich eine weitere Praline in den Mund und schob dann gleich die nächste nach. »Heutzutage schreibt jedermann Krimis, und der Markt ist übersättigt. Wer also unter Vertrag steht, sollte Sorge zu seinen Partnern tragen.« Er hielt mir die Schachtel unter die Nase. »Möchtest du eigentlich auch eine dieser köstlichen Dinger?«

»Nein, die sind ganz allein für dich.«

Wolff ließ sich das nicht zweimal sagen und langte erneut zu.

Er überflog mein Exposé. Während er las, verschlang er mindestens ein halbes Dutzend weitere Pralinen. Schließlich sagte er: »Nicht schlecht, daraus lässt sich etwas machen. Wie lange bist du da?«

»Ich reise morgen Abend ab.«

»Okay, dann melde ich mich morgen. Oder noch besser: Wir können zusammen frühstücken, dann besprechen wir, welcher Verlag dafür infrage kommt und wie viel Vorschuss wir dafür verlangen.«

»Okay, so machen wir es. Dann gehe ich jetzt zur Messe.«

»Ja, ich muss auch bald los.« Er griff sich an den fülligen Bauch. »Du entschuldigst mich. Das Klo ruft.« Er steckte die letzten beiden Pralinen in den Mund und reichte mir die Hand. »Bis morgen dann.«

Ich verabschiedete mich. Während er im Badezimmer verschwand, setzte ich meine Baseballmütze auf und verließ das Zimmer mit gesenktem Kopf. Im Aufzug drückte ich den Knopf »Lobby«.

Ein halbes Jahr zuvor

An diesem Sonntag Anfang April geriet meine Welt aus den Fugen. Ich hatte mir auf Anraten einer Schriftsteller-Kollegin vor ein paar Wochen endlich einen Facebook-Account zugelegt und darauf ein halbes Dutzend Posts veröffentlicht. Obschon ich immer wieder gehört hatte, dass man mit den sozialen Medien erstaunliche Kontakte knüpfen und seinen Bekanntheitsgrad rasch erheblich vergrößern könnte, hatte ich mich über Jahre gesträubt, bei diesem, wie mir schien, belanglosen Online-Klatsch mitzumachen. Da auch mein Agent Achim Wolff mir vehement davon abriet, entschied ich mich immer wieder dagegen. Dann aber gab ich mir eines Tages einen Ruck und richtete den Account ein. Ich schickte in den ersten Wochen rund 100 Freundschaftsanfragen los, vorwiegend an andere Autoren aus dem Syndikat, dem Verein der deutschsprachigen Krimiautoren, sowie einigen meiner Hardcorefans, die sich ebenfalls auf den sozialen Netzwerken tummelten. Zu meiner Überraschung erhielt ich zahlreiche Freundschaftsanfragen aus aller Welt. Nach einem Monat hatte ich bereits über 900 Freunde. Viele von ihnen bedankten sich für meine tollen Krimis, einige stellten mir via Chat Fragen oder wollten mich zum Abendessen einladen. Eine Frau machte mir einen Heiratsantrag. Ich war erstaunt, dass unter meinen »Facebook-Freunden« auch viele Leser und Leserinnen aus den USA, Spanien, Skandinavien, ja sogar aus Chile und Russland waren.

An diesem Tag Anfang April ging mir ein Licht auf. All diese Leute schrieben mir auf Englisch oder in ihrer Muttersprache. Meine Bücher waren aber bisher nur auf Deutsch erschienen. Wie also hätten sie diese lesen sollen? Ich war irritiert. Vielleicht war es eine leise Ahnung, jedenfalls öffnete ich Google und trug »Crime Stories« und dahinter meinen vollen Namen, Jonathan Schwarz, ins Suchfeld ein. Dann drückte ich auf »Suche«. Und siehe da: Es erschien eine lange Liste von Seiten zur Auswahl, auf denen meine Bücher in englischer Sprache angeboten, besprochen und rezensiert wurden. Ich war sprachlos, mein Herz pochte wie wild, das Blut schoss mir in den Kopf. Mir wurde ganz heiß. Ich machte das Gleiche in Spanisch. Bingo! Ich versuchte es mit Google Translate weiter mit Französisch, Italienisch, Russisch, Niederländisch, Schwedisch, Portugiesisch, Chinesisch, Arabisch ... und ich konnte die Ergebnisse kaum fassen.

Meine Bücher gab es außer in Arabisch und Portugiesisch in all diesen Sprachen. Wie war das möglich? Wer hatte den Verlagen die Rechte an meinen Büchern abgetreten beziehungsweise verkauft? Warum wusste ich nichts davon, und warum bekam ich dafür kein Geld? Wie waren diese Verlage – es handelte sich dabei, soweit ich dies zu beurteilen vermochte, ausschließlich um seriöse und angesehene Häuser – an mein Manuskript gelangt? Es gab außer mir und meinem deutschen Verleger eine einzige Person, die im Besitz dieser Manuskripte war: Achim Wolff.

Ich bin ein Mensch, der sich ganz seiner literarischen Tätigkeit verschrieben hat. Business und rechtliche Aspekte interessieren mich nicht. Öffentlichen Auftritten gehe ich möglichst aus dem Weg, Lesungen mache ich höchst selten, und geschäftliche Angelegenheiten wie Vertragsverhandlungen sind mir ein Gräuel. Und ich bin ein Mensch, der seinen Partnern vertraut. Aus diesem Grund hatte ich Achim Wolff exklusiv alle Vollmachten zum Verkauf meiner Manuskripte erteilt, inklusive der Kompetenz, die Verhandlungen zu führen und die Verträge in meinem Namen zu unterzeichnen. Ich erinnere mich, dass er mir vorgeschlagen hatte, dem deutschen Verleger ausschließlich Rechte für die Produktion und Vermarktung von Printausgaben und E-Books abzutreten, nicht aber diejenigen zum Verkauf von Sprachlizenzen, Filmrechten oder Zweitverwertungen. Er meinte, dass man mit dem Direktverkauf von Sprachlizenzen und Filmrechten wesentlich mehr Geld machen könne, als wenn man dies dem deutschen Verlag überlasse. Das leuchtete mir ein, und ich ließ ihn einfach machen, froh darüber, dass ich mich um nichts dergleichen kümmern musste und mich auf das Schreiben konzentrieren konnte.

Hatte Wolff mich hintergangen? Hatte er hinter meinem Rücken die Verwertungsrechte für mein Werk ins Ausland verscherbelt? Hatte er – ich durfte gar nicht daran denken – Vorschüsse und Tantiemen eingesackt und veruntreut? Hatte er mich gewissenlos hereingelegt und wie seine Weihnachtsgans ausgenommen? Und hatte er geglaubt, damit durchzukommen? Hielt er mich für so dämlich, dass ich ihm nicht auf die Schliche käme?

Offenbar ja. Und er hätte ja auch beinahe recht behalten. Ich war dämlich, dumm und bodenlos naiv.

In meinem pochenden Schädel drehte sich alles. Ich war unglaublich wütend, wollte Wolff anzurufen und zur Rede zu stellen. Dann besann ich mich und beschloss, mich zuerst beruhigen, um nicht hysterisch herumzubrüllen. Ich wusste nicht, was ich hätte sagen, wie ich hätte anfangen sollen. Ich brauchte einen klaren Kopf. Vielleicht war ja alles ganz anders abgelaufen. Vielleicht hatte jemand anders den Beschiss aufgegleist. Plötzlich hatte ich eine Idee. Ich suchte die Adresse des englischen Verlagshauses Pearson heraus und rief dort an. Englisch war die einzige Fremdsprache, die ich einigermaßen beherrschte. Ich wurde mehrmals weiterverbunden, bis ich die zuständige Person, eine Patricia Harris, am Apparat hatte. Ich stellte mich vor.

»Oh, das freut mich aber, dass Sie sich bei uns melden. Ich wollte Sie schon lange gerne persönlich kennenlernen.«

»Ja, leider hat das bisher nie geklappt. Ich war zu beschäftigt. Ich wollte fragen, wie es denn so läuft mit meinen Büchern. Sind Sie zufrieden mit dem Verkauf?«

»Aber ja, Herr Schwarz, Ihre Reihe ist bei uns ein Bestseller. Sowohl in UK als auch in den USA, Kanada und sogar in Australien und Neuseeland haben wir damit eine große Leserschaft erreicht. Sie waren in zahlreichen Charts auf Spitzenplätzen zu finden.«

»Sehr schön. Das freut mich zu hören. Vielleicht können Sie mir auch sagen, in welchem Bereich die bis anhin verkaufte Gesamtstückzahl sich in etwa bewegt? Ich habe den Überblick nämlich komplett verloren.«

»Ich kann Ihnen die Verkaufszahlen der einzelnen Titel nicht genau sagen. Dafür müsste ich Sie zurückrufen. Und auch die Zahlen für das erste Quartal im laufenden Jahr sind noch nicht abgerechnet. Aber insgesamt wurden bis Ende des letzten Jahres von all Ihren Titeln ungefähr 870.000 gedruckte Exemplare und rund 130.000 E-Books verkauft. Das heißt, Sie haben die Millionengrenze überschritten.«

»Dann bin ich ja ein reicher Mann«, sagte ich und dachte an die knapp 23.000 Euro, die ich vor einigen Tagen vom deutschen Verleger für das letzte Jahr erhalten hatte.

»Abzüglich der geleisteten Vorschusszahlungen werden wir Ihrem Agenten in den kommenden Tagen für das vergangene Jahr 183.000 Britische Pfund überweisen. Damit lässt sich schon mal anständig leben, nicht wahr?«

»Oh ja, das ist toll.« Ich rechnete und stellte fest, dass das beim aktuellen Kurs über 210.000 Euro ergab. Ich hakte nach: »Entschuldigen Sie die Frage, Frau Harris, wie viel haben Sie uns damals als Vorschuss bezahlt? Es ist mir echt peinlich, aber ich habe die Summe nicht mehr im Kopf.«

»Moment, ich muss das kurz checken. Wie ich den vorliegenden Unterlagen entnehmen kann, waren das pauschal 250.000 Pfund.« Fast entschuldigend fügte sie an: »Wir konnten damals noch nicht ahnen, dass die Reihe ein derartiger Erfolg werden würde. Und die Veröffentlichung von Band 6 steht ja im kommenden Herbst erst noch an. Ich hoffe, Sie schreiben bald ein neues Buch. Wir würden uns außerordentlich freuen, wenn wir es im englischsprachigen Raum veröffentlichen dürften. Natürlich würden wir Ihnen auch einen entsprechend höheren Vorschuss zahlen.«

»Es gibt überhaupt keinen Grund für mich, die Zusammenarbeit zu beenden. Never change a winning team. Eine Frage noch: Hat mein Agent seine Arbeit gut gemacht? Waren Sie zufrieden mit der Zusammenarbeit? Sollte ich ihn weiter beschäftigen?«

»Oh ja, er hat Sie bestens vertreten. Es ist ungewöhnlich, dass sich ein Autor im Hintergrund hält und sogar alle Verträge durch seinen Agenten unterzeichnen lässt. Aber wir haben Ihren Wunsch natürlich respektiert, und Herr Wolff hat Ihre Interessen bestens vertreten.«

»Dann bin ich beruhigt. Ich danke Ihnen bestens für Ihre Auskünfte und wünsche Ihnen alles Gute.« Ich verabschiedete mich und legte auf. Von wegen Wolff hat meine Interessen bestens vertreten. Betrogen hat er mich und mein Vertrauen gewissenlos missbraucht.

Ich schlief eine Nacht darüber. Oder besser, ich lag wach da und sann darüber nach, was zu tun sei. Sollte ich einen Verlag nach dem anderen anrufen, um Fakten und Beweise gegen Wolff zusammenzutragen? Ich verwarf diese Vorgehensweise. Sie würde zu viel Zeit in Anspruch nehmen, Zeit, die ich nicht hatte. Es war auch nicht das Geld, um das er mich betrogen hatte, das mich schmerzte. Darauf konnte ich verzichten. Es war der Vertrauensmissbrauch, die Unverfrorenheit, die Respektlosigkeit gegenüber mir als Freund – jedenfalls hätte ich unserer Beziehung als Freundschaft betrachtet –, die mich zutiefst verletzte. Und so reifte in mir der Gedanke, mich persönlich an ihm zu rächen und gleichzeitig – als die Krönung meiner Laufbahn als Krimiautor – ein Meisterwerk zu kreieren.

Mittwoch, 16. Oktober 2019

Sechs Stunden nachdem ich die Suite von Achim Wolff verlassen, zu Fuß zum Hauptbahnhof gegangen, dort im Bahnhofsviertel Baseballmütze, Rucksack und Jacke an einen Obdachlosen verschenkt und mich danach für die restliche Zeit in einem einschlägigen Kino im Bahnhofsviertel gelangweilt hatte, saß ich nun in einem Sessel in der Lobby im Hotel Marriott. In den Händen hielt ich die offene *FAZ*. Meine ganze Aufmerksamkeit galt jedoch in diesem Augenblick dem Geschehen am benachbarten Desk der Rezeption. Die Angestellten bemühten sich zwar, sich nichts anmerken zu lassen, aber eine gewisse Nervosität konnten sie nicht

verbergen. Einer fiel mir besonders auf. Vielleicht war er
der Direktor. Er hing ständig am Mobiltelefon und lief zwischen Eingangstür und Desk hin und her. Dann erschienen
drei Herren und eine Dame, zweifellos Kriminalbeamte. Sie
begrüßten den Direktor und eilten danach gemeinsam mit
ihm zu den Aufzügen.

Man hatte Wolff gefunden. Darin bestand kein Zweifel. Und da keine Ambulanz aufgekreuzt war, nahm ich an,
dass er mausetot war. Das Gift hatte seine Wirkung entfaltet und seinen Dienst getan. Ich faltete die Zeitung zusammen, stand auf und begab mich in die gegenüberliegende
Ludwig-Erhard-Anlage, von wo aus ich beobachtete, wie
zuerst die Kriminaltechniker das Hotel durch den Lieferanteneingang betraten und danach ein dunkler Kleinbus ohne
Seitenfenster vorfuhr, aus dem ein Stahlsarg ins Gebäude
gebracht wurde. Im 26. Stock war ein Fenster kurz danach
auffallend hell erleuchtet. Die Kriminaltechniker hatten ihre
Lampen eingeschaltet und ihre Arbeit aufgenommen. Ich
hatte genug gesehen und ging zufrieden zurück ins Marriott,
wo ich mir im hauseigenen Restaurant »Champions« den
Bauch mit ungesundem amerikanischem Essen und einer
Flasche Riesling vollschlug.

Zehn Tage zuvor

Die Planung war minutiös gewesen. Über Tage und Wochen
hatte ich im Internet und in Büchern die perfekte Methode
recherchiert, jemanden ins Jenseits zu befördern. Schon bald
konzentrierten sich meine Studien auf Gift. Dabei stieß ich
auf den sogenannten »Regenschirmmord«, einen Anschlag
auf den bulgarischen Dissidenten Georgi Markow, welcher

1973 auf der Waterloo Bridge in London von Geheimdienstagenten durch eine Injektion getötet worden war. Die Mörder hatten dafür einen präparierten Regenschirm verwendet. Das dabei eingesetzte Gift erweckte meine volle Aufmerksamkeit. Denn infrage kam für mein Vorhaben nur eine farb-, geruchs- und geschmacksklose Substanz, die oral eingenommen werden konnte. Ein weiteres Kriterium war, dass ich sie leicht beschaffen beziehungsweise ohne großen Aufwand selber herstellen konnte. Und all diese Bedingungen erfüllte das Gift, das beim »Regenschirmmord« verwendet worden war: Rizin.

In den Samen der Zierpflanze Ricinus communis, die zur Familie der Wolfsmilchgewächse gehört, findet sich das tödliche Gift Rizin. Sowohl die Pflanzen als auch die Bohnen sind problemlos und legal zu beschaffen, was ich dann auch ausreichend tat. In der Literatur suchte ich nach Hinweisen, welche Menge an Gift es braucht, um einen erwachsenen Menschen zu töten. Die Angaben schwanken erheblich zwischen 0,5 mg und 2 mg, betreffend Eintritt des Todes sogar zwischen 36 bis 72 Stunden. Das war zu lange. Um diese Zeit zu verkürzen, musste ich die Dosis erhöhen. Das sollte eigentlich kein Problem sein. Wolff liebte Schweizer Schokolade über alles. Wenn ich ihm also eine Schachtel mit 20 Pralinen vorsetzte, die je mit 0,5–1 mg geimpft waren, dann würde das wohl innerhalb weniger Stunden zu hohem Fieber, Brechdurchfall und schließlich zum Kollaps infolge Organ- und Kreislaufversagen führen. Eine Rizin-Vergiftung als Todesursache war nicht offensichtlich, würde von der forensischen Toxikologie jedoch nachgewiesen werden können. Diese Analyse war aber erst nach erfolgter Obduktion wahrscheinlich.

Rizin ist leicht zu gewinnen. Man braucht es nicht extra herzustellen. Es genügt, die Samen zu pressen, um daraus das Rizinusöl zu gewinnen. Das wasserlösliche Protein Rizin bleibt im Samen als Abfallprodukt zurück. Ich verzichte darauf, Ihnen im Detail zu beschreiben, wie der entscheidende Prozess zur Gewinnung und die Verflüssigung des Giftes erfolgte und wie ich es in die Pralinen injizierte. Denn es liegt mir fern, Ihnen eine Anleitung zur Beseitigung Ihrer Verwandten zu liefern. Nur so viel sei verraten: Sie müssen unbedingt Handschuhe, einen Mundschutz und eine Schutzbrille tragen, da die Literatur sich nicht einig darüber ist, ob Rizin auch via Hautkontakt aufgenommen werden kann.

Zehn Tage vor Messebeginn war ich so weit. Alles war bereit und der Ablauf der Operation »Rache« perfekt geplant. Die einzigen Puzzleteile, die ich nicht unter Kontrolle hatte, bestanden darin, dass Wolff mich nicht in seiner Suite empfangen wollte oder dass die Dosierung ihn nicht wie erwartet innert Stunden umhaute.

Aber wie Sie inzwischen wissen, waren meine Bedenken unbegründet.

Donnerstag, 17. Oktober 2019

Am Morgen danach, kurz nach 10.30 Uhr, trat ich zum Fenster meines Zimmers und ließ meinen Blick noch einmal über die Skyline der Frankfurter City schweifen. Der unanständige Messetarif von 567 Euro inklusive Frühstücksbuffet hatte sich nicht nur wegen der atemberaubenden Aussicht gelohnt. In meinem Spiegelbild im Fensterglas registrierte ich meinen zufriedenen Gesichtsausdruck. Lächelnd ging ich mit meinem Rollkoffer zur Tür, verließ das Zimmer und wartete im Korridor auf einen der Aufzüge, die zu diesem

Zeitpunkt stark frequentiert waren. Während ich dort stand, ging mir einiges durch den Kopf.

Wahrscheinlich werden die Ermittler die Schachtel mit den »Schweizer Momenten« untersuchen. Vielleicht wird Wolffs Obduktion Gift in Verbindung mit Schokolade als Todesursache bestätigen. Die anschließende Analyse bringt Rizin als Tatwaffe ans Licht. Beim Checken der Hotelgäste stoßen die Beamten auf mich als Autor aus der Schweiz. Sie finden dann auch heraus, dass Achim Wolff mein Agent gewesen war. Ein misstrauischer Hauptkommissar informiert die Schweizer Behörden. Die Polizei wird mich befragen und ich muss mich erschüttert zeigen über Wolffs Tod. Sie nehmen meine Fingerabdrücke und vergleichen sie mit denjenigen auf der Schachtel. Nur wird das dauern, da sich die Schachtel immer noch auf dem Polizeipräsidium in Frankfurt befindet. Ohnehin sind auf der Schachtel nur die Fingerabdrücke von Achim Wolff zu finden. Ich hatte die Plastikfolie der ursprünglichen Verpackung zu Hause geöffnet, diese abgestreift und entsorgt. Natürlich mit Latexhandschuhen. Solche hatte ich auch während dem Präparieren der einzelnen Pralinen getragen. Und der Sekundenkleber, den ich mir als feine Schicht gestern Morgen vor dem Besuch in Wolffs Zimmer auf die Fingerkuppen gestrichen hatte, war eine sichere Methode, wenn man Fingerabdrücke vermeiden wollte. Bestimmt wird die Frankfurter Ermittler auch die Nummer aus dem Kosovo auf der Anrufliste von Wolffs Handy stutzig machen, von der aus er tags zuvor angerufen worden war. Aber das dazugehörende Prepaidhandy mit der gestohlenen SIM-Karte, welches ich im Bahnhofsviertel für 200 Euro erworben hatte und das nun auf dem Grund des Mains lag, werden sie nicht finden. Damit hatte ich Wolff vorgestern angerufen und den

Termin von gestern vereinbart. Bestimmt sehen sie auf den Überwachungskameras im Korridor auch den Mann mit der Baseballmütze und dem Rucksack. Sie werden feststellen, dass derselbe Mann eine halbe Stunde später das Hotel durch die Lobby verlassen hatte. Ja, sie können sogar seinen Weg bis zum Hauptbahnhof rekonstruieren. Allerdings finden sie keine Aufzeichnung, die zeigt, wie der Mann ins Hotel gelangt war. Auf den Aufzeichnungen der Kameraüberwachung können sie aber feststellen, dass ich, Jonathan Schwarz, erst kurz vor Messeschluss ins Hotel zurückgekehrt war. Trotzdem werden sie meine Messebuchung checken und auf den Videos der Eingangskontrolle die Bestätigung erhalten, dass ich am Morgen die Messe tatsächlich betreten hatte. Vielleicht gehen sie sogar so weit, dass sie die Schweizer Kollegen bitten, in der Berner Filiale der Schokolademanufaktur »Casa Nobile« nachzufragen, ob ich eine Schachtel »Schweizer Momente« erworben hatte. Hätte ich sie in Bern oder online im Shop bestellt, könnten sie den Zusammenhang tatsächlich herstellen. Aber ich war dafür extra in die Manufaktur nach Bätterkinden gefahren und hatte sie im dortigen Laden gekauft.

Ich war richtig stolz auf mich, dass ich meinen Beruf als Krimiautor soweit verinnerlicht hatte, dass ich in der Lage war, den perfekten Mord zu verüben. Entspannt und gelassen verließ ich das Hotel und ging hinüber zum Haupteingang der Messe. Vor meiner Abreise wollte ich noch kurz meinen Verleger in Halle 3.0 besuchen und ihm ankündigen, dass ich ihm bald eine perfekte Geschichte für einen internationalen Bestseller abliefern würde. Und bei dieser Gelegenheit würde ich ihm auch gleich die Rechte für den Verkauf der internationalen Lizenzen übertragen. Eine Liste von interessierten Verlagshäusern in aller Welt werde ich ihm gelegentlich nachschicken.

Nachtrag

Zu Hause in Bern ging ich alles noch einmal durch. Dabei musste ich mir eingestehen, dass mir ein Fehler unterlaufen war. Zumindest ein kleiner. Ich hatte die Gelegenheit verpasst, die leere Pralinenschachtel mitzunehmen und zu entsorgen, als Wolff sich bei meinem Abgang ins Klo verdrückt hatte. Es wäre ein Leichtes gewesen, die paar Schritte zum Tisch zurückzugehen und die Schachtel mitzunehmen. Inwiefern aber konnte mir dieses Missgeschick gefährlich werden?

Ich rechnete damit, dass die Ermittler bis spätestens Ende Mai ihr Puzzle soweit zusammengesetzt hatten, dass ich in ihrem Fokus stand. Es sei denn, Wolff hatte noch andere Autoren unter Vertrag, die er auf ähnliche Weise betrogen hatte. Davon ging ich allerdings nicht aus. Niemand wird so dumm gewesen sein wie ich.

Was den Ermittlern zweifellos auffallen wird, sind die enormen Beträge, die für meine Werke aus aller Welt auf Wolffs Konten geflossen waren und von denen er keinen Cent an mich weitergeleitet hatte. Vielleicht waren die Gelder von seiner Bank auf Konten dubioser Firmen auf den Cayman Islands, den Bahamas, in Panama und auf Guernsey transferiert worden. Von dort wurden sie möglicherweise investiert und verloren sich irgendwo im Ozean der weltweiten Finanzunterwelt. Ich hatte keine Ahnung, wie Wolff mein Geld gewaschen hat. Früher oder später werden ein Schweizer Polizist und ein deutscher Ermittler bei mir in Bern unangemeldet klingeln und mich zum Tod von Achim Wolff befragen. Der Deutsche wird die Fragen stellen, der Schweizer still danebensitzen und sich Notizen machen. Das Gespräch könnte in etwa so verlaufen:

»Herr Schwarz, Sie wissen, dass Ihr Agent Herr Achim Wolff am 16. Oktober im Hotel Marriott in Frankfurt zu Tode gekommen ist?«

»Ja, ich war geschockt, als ich davon gehört habe. In der Zeitung stand, dass er möglicherweise vergiftet wurde. Stimmt das?«

»Ja, so ist es.«

»Schrecklich. Ich war im gleichen Hotel zu dieser Zeit. Ich besuchte die Buchmesse.«

»Genau darüber wollen wir mit Ihnen reden. Haben Sie Herrn Wolff in Frankfurt getroffen, waren Sie mit ihm verabredet?«

»Nein, ich habe nicht gewusst, dass er auch im Marriott abgestiegen war. Sonst hätte ich ihn bestimmt kontaktiert.«

»Herr Schwarz, wir haben in Achim Wolffs Zimmer eine Schachtel ›Schweizer Momente‹ gefunden. Pralinen, die in Bern hergestellt werden. Hat er diese von Ihnen erhalten?«

»Nein, wie gesagt, ich habe ihn nicht gesehen. Wenn ich gewusst hätte, dass er dort logiert, hätte ich ihm aber vielleicht tatsächlich eine Schachtel Pralinen mitgebracht. Er liebte Schweizer Schokolade über alles und war geradezu süchtig danach.«

»Das hat ihn das Leben gekostet. Die Pralinen waren vergiftet. Vielleicht hatte er sie doch von Ihnen?«

»Wie kommen Sie drauf? Ich habe Ihnen doch gesagt …«

»Wie soll er denn sonst an die exklusiven Pralinen aus Bern gekommen sein?«

»Diese Firma hat doch bestimmt einen Onlineshop. Dort könnte er sie bestellt haben. Oder er war in Bern. Achim Wolff war viel unterwegs.«

»Das haben wir überprüft. Herr Wolff hat in diesem Onlineshop nie etwas bestellt.«

»Dann haben Sie sicher auch festgestellt, dass das auch auf mich zutrifft.«

»Für Sie wäre es aber kein Problem gewesen, in Bern den Laden aufzusuchen und die Pralinen zu kaufen.«

»Da gebe ich Ihnen recht. Und ich war auch schon dort, um Schokolade zu kaufen. Für mich.«

»Herr Schwarz, wir wissen, dass auf dem Konto von Herrn Wolff sehr hohe Beträge an Honorarzahlungen für Ihre Werke von ausländischen Verlagen verbucht wurden. Die würden doch eigentlich, zumindest zu einem großen Teil, Ihnen zustehen. Leider konnten wir aber keine Überweisungen an Sie finden. Darum unsere Frage: Hat Herr Wolff Sie betrogen? Haben Sie es herausgefunden? Haben Sie ihn deshalb umgebracht?«

»Um Himmels willen nein.« Ich gab mich entsetzt und entrüstet. »Er war mein Freund. Das muss alles ein Missverständnis sein. Er hätte mich doch nie hintergangen. Das ist unmöglich.«

»Dann haben Sie ihn damit beauftragt, die Einnahmen aus dem Verkauf Ihrer Bücher im Ausland zu verstecken? In Ihrer Steuererklärung sind sie nämlich nicht deklariert.«

»Was unterstellen Sie mir da? Herr Wolff hat bisher keine Lizenzverträge abschließen können. Das ist Unsinn. Das wüsste ich doch.«

»Davon gehen wir aus. Reden wir also Klartext: Entweder hat Wolff Sie über den Tisch gezogen und Ihre Millionen veruntreut, oder Sie haben ihn beauftragt, das Geld über dubiose Kanäle am Fiskus vorbeizuschleusen. Sie stehen also unter Verdacht, Herrn Wolff entweder kaltblütig ermordet zu haben oder die Steuerbehörden um hohe Summen betrogen zu haben. Vielleicht trifft auch beides zu.«

Danach werden sie abziehen, um ein paar Stunden später erneut aufzutauchen, diesmal mit ein paar Kolleginnen und Kollegen im Schlepptau. Der Schweizer wird mir ein Papier in die Hand drücken und sagen: »Hier ist die richterliche Anordnung für eine polizeiliche Durchsuchung Ihrer Wohnung. Und jetzt würden wir Ihnen gerne die Fingerabdrücke abnehmen.«

Dann werden die Beamten alles auf den Kopf stellen, Schubladen durchwühlen, Schränke inspizieren, den Spiegelschrank leeren, Ordner abtransportieren, meinen Computer und mein Handy konfiszieren und nach einer Stunde frustriert abziehen. Denn sie können nichts, aber auch gar nichts finden, was ihren Verdacht bestätigt. Auch ihre letzte Hoffnung, meine Festplatte und mein Handy, werden nichts hergeben. Weder E-Mail-Verkehr noch Internetprotokolle, Google-Recherchen-Verzeichnisse oder WhatsApp liefern ihnen belastendes Material. Denn ich hatte meine Wohnung akribisch von allen Utensilien und Spuren befreit, alles penibel gereinigt, sogar alle Daten auf meinem alten Computer gelöscht ihn persönlich bei der Sammelstelle abgegeben. Danach auf dem neuen Computer die neusten Programmversionen installiert, eine neue E-Mail-Adresse erstellt, den Browser gewechselt. Das alte Handy hatte ich samt SIM-Karte mit dem Hammer zerstört und die Teile in verschiedenen Müllcontainern entsorgt. Bei einem anderen Mobilfunkanbieter hatte ich mir ein neues Handy samt Vertrag besorgt und eine blanke SIM-Karte mit neuer Nummer eingesetzt. Es hatte mich eine Stange Geld gekostet. Auch wenn ich damit nicht jede Spur ganz verwischen konnte und dieser Neuanfang die Ermittler in ihren Vermutungen erst recht bestärken wird, eine Rekonstruktion meiner Recherchearbeit ist nun praktisch unmöglich oder würde das Budget für die Fahndung in Höhen katapultieren, die dem Steuerzahler nicht zuzumuten waren.

Sie wussten zwar Bescheid, aber sie werden mir nichts nachweisen können.

Bis zum Tag, an dem mein Meisterwerk erscheint. Ich werde ihnen mit dem Buch mein detailliertes Geständnis liefern. Aber ihr Triumph wird nur von kurzer Dauer sein. Meiner auch. Aber ich werde ihn genießen. Denn spätestens bis zum Prozessbeginn wird der seit Längerem in mir wuchernde Krebs mich bereits hinweggerafft haben.

BELINDA VOGT

VON NULL AUF HUNDERT

»Bist du wahnsinnig geworden!« Corinna fischte den leeren
Joghurtbecher aus dem gelben Sack und hielt ihn in die Höhe.

Jetzt geht das wieder los, dachte Daniel.

»Diese Ökoverpackung besteht aus drei Komponenten«,
begann sie ihren Vortrag. »Zuerst löst du den Mantel aus
Pappe und steckst ihn zum Altpapier. Dann entfernst du den
Aludeckel, und zwar vollständig, damit er getrennt recycelt
werden kann. Deckel und Kunststoffbecher kommen zum
Verpackungsmüll. Du willst doch wohl keine wertvollen
Rohstoffe verschwenden, Daniel.«

Nachdem sie den Becher fachgerecht zerlegt und einsor-
tiert hatte, ging sie noch einmal prüfend durch die Batterie
der verschiedenen Abfallbehälter, die sich an der Küchen-
wand aufreihten. Tonnen, Eimer, und Kartons für Altglas,
Altpapier, Kunststoffverpackungen, Küchenabfälle, Restmüll, Batterien und Kork.

Verärgert legte sie einen Kronkorken, der sich zu den
Weinkorken verirrt hatte, in ihre Handfläche und hielt ihn
Daniel unter die Nase. »Und was ist das hier?«

Fragend hob er die Schultern, obwohl er die Antwort
bereits kannte.

»Mensch, Daniel«, fuhr Corinna fort. »Das ist Metall und
kommt ebenfalls in den gelben Sack zu den anderen Wert-
stoffen. Wann lernst du das endlich?«

Lange halte ich das nicht mehr aus, dachte er.

Er nahm ihr den Kronkorken ab und warf ihn in die passende Tonne. »Gut so?«

»Ja, perfekt.«

Im Stillen fand Daniel dieses Theater mit der sortenreinen Trennung lächerlich angesichts gigantischer Umweltsünden überall auf der Welt. Nur ein wirklich naiver Mensch konnte glauben, dass die getrennt gesammelten Materialien auch getrennt verwertet wurden. Na ja, vielleicht Glas und Papier. Alles andere wurde doch gemeinsam verbrannt oder in andere Länder gekarrt. Doch er sollte von jedem Joghurtbecher den Deckel fein säuberlich abschälen, weil Corinna sich vorstellte, das gesammelte Aluminium könne man zu Fensterrahmen umschmelzen.

Schon seit einigen Jahren galt der unermüdliche Eifer seiner Ehefrau nichts Geringerem als der Rettung des Planeten. Und das fing bei ihnen zu Hause an: kein Fleisch, kein Auto, kein Plastik, das war Corinnas Idealvorstellung von einem ökologisch bewussten Leben. Jeden Abend war sie zu einem anderen Treffen unterwegs, angefangen bei der Frankfurter Greenpeace-Gruppe über den Kreisverband für Umwelt und Naturschutz bis hin zur Bürgerinitiative »Grüne Lunge am Günthersburgpark«. Sie nahm an Mahnwachen zum Klimaschutz teil, informierte sich über Artensterben, bio-dynamischen Gartenbau und die Mobilität der Zukunft. Daniel stellte keine Ansprüche, verschaffte ihm ihr stetes Engagement doch genügend Zeit für seine eigenen Interessen.

»Musst du nicht los?«, fragte er, während seine Frau das Etikett von einem Mandarinennetz abtrennte und zum Altpapier warf. »Du hast doch erzählt, dass ihr heute eine Einweihungsfeier habt?«

Jeden letzten Freitag im Monat stand die Mitgliederversammlung eines Vereins zum Erhalt der Streuobstwiesen im

Grüngürtel Frankfurts auf dem Programm, bei der, wie sie gern erzählte, besonders gute Stimmung aufkam, wenn der selbstgekelterte Apfelwein ausgeschenkt wurde. Vor Mitternacht kehrte sie dann selten zurück

Corinnas Augen leuchteten. »Wir stoßen heute auf unser neues Insektenhotel an. Du, das ist wunderschön, ein richtig großes Ding aus heimischen Hölzern.«

Sieh mal an, dachte Daniel, die Mistviecher bekommen ein Hotel, und wir fahren höchstens in eine Ferienwohnung in der Pfalz.

»Und was ist mit dir?«, fragte Corinna.

»Ich muss auch gleich los. Die nächste Kundgebung auf dem Römer steht an, und wir rechnen mit breiter Unterstützung der Bevölkerung.«

Daniel gab vor, sich bei der Bürgerinitiative Frankfurt-Nord gegen Fluglärm zu engagieren, was ihm die Anerkennung Corinnas und einen sicheren freien Abend einbrachte. Kostbare Zeit für sein Rendezvous mit einer ganz besonderen Lady.

»Gut, wir sehen uns später oder eben morgen früh.« Sie gab ihm einen Kuss auf die Wange und eilte ins Wohnzimmer, um ein paar Unterlagen zusammenzuraffen.

Daniel betrat die Gästetoilette, ignorierte Corinnas Ruf »Die Spartaste, Daniel, die Spartaste«, wusch sich die Hände und verweilte einen Moment vor dem Spiegel. Ein Mann Mitte 40, mittelgroß, mittelbreit, mittelbraune Haare. Alles in allem Mittelmaß, musste er zugeben, aber nicht uninteressant. Vielleicht lag das an der roten Brille, die er sich zugelegt hatte, um sein Äußeres mit ein wenig Farbe aufzupeppen und als selbstständiger Eventmanager kreativer zu erscheinen.

Während Corinna als Lehrerin an einem städtischen Gymnasium mit ihren Schülern an den Fridays for Future durch die Innenstadt zog, blieb er zu Hause und surfte ein wenig im Internet auf der Suche nach Aufträgen und Kontakten. Schon seit einiger Zeit herrschte Flaute. Doch der Druck, rasch etwas zu finden, hielt sich durch Corinnas Gehalt im öffentlichen Dienst, ihr kleines Vermögen und das geerbte Reihenhaus in Grenzen. Da ließen sich sogar ihre Ökotiraden ertragen. Bis jetzt jedenfalls.

Vor dem Spiegel übte er noch einmal den betroffenen Gesichtsausdruck, den er aufsetzte, wenn Corinna ihm Klimatabellen zum weltweiten Temperaturanstieg oder rote Listen mit vom Aussterben bedrohter Tiere vorlegte. Ihm war schleierhaft, warum sie sich vegan ernähren mussten, weil irgendwo ein Breitmaulnashorn von der Bildfläche verschwand. Die Welt bestand eben aus Kommen und Gehen, das war seine Meinung. Man nannte das Evolution. Sonst gäbe es heute noch Dinosaurier anstatt Menschen. Außerdem konnte Corinna froh sein, wenn es im Winter nicht mehr so kalt war, wo sie doch ständig fror. Aber das behielt er angesichts ihrer endlosen Diskussionsfreude für sich.

Wie bei der Veranstaltung zum Thema Brennstoffzelle im Bürgerhaus Bornheim, bei der sie sich vor fünf Jahren kennengelernt hatten. Die hübsche Brünette hatte wohl angenommen, dass er selbst ein Klimaaktivist sei, weil er die Veranstaltung organisiert hatte. Sie hatte ihn so angehimmelt, dass er es nicht übers Herz gebracht hatte, ihr zu sagen, dass er jeden Tag seine Gref-Völsings-Rindswurst brauchte oder zumindest einen guten Döner. Das einzige Grün, das ihn wirklich interessierte, war der Rasen, auf dem die Frankfurter Eintracht spielte.

Daniel trocknete seine Hände ab und drückte vor dem Hinausgehen noch einmal die große Taste am Toilettenkasten. Wieder volle zehn Liter. Seine letzte kleine Gemeinheit in der Welt bedrohter Feuchtbiotope. Mit dem Brausen des Wassers floss gute Laune in ihn zurück wie Sonnenwärme nach einem grauen Februartag. Er fühlte sich voller Elan und Vorfreude auf den heutigen Abend. Wenn er sein Schätzchen wiedersehen würde.

Beschwingt nahm er seine Jacke von der Garderobe und ging hinüber zur Garage, um sein Fahrrad ins Freie zu schieben. Dann setzte er den Helm auf und machte sich auf den Weg nach Alt-Bornheim, wo seine Lady auf ihn wartete.

Vom Wohnzimmerfenster aus beobachtete Corinna, wie Daniel sein Fahrrad auf die Straße schob. Rasch schnappte sie ihre Tasche und eilte hinters Haus, wo sie ihr Pedelec bereits abgestellt hatte, um ihm leichter folgen zu können. Das Insektenhotel konnte warten. Heute würde sie Daniel auf die Schliche kommen, herausfinden, wo er seinen Freitagabend verbrachte. Ganz sicher nicht bei den Fluglärmgegnern, soviel stand fest.

Der Zufall hatte es gewollt, dass sie beim Jahrestreffen der Frankfurter Bürgerinitiativen den Kassenwart des Vereins kennengelernt hatte, bei dem Daniel angeblich Mitglied war. Sie kam auf ihn zu sprechen, auf seinen Einsatz gegen den Flughafenausbau und für die Durchsetzung des Nachtflugverbots. Zwischendrin fragte der Mann nochmals nach: Daniel Schmicker? Ein Mitglied dieses Namens sei ihm nicht bekannt, er habe noch nie von ihm gehört oder ihn gesehen. Außerdem fänden die wöchentlichen Treffen der Gruppe mittwochs statt.

Auch als sie Daniels Äußeres beschrieb – mittelgroß, graubraune Haare, auffällige rote Brille –, schüttelte ihr Gesprächspartner ratlos den Kopf. Corinna war wie vom Schlag gerührt. Sie hatte fest geglaubt, dass Daniel auch ein

Stück gesellschaftliche Verantwortung übernommen hatte. Aber nein, alles Lüge. Offenbar war er noch nie bei den Fluglärmgegnern aufgetaucht. Trotzdem verließ er jeden Freitagabend das Haus, kam spät in der Nacht zurück, duschte und legte sich vorsichtig neben sie ins Bett. Das konnte nur eines bedeuten: Daniel hatte eine Geliebte. Vielleicht eine der hübschen Studentinnen, die bei den Veranstaltungen, die er organisierte, die Tabletts mit den Sektgläsern durch die Menge balancierten. Oder eine Kollegin aus der Branche, die waren ja meistens gestylt wie für ein Modemagazin. Wahrscheinlich duschte er nur deshalb so spät, um sich den Geruch der fremden Frau vom Leib zu spülen. Widerlich war das.

Corinna wartete, bis Daniel das Tor zum Günthersburgpark passiert hatte und radelte ihm in gehörigem Abstand hinterher. Die schon herbstlich gefärbten Bäume und Büsche boten eine gute Deckung, aber Daniel richtete seinen Blick nur nach vorne und verfolgte zielstrebig seinen Weg. Sie fuhr am Spielplatz vorbei, an tobenden Kindern in bunten Anoraks. Die Mütter saßen auf den Bänken und quasselten. Sie fragte sich, ob den Frauen bewusst war, dass ihre Kleinen in einer völlig veränderten Welt aufwachsen würden, wenn nicht bald etwas geschah. Viele Regionen der Erde würden unbewohnbar sein, und auch in Deutschland würden sich Dürre und Überflutungen abwechseln, Menschen bei Hitzewellen sterben, die Insekten und viele andere Tiere verschwinden. Die Welt geht vor die Hunde, dachte Corinna wütend, aber Daniel hat nichts Besseres zu tun, als seine schwindende Männlichkeit auszuleben.

Was hatte sie nicht alles getan, um ihn auf dem Weg zur emissionsfreien Gesellschaft mitzunehmen? Sie hatte Energiesparlampen und Haushaltsgeräte der höchsten Effizienzklasse angeschafft, eine Solaranlage auf dem Dach ihres gedämmten Reihenhauses durchgesetzt. Im Garten zog sie Tomaten, Bohnen und Kohlrabi, hackte, grub und pflegte das herrliche Gemüse, bis es bei ihnen auf dem Teller lag. Da brauchte man kein Bio-Label, um zu wissen, dass diese Mahlzeit gesund war. Irgendwann würde sich schon sein gequälter Gesichtsausdruck legen, wenn er in sein paniertes Sellerieschnitzel biss. Dafür ersparte sie ihm den Weg in die Stadt, wenn er wieder einmal vergessen hatte, dass sich an seiner neuen Jeans ausgelaugte Näherinnen in Bangladesch die Finger blutig genäht hatten. Denn sie brachte das Kleidungsstück eigenhändig ins Geschäft zurück. Schließlich gab es genug Klamotten in Second-Hand-Läden oder auf dem Flohmarkt, mehr als die gesamte Menschheit jemals tragen konnte. Ressourcenschonung sei das, hatte sie ihm tausendmal erklärt. Aber wie dankte ihr Daniel diese fortwährende Aufklärungsarbeit? Indem er eine Affäre mit einer anderen Frau einging. Das würde sie sich nicht bieten lassen.

Zornig trat Corinna in die Pedale. Sie hatte Daniel aus den Augen verloren, nachdem die Ampel am Prüfling auf Rot gesprungen war und der fließende Autoverkehr ihr die Sicht versperrte. Doch schließlich holte sie auf und sah, wie er nach Alt-Bornheim abbog.

Wollte er bloß in das Fahrradgeschäft, das hier ansässig war? Corinna folgte ihm langsam bis zu einem großen Schiebetor, das sich automatisch öffnete und Daniel und sein Fahrrad einließ. Als sie näher kam, las sie das Schild über der Einfahrt zwischen zwei Wohnhäusern: »Ralfs Garage, Mietwerkstatt, Autoteile, Beratung«. Ein Kfz-Betrieb? Corinna stand vor einem Rätsel.

Daniel stellte sein Fahrrad neben einem Stapel Altreifen ab und hängte den Helm über den Lenker. Dann schlenderte er über den Hof, auf dem wie gewohnt entspannte Arbeitsatmosphäre herrschte. Über offenen Motorhauben werkelten Tuning-Freunde aus dem ganzen Rhein-Main-Gebiet an ihren Fahrzeugen, tauschten sich über Ventile, Vergaser und Stoßdämpfer aus und hörten Deutsch-Rap aus den High-End-Boxen ihrer Soundanlagen. Zwei Jungs montierten einen Heckspoiler in Form eines Hammerhais an einen Honda CRX, der Besitzer eines weißen Audis A6 polierte dessen goldene Felgen. Daniel ging an einem Golf GTI vorbei, der so tief gelegt war, dass nicht mal eine Bierdose darunter passte. Der Geruch von Grillwürsten stieg ihm in die Nase.

Er fand Ralf in der Werkstatthalle, wie er an einem aufgebockten Mercedes AMG überprüfte, ob dessen 22-Zoll-Reifen im Radkasten schleiften.

»Ei, gude, wie?«, begrüßte ihn der Werkstattchef und wischte seine Hände an einem Lappen ab. »Komm, ich hab eine Überraschung für dich.«

Daniel hatte Ralfs Schrauberparadies über die Facebook-Gruppe »Fridays for Fahrspaß« gefunden, als er auf der Suche nach einer günstigen Werkstatt gewesen war. So lernte er Ralf kennen, den Besitzer des gesamten Areals mit Werkstatt, Mietgarage und Teilehandel. Der Autofan und leidenschaftliche Tuner hatte ihm mit Rat und Tat zur Seite gestanden, als es darum ging, sein Schmuckstück wieder instand zu setzen und ein wenig aufzumotzen.

Daniel folgte dem Mechaniker und hielt einen Moment in zärtlicher Bewunderung inne, als er endlich vor ihr stand: vor seiner wunderschönen Chevrolet Corvette C 4 Coupé aus dem Jahr 1992. Er hatte den Boulevardkreuzer zufällig bei dem Autohändler entdeckt, der seinen drei Jahre alten Golf 7 in Zahlung genommen hatte. Corinna hatte beschlossen, dass sie künftig nur noch mit dem ÖPNV oder dem Fahrrad unterwegs sein würden, also musste das Auto weg.

In funkelndem, sattem Rot strahlte ihn seine Lady an, magmarot, wie Daniel sagte, denn wenn er mit ihr fuhr, fühlte er sich selbst wie ein Vulkan. Knapp 300 PS, Spitzengeschwindigkeit 250 Stundenkilometer, von null auf hundert in fünf Sekunden. Ein absoluter Traum.

»Sieh mal hier«, sagte Ralf und zeigte auf die chromblitzenden Doppelrohre links und rechts am Heck. »Neue Auspuffanlage, alles vom Feinsten. Die Endrohre sind ein bisschen dicker und länger als vorher, jetzt stimmt auch der Sound. War ja nicht auszuhalten, dein Liebling klang wie 'ne Mädchenkarre. Jetzt brabbelt die Lady dezent im Stand, röhrt aber mega los bei Gasfuß auf der Autobahn. Ich hab dir in jedes Rohr einen dB-Killer eingebaut, willst ja keinen Ärger mit den Bullen. Kannste aber demontieren, falls du mal mit auf ein Rennen fährst.«

»Bringt so ein Killer denn was?« Daniel betrachtete die silbernen Rohre.

Ralf zuckte mit der Schulter. »Hab's gemessen, wir sind knapp unter 75 Dezibel, müsste also klargehen beim TÜV.«

Daniel nickte zufrieden. Die zusätzlichen Schalldämpfer waren Pflicht bei einem Umbau am Auspuff, wollte man nicht mit der Polizei in Konflikt kommen. »Okay, super gemacht.« Er klopfte Ralf auf die Schulter. »Dann hol ich den Wagen morgen früh ab und fahr zur Zulassungsstelle.«

Ralf wiegte den Kopf. »Morgen ist schlecht. Die Jungs und ich sind beim Tuner-Treffen in Borken, die Garage bleibt zu.«

»Aber wo soll ich den Wagen unterbringen, Ralf? Du weißt doch, dass meine Frau nie erfahren darf …«

»Nimm's mir nicht übel«, sagte Ralf und verzog dabei spöttisch den Mund. »Aber ich würde mir von meiner Holden nicht den Fahrspaß verbieten lassen. Warum nimmste sie nicht mit auf eine Spritztour? Die wird dir schon Respekt zollen, wenn du mit 200 über die Autobahn bretterst.«

»Da kennst du Corinna schlecht. Der Autotuner ist der natürliche Feind des Klimaschützers, müsstest du eigentlich wissen. Ich könnte meine Koffer packen, wenn sie erfährt, was für einen Schlitten ich gekauft habe.«

»Ach, irgendwann kriegt sie es raus, glaub mir. Dann heißt es: Corvette oder Corinna. Ich wüsste, für wen ich mich entscheide.«

»Danke fürs Erste«, sagte Daniel säuerlich und zwängte sich hinter das Steuer. Liebevoll strich er über das schwarze Lederlenkrad, blies den letzten Staub vom Armaturenbrett und ließ den Wagen an. Der V8-Motor meldete sich sofort mit einem sanften Grollen, das sich zu einem kratzigen Brüllen steigerte, als Daniel aufs Gas trat. Er setzte den Fuß sanft aufs Pedal und rollte gemächlich vom Hof, die anerkennenden Blicke der Tuningfans im Nacken.

Mühsam zügelte er den Sportwagen in der Tempo-30-Zone, als er das Stadtviertel durchquerte, doch auf der Osttangente konnte er endlich Stoff geben. Souverän lag die Corvette auf der Straße, klebte in den Kurven wie Pattex auf dem Asphalt. Daniel machte sich einen Spaß daraus, zwischen den Spuren zu wechseln, in Lücken zu stoßen, um gleich wieder zu beschleunigen und loszupreschen. Das ist mein Mädchen!, dachte er, als der Benz vor ihm auf die Mittelspur floh. Heute rocken wir die Straße! Die 130er-Schilder sind was für die Lahmschnecken auf der rechten Spur, nicht für uns.

Rasch erreichte er die A5 und spürte, wie der Wagen freudig vibrierte, als er ihn im sechsten Gang auf 200 hochjagte. Das Brüllen eines Tigers im Ohr flog er an den Dörfern der Wetterau vorbei, nahm ferne Hügelketten und beleuchtete Siedlungen wahr. Die Autos neben ihm schienen zu stehen.

Mit jedem Kilometer fühlte sich Daniel leichter, freier, verschmolzen mit einer Maschine, die jene Kraft ausdrückte, die noch immer in ihm brodelte. Die aus einer Zeit stammte, in der man alles essen, trinken und fahren konnte, was man wollte. Ohne dass einem ständig jemand ins Gewissen redete.

Vielleicht sollte er Corinna tatsächlich alles gestehen, seine Leidenschaft für schnelle Autos, seine Liebe zu den Klassikern des Rennsports, den Traum, den er sich mit der Corvette erfüllt hatte. War es denn nicht auch eine Art Ressourcenschonung, wenn ein so schöner Wagen nicht auf dem Schrottplatz landete, sondern noch lange am Straßenverkehr teilnahm? Als Daniel hinter Butzbach wegen eines langsamen Audis A7 auf die Bremse treten musste, wurde ihm klar, dass Corinna niemals Verständnis für ihn haben würde, sie würde ihm die Corvette verleiden, vor allem, wenn sie herausfand, dass sein Baby im Stadtverkehr mehr als 18 Liter schluckte. Er musste sich etwas anderes einfallen lassen.

Ich könnte sie über den Haufen fahren, überlegte er, während er zwei Laster überholte, die sich direkt vor seinen Augen ein Brummi-Duell lieferten. Er könnte sich oben am Lohrberg verstecken, abwarten, bis Corinna von ihrem Treffen mit den Streuobstfritzen zurückkam, und sie auf ihrem Fahrrad erwischen. Ein bedauernswerter Unfall mit Fahrerflucht. Allerdings bestand die Gefahr, dass durch den Aufprall ein Schaden an der Karosserie entstünde, eine Beule in der Motorhaube, Kratzer am Kotflügel oder dergleichen. Das wäre schlecht. Nicht umsonst lehnten sich die Jungs in Ralfs Garage höchstens in Jogginghosen an ihre Lieblinge, um nicht die geringste Spur im makellosen Lack zu hinterlassen.

Daniel hatte schon die Ausfahrt Gießen-Ost erreicht, als er endlich auf die rettende Idee kam: ein fingierter Selbstmord! Wie die Schemazeichnung eines Turboladers lag mit einem Mal der ganze Plan vor ihm. Er würde Corinna mit einem Glas Rotwein empfangen, ihr erklären, wie stolz er auf sie sei und dass er mit ihr auf das neue Hotel anstoßen wolle. Auch wenn es nur für Insekten war. Das Schlafmittel in ihrem Wein würde sie schnell umhauen. Dann würde er sie in die Garage tragen, ins Auto setzen und den Motor anlassen. Während das Kohlenmonoxid seine tödliche Wirkung entfaltete, würde er am Computer ihren Abschiedsbrief tippen. Mit der traurigen Erklärung, dass sie sich den kommenden Katastrophen nicht mehr gewachsen fühle, dass ihr CO_2-Fußabdruck zu groß für diesen Planeten sei. Eben irgendeinen Quatsch von verzweifelter Zukunftsangst und persönlichem Versagen. Corinnas kindliche Unterschrift könnte er leicht fälschen.

Der Polizei gegenüber würde er den schuldbewussten Ehegatten spielen, der sich Vorwürfe machte, weil er seinen Oldtimer noch nicht mit einem modernen Kat nachgerüstet hatte. Und dass seine Frau den Wagen offenbar benutzt hatte, um ihrem Leben ein Ende zu setzen.

Daniel jubelte innerlich über seinen grandiosen Plan, wendete am Reiskirchener Dreieck und raste mit allem, was die 5,7 Liter Hubraum hergaben, zurück nach Frankfurt.

Corinna saß im dunklen Wohnzimmer und versuchte, sich darüber klar zu werden, was sie vor Ralfs Garage gesehen hatte. Zunächst hatte sie sich damit beruhigt, dass Daniel sicher aus geschäftlichen Gründen die Autowerkstatt besucht hatte. Sie hatte dabei an eine Veranstaltung gedacht, die er organisieren sollte, einen Autosalon etwa, oder an eine spezielle Reparatur an seinem Fahrrad. Also hatte sie in einem Café gegenüber Platz genommen, sich einen grünen Tee bestellt und darauf gewartet, dass Daniel wieder auftauchte. Lange musste sie nicht warten. Sie hatte die zweite Tasse noch nicht ausgetrunken, als sich das Schiebetor in Gang setzte und ein langes rotes Fahrzeug seine Nase auf den Bürgersteig streckte. Der Fahrer schaute nach links und rechts, ließ ein paar Fußgänger vorbei, bevor er mit unerträglicher Lautstärke auf die Fahrbahn rollte. Corinna war vor Schreck aufgesprungen, hätte beinahe den Bistrotisch mit sich gerissen, als sie Daniel hinter dem Steuer erkannte. Seine Brille leuchtete genauso feuerrot wie der Macho-Container, mit dem er an ihr vorbeizog.

Bebend vor Zorn ging sie in der stillen Wohnung auf und ab. Na, der konnte etwas erleben, wenn er nach Hause kam! Ein solcher Verrat kam einem Ehebruch gleich, nein, er war sogar noch schlimmer. Daniel in dieser Angeberkiste zu sehen, stellte alle gemeinsamen Werte und Ziele infrage, auf die sie sich geeinigt hatten.

Ohne Zweifel musste das Ding sofort verschrottet werden. Danach würde Daniel Abbitte leisten müssen, am besten in Form einer Kompensationszahlung an ein Klimaschutzprojekt ihrer Wahl. Außerdem erwartete sie, dass Daniel sie künftig bei ihren Aktivitäten begleitete sowie einen veganen Kochkurs absolvierte. Das war ja wohl das Mindeste.

Ein verhaltenes Tuckern riss Corinna aus ihren Überlegungen. Vom Fenster aus sah sie, wie Daniel in der Einfahrt hielt, aus dem Wagen stieg und das Garagentor öffnete. Dann fuhr er mit dem roten Monster hinein. Corinna straffte die Schultern. Auf Daniels Beichte war sie gespannt.

Als sie durch die Seitentür in die Garage trat, beugte er sich gerade ins Auto und holte seine Jacke hervor.

»Hallo, Daniel«, sagte sie beiläufig. »Schönen Abend gehabt?«

Erschrocken fuhr er hoch und begann zu stottern. »Corinna? Du bist schon zurück ... ich dachte, du wärst noch ... also, ich wollte ...«

»Das ist doch wohl ein Scherz?« Mit verschränkten Armen postierte sie sich neben dem Auto. »Wie kannst du es wagen, angesichts fortschreitender Erderwärmung mit dieser CO_2-Schleuder durch die Gegend zu fahren?«

»Hör mal«, erwiderte Daniel und schlug die Beifahrertür zu. »Ich wollte schon lange mit dir reden. Lass uns rübergehen, dann erkläre ich dir alles bei einem netten Glas Rotwein.«

»Da gibt's nichts zu reden, Daniel. Ich will die Verschrottung.«

Wie zur Bekräftigung versetzte sie dem Auto einen ordentlichen Tritt in die Seite.

In Sekundenschnelle lief Daniel rot an. »Hast du sie noch alle? Das ist eine Corvette, ein einzigartiges Liebhaberstück mit Sonderlackierung und Original-Felgen.«

»Mir egal, was das ist, die Karre kommt weg, und zwar schon morgen.«

»Nur über meine Leiche! Lass bloß die Finger von meinem Baby.«

Corinna musste lachen. »Dein Baby? Du spinnst doch! Wie lange geht das schon mit dir und dem Spritfresser?«

Besorgt strich Daniel über die Stelle, wo Corinnas Fuß die Karosserie getroffen hatte. »Ich glaub, da ist eine Delle. Du hast eine Delle in die Seitenwand gemacht!«

Mit finsterem Blick sah er zu ihr auf. Im nächsten Moment packte er sie wutentbrannt am Oberarm und drängte sie Richtung Seitentür. »Mir reicht's. Du wirst für den Schaden aufkommen, und dann fahre ich meine Corvette so lange und so oft ich will. Basta!«

»He, lass mich los!« Sie versuchte, sich aus seinem Griff zu befreien. »Du tust mir weh.«

Doch Daniel schubste sie weiter vorwärts, packte sie am Nacken und zerrte sie mit sich. Bevor sie die Tür erreichten, fiel ihr Blick auf das Sortiment an Gartenutensilien, das an einer Leiste an der Wand hing. Pflanzkellen, Gartenscheren, kleine Rechen und Harken. Blitzschnell griff Corinna zu einer Doppelhacke, wirbelte um ihre eigene Achse und schlug zu. Daniel sackte wortlos zu Boden, drei mächtige Zinken in seinem Schädel. Mit leeren Augen starrte er zur Deckenleuchte.

Oh mein Gott, dachte Corinna. Was habe ich getan?

Wie gelähmt stand sie über seiner Leiche, während sich sein Blut auf dem Garagenboden ausbreitete. Wilde Gedanken schwirrten ihr durch den Kopf. Was jetzt? Einen Krankenwagen rufen? Die Polizei? Nein, sie hatte ihn umgebracht, dafür kam sie ins Gefängnis. Anderseits, so überlegte sie, hatte er doch bekommen, was er verdiente, oder etwa nicht? Ein Heuchler und Umweltfrevler, der mit seinem Egoismus das Wohl der Menschheit aufs Spiel setzte. Leute wie er waren schuld, wenn künftige Generationen ums Überleben kämpfen mussten. Da war es doch geradezu ihre Pflicht gewesen, diesen Klimakiller aus dem Verkehr zu ziehen.

Corinna beruhigte sich. Jetzt musste Daniel nur ganz verschwinden, mitsamt seiner Dreckschleuder. Sie könnte ihn in seinem Wagen zum Schrottplatz fahren, aber das würde sicher Fragen geben beim Ausschlachten des Fahrzeugs.

Besser, der Kofferraum war leer. Der eigene Garten? Dazu musste sie Daniel zuerst trennen, bevor sie ihn im Boden vergrub. Die Klamotten in den Altkleidercontainer, die Schuhe gebündelt dazu, die Brille zum Restmüll. Blieb der Körper an sich, belastet mit Antibiotika und Schwermetallen aller Art. Das pure Gift für ihre Gemüsebeete. Nein, der Garten schied aus.

Plötzlich kam ihr der Lohrberg in den Sinn, die kleine Baustelle, wo sie das Insektenhotel im Boden verankert hatten. Dort konnte Daniel nicht viel Schaden anrichten. Wie einfach manche Lösung war!

Es dauerte über eine Stunde, bis Corinna mithilfe eines Pflanzrollers und der Hebelkraft eines Spatens den Toten in den Kofferraum seines Wagens bugsiert hatte. Bevor sie die Klappe fallen ließ, legte sie noch eine Schaufel und eine Taschenlampe dazu. Dann öffnete sie die Garage und setzte sich in das rote Höllenmonster. Sie atmete tief durch, als sie den Schlüssel im Zündschloss drehte. Ein furchterregendes Brummen erfüllte den Raum. Corinna fühlte sich wie in der Startbox bei einem Rodeo, auf dem Rücken eines ungestümen Bullen. Vorsichtig trat sie auf das Gaspedal, mit einem Sprung schoss der Wagen aus der Garage. Das konnte ja heiter werden.

Mit der röhrenden Corvette fuhr Corinna durch die stillen Straßen, gelangte auf die Friedberger Landstraße und bekam das Ding einigermaßen in den Griff. Alle Ampeln blinkten gelb. Corinna beschleunigte, ohne recht zu wissen, warum.

Sie war schon an der Friedberger Warte vorbei, als sie das Blaulicht hinter sich bemerkte. Pflichtbewusst hielt sie am rechten Rand.

»Guten Morgen«, sagte der Polizist am Seitenfenster. »Die Fahrzeugpapiere bitte.«

Corinna schaltete den Motor aus und suchte im Handschuhfach nach dem Fahrzeugschein. Fehlanzeige. Daniel musste ihn bei sich haben. »Das ist nicht mein Auto«, sagte sie.

»Dann steigen Sie bitte mal aus.«

Während sie aus dem Wagen kletterte, standen die beiden Polizisten mit prüfenden Blicken am Heck.

»Nun, Gnädigste«, sagte einer der Beamten. »Sie waren zu schnell unterwegs. Außerdem ist Ihr Auspuff zu laut. Das sind mindestens 100 Dezibel.«

»Keine Ahnung, Herr Wachtmeister, aber wenn Sie das sagen.«

Der Polizist betrachtete eingehend die Endstücke. »Haben Sie denn keinen Killer drin?«, fragte er.

Corinna war verblüfft. Woher konnte der Polizist das wissen? Aber er schien sie zu verstehen. »Doch«, erwiderte sie eifrig. »Der liegt im Kofferraum.«

Sie öffnete den Deckel und zeigte auf Daniels Leiche. »Hier ist er. Er hat dieses Auto gekauft, trotz CO_2-Belastung und Klimakatastrophe. Es war pure Notwehr, Herr Wachtmeister, das schwöre ich.« Sie sah die entgeisterten Blicke der beiden Polizisten. »Wissen Sie, ich habe es nicht für mich getan, sondern für den ganzen Planeten. Ich kann Ihnen das genau erklären, es ist nämlich so, dass, wenn wir nichts tun …«

Corinna spürte kaum, wie einer der Polizisten sie zum Streifenwagen führte, ihr die Hand behutsam auf den Kopf legte und sie auf die Rückbank schob.

DIETER AURASS

FOLTER – REDE ODER STIRB!

Es war wie das Auftauchen eines Ertrinkenden aus einem dunklen See, der sich mit letzter Kraft an die Oberfläche gekämpft hatte und nun den lang ersehnten tiefen Atemzug nahm.

Mit einem laut ächzenden Japsen zog Erich Zeputschek die Luft in seine Lungen, als er aus seinem Albtraum erwachte. Ihm wurde zwar sofort klar, dass er lediglich geträumt hatte und nicht etwa wirklich in Gefahr gewesen war zu ertrinken, aber es änderte nichts an dem Umstand, dass er nicht wusste, wo er war. Um ihn herum herrschte Dunkelheit, und es war nicht die Dunkelheit seines Schlafzimmers. Er saß auf einem harten Stuhl, und sein ganzer Körper fühlte sich taub an.

Mit einem lauten Krachen sprang plötzlich in nur wenigen Metern Entfernung ein greller, starker Scheinwerfer an, der ihn blendete. Erst als er instinktiv versuchte, seine Augen mit den Händen zu schützen, fiel ihm auf, dass er die Arme nicht bewegen konnte. Ein Blick nach unten machte ihm im brutal blendenden Licht erstmals wirklich klar, in welcher Situation er sich befand: Seine Arme waren mit breitem, silberfarbenem Klebeband dick umwickelt an die Lehne des Stuhls gefesselt, auf dem er saß. Das galt auch für seine Beine, die gleichermaßen an den vorderen Beinen des Stuhls fixiert waren.

Als er im ersten Schock versuchte, sich durch Rütteln und Schütteln aus seiner Lage zu befreien, bemerkte er zu seinem Entsetzen, dass auch sein Oberkörper mit Klebeband umschlungen war und ihn an die Rückenlehne des Stuhls fesselte. Für einen Moment steigerte er sich in den genauso verzweifelten wie erfolglosen Versuch hinein, sich durch heftige, ja fast krampfartige Bewegungen aus seiner misslichen Lage zu befreien.

Bereits nach zwei Minuten musste er seine Bemühungen erschöpft einstellen. Er saß schwer atmend und mit seinem auf die Brust gefallenen Kopf reglos da und versuchte erstmals, durch Nachdenken herauszufinden, was eigentlich mit ihm passiert war.

Wie bin ich in diese Lage gekommen? Was ist mir passiert?

Er erinnerte sich im ersten Moment nicht einmal daran, wo er zuletzt gewesen war.

Was ist überhaupt für ein Tag? Was ist meine letzte Erinnerung?

Langsam dämmerte ihm, dass er am Abend zuvor in Frankfurt-Sachsenhausen gewesen war. Dort hatte er sich einer Junggesellenparty eines ihm unbekannten Mannes angeschlossen, auf Kosten des zukünftigen Ehemannes gesoffen und sich gegen Mitternacht leicht angetrunken auf den Heimweg gemacht.

Richtig – er hatte kurz nach Verlassen der Bar an einem Baum auf dem Grünstreifen am Deutschherrnufer am Main haltgemacht, weil er dringend pinkeln musste. Seine letzte Erinnerung war, dass er den Reißverschluss seiner Hose geöffnet und gerade begonnen hatte, sich zu erleichtern – danach nichts mehr.

Ein dumpfer Schmerz am Hinterkopf ließ ihn vermuten, dass er einen Schlag auf den Kopf bekommen hatte, und angesichts seiner Lage war das sicherlich kein Unfall gewesen, sondern mit Absicht geschehen.

Verdammt! Ich bin entführt worden!

Aber *warum* sollte ihn jemand entführen. Lösegeld? Auf keinen Fall. Es gab niemanden, der für ihn Lösegeld bezahlen würde. Er war alleinstehend, und seine Eltern würden keinen Pfifferling für ihn zahlen, seit er sich durch seine Eskapaden und dubiosen Aktivitäten von ihnen entfremdet hatte.

Erich Zeputschek wurde aus seinen Überlegungen gerissen, als er ein quietschendes Geräusch vernahm, dessen Ursprung er hinter der grellen, ihn blendenden Lampe vermutete.

»Hallo? Ist da jemand? Helfen Sie mir, bitte? Ich glaube, ich bin entführt worden!«, rief er aufgeregt in Richtung des gleißenden Lichtes.

Genau aus dieser Richtung vernahm er sofort nach seinem flehenden Appell ein gedämpftes Lachen, was seine schlimmsten Befürchtungen nun wohl wahr werden ließ. Da war nicht etwa seine Rettung gekommen, sondern viel eher derjenige oder diejenigen, denen er seine missliche Lage zu verdanken hatte.

»Ich bin beeindruckt«, vernahm er eine heisere Stimme, »du bist ja ein Blitzmerker. Und ja, du bist entführt worden, und du wirst hier so lange sitzen, bis du entweder verschimmelt bist oder uns gesagt hast, was wir von dir wissen wollen.«

»Was wollt ihr von mir? Ich sage euch alles, wenn ihr mich nur gehen lasst. Versprochen.«

»Na wunderbar, dann bist du schnell wieder frei.« Die Stimme erstarb, und eine Zeitlang geschah nichts.

»Was wollt ihr denn von mir? Ich habe nichts, das für euch interessant sein könnte. Was wollt ihr wissen?«

»Als wenn du das nicht wüsstest, Luigi. Selbstverständlich wollen wir wissen, wo das Geld ist. Sag uns, wo es ist, wir kontrollieren das, und wenn wir es wiederhaben, lassen wir dich gehen, versprochen.«

Um Gottes willen, wovon sprach der Typ. Eisige Schauer liefen Erich über den Rücken, denn er verstand nicht ein Wort.

»Was für Geld? Ich weiß von keinem Geld. Ich hab auch nicht viel. Was soll ich euch denn für Geld geben?« Erst nach diesen hektisch hervorgestoßenen Fragen fiel ihm etwas auf, worauf er im ersten Moment nicht geachtet hatte. »Wie hast du mich genannt? Luigi? Ich bin nicht Luigi und ich kenne auch keinen Luigi! Das ist eine Verwechslung!« Er war fast erleichtert, dass sich das Ganze als großes Missverständnis herausstellen würde, wenn auch im Hintergrund seines Bewusstseins die Angst nagte, dass man ihn – selbst wenn er der Falsche war – vielleicht doch nicht so ohne Weiteres gehen lassen würde.

Ein Kichern holte ihn in die Realität zurück.

»Sieh an, sieh an«, hörte er die nun belustigt klingende heisere Stimme, »unser Freund Luigi steht nicht zu seiner Tat.« Ohne Pause fuhr die Stimme deutlich verärgert fort: »Mein lieber Freund, mach dir keine falschen Hoffnungen. Das Syndikat hat dich an uns geliefert, und wir haben den Auftrag, aus dir die nötigen Informationen zu quetschen – und glaube mir, darin sind wir Experten.«

»Nein, nein, nein, nein, nein – das ist ein Missverständnis. Mein Name ist Erich Zeputschek, ehrlich«, schrie er mit sich überschlagender Stimme. »Ich kenne keinen Luigi und auch kein Syndikat. Ihr habt den Falschen erwischt, ehrlich!«

Einen Moment lang herrschte Stille, und Erich hatte die Hoffnung, glauben zu dürfen, dass er den oder die Entführer überzeugt haben könnte. Aber nur für einen kurzen Augenblick.

»Ts, ts, ts – das ist eine sehr dumme Entscheidung, dich nicht zu deiner Person zu bekennen, mein lieber Luigi. Aber du kannst sicher sein, dass dem Syndikat ein solch grober Fehler niemals unterlaufen würde. Wo kämen wir denn da hin, wenn wir auch noch Missverständnisse beseitigen müssten?«

Sein trockenes Auflachen jagte Erich erneut einen kalten Schauer über den Rücken, und er begann unkontrolliert zu zittern.

»Um Gottes willen, nein, ihr irrt euch. Ich bin wirklich Erich Zeputschek, und ich weiß nichts von irgendwelchem Geld. Glaubt mir doch, bitte!« Er klang weinerlich und hatte kein Problem damit, sich dazu herabgelassen zu haben, es mit Flehen zu versuchen. Das war sonst nicht seine Art, denn er galt unter seinen Bekannten als »harter Hund«, der vor nichts und niemandem Angst hatte und sich im Gegenteil normalerweise ohne Rücksicht auf Andere nahm, was ihm gefiel.

Die heisere Stimme klang nun wirklich zornig. »Jetzt ist es aber langsam genug, Luigi. Bei uns kannst du weder mit Lügen noch mit Geflenne etwas erreichen. Das muss dir klar sein. Also lassen wir dieses Geplänkel, und du sagst uns einfach, wo du das Geld hingeschafft hast, dann kannst du darauf hoffen, dass wir dich am Leben lassen. Also: Wie sieht es aus? Wo ist das Geld?«

Trotz seiner panischen Angst war Erich nicht sicher, welche Strategie hier angeraten war – oder ob es überhaupt eine gute Strategie gab. Offensichtlich waren die Entführer – er war sich aufgrund des Gesagten inzwischen sicher, dass es sich um mehr als einen handelte – nicht an der Wahrheit interessiert. Sie hatten eine feste Vorstellung, wen sie hier vor sich hatten, und würden ihm die Wahrheit nicht glauben.

»Ich weiß nicht, von welchem Geld du redest. Ich habe dieses Geld nicht, wirklich. Verdammt noch mal, ich weiß noch nicht mal, woher ich es angeblich haben sollte.«

»Luigi, Luigi, Luigi, das ist wirklich lächerlich. Wie kann man nur so bescheuert sein und dem Syndikat die Tageseinnahmen seiner Frankfurter Spielcasinos rauben – und dann auch noch hoffen, damit durchzukommen. Woher wusstest du überhaupt, zu welcher Zeit die Geldboten an welchem Ort waren? Das sollen wir für das Syndikat nämlich auch noch herausfinden. Also?«

In Erich machte sich Verzweiflung breit. Der Wortführer seiner Entführer glaubte ihm nicht, und er war nicht in der Lage, ihm die Informationen zu geben, die er haben wollte. »Verdammt, verdammt, verdammt«, brach es aus ihm heraus, »ich kann dir nichts sagen, was ich nicht weiß. Es tut mir leid«, er begann schon wieder, etwas weinerlich zu klingen, »aber ich weiß es einfach nicht. Ich habe euer Geld nicht, und ich bin auch nicht Luigi. So glaubt mir doch!«

Die Stille auf der anderen Seite der ihn noch immer blendenden Lampe dehnte sich aus, und Erich glaubte fast, seine Entführer hätten den Raum verlassen. Doch dann hörte er wieder die heisere Stimme, die sich an eine zweite Person wandte, die ebenfalls im Raum sein musste.

»Ich denke, wir lassen ihm ein wenig Zeit, sich zu besinnen, bevor wir eine härtere Gangart einschlagen. Ganz offensichtlich ist ihm seine Lage noch nicht so ganz bewusst. Mal sehen, wie er in einigen Stunden darüber denkt, uns vielleicht doch die Wahrheit zu sagen.«

Erich hörte sich entfernende Schritte und kurz darauf

das leise Quietschen der Tür, das ihm schon vorher aufgefallen war.

»Nein, nein«, schrie er ihnen hinterher, »lasst mich hier nicht alleine. Ihr habt den Falschen! Ihr … habt … den … Falschen!«

Seine verzweifelten Schreie verhallten ungehört oder zumindest ohne eine Reaktion. Nur Sekunden später erlosch das grelle Licht, und er befand sich wieder in absoluter Dunkelheit, die ihm nach der vorhergegangenen Blendung noch schwärzer erschien als zuvor.

Er hatte keine Möglichkeit, den Verlauf der Zeit zu messen, und auch seine gelegentlichen, verzweifelten Rufe verklangen ohne eine Antwort. Irgendwann stellte er diese Versuche ein und begann stattdessen, seine Optionen abzuwägen. Aber es wollten ihm keine einfallen. Die Wahrheit brachte ihn nicht weiter, und er konnte seinen Entführern nicht geben, was sie von ihm wollten. Immer deutlicher begann er sich auszumalen, dass er es mit dem Leben bezahlen müsste, wenn er den Leuten nicht glaubhaft machen konnte, dass hier ein Irrtum vorlag – aber wie nur? Die Angst um sein Leben erschwerte jeden klaren Gedanken. Er war doch erst 35, und jetzt sollte er wegen eines dummen Missverständnisses sterben? Das konnte doch nicht sein! Sein ganzes Leben hatte er sich aus jeder misslichen Situation herauswinden können … und nun das? Ihm wollten keine Optionen für einen irgendwie gearteten Ausweg einfallen.

Er wusste nicht, ob eine oder mehrere Stunden vergangen waren, als sich seine Blase meldete. Oh Scheiße, dachte er und begann zu schreien. »Ich muss auf die Toilette! Hallo, hört mich jemand? Ich muss mal! Verdammt, ihr könnt mich doch nicht einfach hier sitzen lassen!«

Seine verzweifelten Rufe führten zu keiner Veränderung seiner Situation, und so sehr es ihm widerstrebte, blieb ihm nach einiger Zeit keine andere Möglichkeit, als seine Blase auf diesem Stuhl sitzend zu entleeren. Trotz der damit geschaffenen Erleichterung wurde seine Lage dadurch noch schlimmer. Er saß nun zur Bewegungslosigkeit verdammt in seinem eigenen Urin, und der Gestank stieg ihm unangenehm in die Nase. Gleichzeitig begann er sich zu fragen, wie lange seine Entführer ihn wohl noch hier sitzen lassen wollten und was passieren würde, wenn sich irgendwann sein Darm meldete und er ihn entleeren musste. Seit er ein Kleinkind gewesen war, hatte er nicht mehr in die Hose gemacht, und er wusste nicht einmal, ob das in seiner Situation überhaupt ging – so fest wie er auf den Stuhl gefesselt war.

Ihm brach der kalte Angstschweiß aus, und er begann erneut, laut um Hilfe zu rufen und immer wieder um Gnade zu flehen.

Als er das leise Quietschen der Tür hörte und kurz darauf das grelle Licht aufflammte, hoffte er inständig, dass es sich um eine positive Reaktion auf sein Flehen handelte. Aber er wurde bitter enttäuscht.

»So, Luigi, jetzt hat der Spaß ein Ende, auch wenn ich dich gerne wie ein Häufchen Elend in deiner Pisse da sitzen sehe. Du bekommst letztmalig die Chance, uns zu sagen, wo du die Kohle versteckt hast, ansonsten müssen wir andere Saiten aufziehen.«

Erich wollte sich nicht ausmalen, was der Typ mit »andere Saiten« meinte. »Ich weiß doch nichts!«, schrie er verzweifelt.

»Pass auf, du Vollidiot«, zischte die Stimme, »ich weiß ja nicht, ob du mal den Film ›Der Pate‹ gesehen hast, aber wenn, dann kannst du dich sicher an die Szene erinnern, als einer von Don Vito Corleones Männern einem anderen zur Bestrafung den Schwanz abgeschnitten hat. Wenn du jetzt nicht gleich mit der Wahrheit herausrückst, dann bleibt uns nichts anderes übrig, als genau das mit dir zu tun, ist das klar?«

Wieder wurde Erichs ganzer Körper von unkontrolliertem Zittern erfasst. Ja, er kannte diesen Film. Und ja, er erinnerte sich leider viel zu gut an diese Szene, in der man zwar keine Details gesehen, jedoch die unmenschlichen Schreie des armen Opfers hatte hören müssen. Sie hatten sich für alle Zeiten in sein Gedächtnis eingebrannt. Er hatte bereits damals mitgelitten und sich seit dieser Zeit kein schlimmeres Schicksal vorstellen können.

Seine Schreie wurden unkontrolliert und wollten nicht enden. Der Speichel flog in Spritzern aus seinem Mund in Richtung des Scheinwerfers, und es dauerte Minuten, bis er sich so weit beruhigt hatte, dass er heftig atmend auf seinem Stuhl zusammensank.

»Also«, erklang wieder die verhasste Stimme, »nachdem du dich jetzt beruhigt hast, verrätst du uns jetzt sicherlich gerne, woher du gewusst hast, dass die Leute vom Syndikat letzten Donnerstag das Geld transportieren würden und wohin du es geschafft hast.«

Erich wollte erneut seine Unschuld hinausschreien, als ihm auf einmal dämmerte, was der Mann gerade gesagt hatte. »Was? Was hast du gesagt? Letzten Donnerstag? Wann am letzten Donnerstag?« Erstmals hatte er einen kleinen Hoffnungsschimmer, dass er den Entführern vielleicht doch beweisen konnte, dass er nicht Luigi war. »Sag mir, wann das gewesen sein soll. Bitte. Ich glaube, ich habe ein Alibi. Bitte, ich kann euch beweisen, dass ich nicht Luigi bin. Bitte, bitte.«

Er hörte Getuschel von jenseits der Lampe.

Schließlich erklang die Stimme wieder und sagte ihm, wenn auch widerwillig, was er hören wollte: »Am Donnerstag, um 23:30 Uhr. Und woraus soll nun dein angebliches Alibi bestehen?«

Erich konnte nicht verhindern, dass ihm ein in seinen eigenen Ohren irre klingendes Lachen entfleuchte. Als er sich wieder beruhigt hatte, sprudelten die Informationen aus ihm heraus: »Da war ich im Bethmannpark und hab eine Alte genagelt, das könnt ihr in der gesamten Frankfurter Presse nachlesen.«

»Wieso sollte in der Presse stehen, wenn du mit einer Frau im Bethmannpark bumst. Das ist doch absoluter Quatsch. Ich sehe, das hat keinen Sinn mit dir, also müssen wir dir jetzt leider deinen mickrigen ...«

»Nein, nein, nein ... du verstehst das nicht«, fiel Erich ihm ins Wort. »Die Schlampe war nicht wirklich damit einverstanden, und am nächsten Tag hat sogar in der ›Frankfurter Neuen Presse‹ gestanden, dass sie vergewaltigt worden wäre, die blöde Kuh. Läuft mitten in der Nacht im Minirock durch den Park und stellt sich dann so zimperlich an. Ihr könnt das nachlesen. Ging für zwei Tage durch alle Blätter, ehrlich!«

»Das kannst du doch genauso gut in der Zeitung gelesen haben. Was soll das denn für ein Alibi sein? Lächerlich. Ich hab jetzt genug von diesem albernen Gewäsch gehört.«

»Nein, nein, halt, mach mal langsam, ich kann das beweisen.« Seine Worte überschlugen sich fast in der Eile, in der er seine Entführer davon überzeugen wollte, dass sie den Falschen entführt hatten. »Ich habe ihr ihren blöden rosa Schlüpfer vom Leib gerissen und ihn mitgenommen. Der ist zu Hause bei mir an meiner Pinnwand. Ihr müsst meine

Wohnungsschlüssel haben, die waren in meiner Jackentasche, dann könnt ihr nachsehen. Dann seht ihr auch, dass ich Erich Zeputschek bin und überhaupt, das hat auch in der Zeitung gestanden, das mit dem Schlüpfer. Ihr braucht doch nur in meine Wohnung ...«

Erich unterbrach seine Ausführungen, als urplötzlich der Scheinwerfer erlosch. »Hallo? Seid ihr noch da? Hallo? Was ist denn nun? Schaut ihr bei mir nach, oder was? Hallo?«

Er erhielt keine Antwort, und es breitete sich eine beängstigende Stille in dem dunklen Raum aus.

*

»Was ist, meinst du, dass das reicht?«

»Aber selbstverständlich, gar kein Problem. Wir haben sein Geständnis auf Video, wir haben keine Spuren hier im Keller hinterlassen, und die Polizei muss ihn nur noch einsammeln. Wir senden denen anonym das Video, dazu ein kleiner Zettel mit der Adresse dieses Kellers. Der Wohnungsschlüssel liegt neben dem Stuhl, und keiner wird uns nachweisen können, dass wir etwas damit zu tun hatten.«

»Aber kann die Polizei die Beweise denn gegen ihn verwenden? Immerhin hat er das nur gestanden, weil wir ihn entführt und gefoltert haben?«

»Mach dir mal keine Gedanken, ich habe mich schlaugemacht. Da wir ihn nicht gezwungen haben, etwas zu gestehen, was wir ihm in den Mund gelegt haben, können die das ohne Probleme verwenden. Der hat von sich aus mit der Vergewaltigung angefangen, und niemand kann uns was.«

Der junge Mann nahm mit behandschuhten Händen die Videokassette aus der Videokamera, die hinter dem Scheinwerfer gestanden hatte, und schlug anschließend seinem

Bruder auf die Schulter. »Komm, Bruderherz, wir haben noch einiges zu tun. Das Schwein kann ruhig noch ein paar Stunden hier schmoren, aber er soll natürlich nicht verdursten oder so. Also, lass uns unsere Arbeit machen, damit unsere Schwester hoffentlich bald wieder besser schlafen kann.«

BERND KÖSTERING

OLDTIMER

Ein deutscher Vatertag soll es werden für Paul, Micha, Alf und mich. Mit einer Kiste Bier auf dem Leiterwagen geht's los, über die Felder, irgendwo zwischen Frankfurt und Darmstadt. Das Wetter ist ideal, blauer Himmel, keine einzige Wolke. Nach einer Stunde ist das Bier zur Hälfte geleert, die Stimmung hervorragend.

Eine junge Frau kommt uns entgegen, auf einem Fahrrad, wackelig, kann kaum das Gleichgewicht halten, hat sich dennoch auf diesen holprigen Feldweg gewagt, trägt einen Strohhut und hat sonnengebräunte Haut. Wir lassen ein paar Sprüche ab, lachen und gestikulieren. Micha und Alf versperren ihr den Weg. Sie schwankt noch mehr, sieht mich an mit ihren Rehaugen und bittet mich stumm um Hilfe. Ich befehle den anderen, sie in Ruhe zu lassen. Sie fährt weiter.

Zufällig begegne ich ihr wieder. Am folgenden Wochenende, auf einem großen Volksfest, in Frankfurt, am Ratsweg. Wir stehen beide am Schwenkgrill, während die Kameraden im Bierzelt sitzen. Sie kauft eine Rindswurst, ich ein Schweinenackensteak. Sie trägt einen Schal, obwohl es dafür eigentlich zu warm ist, und fragt mich nach meinem Namen. Ich sage Ro. Sie versteht Jo. Nein, korrigiere ich, Ro, so werde ich genannt.

Eigentlich heiße ich Meik, aber das muss sie nicht wissen. Vor ein paar Jahren habe ich einen alten NSU Ro80 gekauft, bastle an dem herum, will ihn unbedingt zum Laufen bringen. Seitdem nennen mich die Kameraden alle Ro. Hat nur 300 Euro gekostet, das Auto, ein Schnäppchen. Aber an die Ersatzteile für den Wankelmotor ist schwer heranzukommen. Selbst Paul, der weiß, dass ich was von Motoren verstehe, denkt nicht, dass ich es schaffen werde.

Ich frage also, wie sie heißt und wo sie wohnt. Sie sagt Anika und Offenbach.

Mein Vater nennt Offenbach immer ein Konglomerat aus nichtorganischem Wachstum. Mutter sagt dazu nichts, sie sagt und tut immer nur das, was Vater sagt und tut.

Als ich erfahre, dass Anika in Offenbach wohnt, bin ich entsetzt. Wie kann man sich dort nur wohlfühlen? Sie erklärt mir, dass in ihrer Stadt über 100 Nationalitäten zusammenleben, meistens problemlos. Viele Religionen, viele Sprachen. Aber eine gemeinsame Sprache sprechen wir alle, sagt sie, und die heißt: Respekt. Wer diese Sprache nicht spricht, kann hier nicht leben.

Erst denke ich, was soll denn dieses Zeckengerede, das ist ja unerträglich. Dann merke ich, dass Anika es ernst meint und dazu steht. Mit braunen Augen und geradem Rücken. Das imponiert mir. Für einen Moment.

Irgendetwas treibt mich, und ich frage sie, ob wir uns wiedersehen. Sie schaut sich um, mitten unter all den Leuten auf dem Festplatz. Ja, am Dienstagnachmittag, meint sie, wo?

In Heusenstamm am Schloss, antworte ich, da können wir spazieren gehen. Etwas Besseres fällt mir nicht ein. Ich denke, ich muss schnell antworten, sonst ist sie weg.

Sie nickt, sieht sich erneut um und verschwindet ohne ein weiteres Wort.

Ich beobachte sie, schlank und geschmeidig bewegt sie sich durch die Menge. Am Ende des Platzes erkenne ich sie noch, und es kommt mir vor, als habe sie sich den Schal über den Kopf gezogen, aber sie ist zu weit entfernt, um das mit Bestimmtheit sagen zu können. Und bei diesem Wetter, nein, das ist unmöglich. Plötzlich steht Alf neben mir. Er habe Hunger, meint er, und fragt, mit welcher Tussi ich eben gesprochen habe.

Zufallsbekanntschaft, antworte ich, ohne zu wissen, warum ich das sage.

Er wirft mir einen skeptischen Blick zu und bestellt eine Currywurst.

Zum Glück ist mir der Treffpunkt Heusenstammer Schloss eingefallen. Nicht weit von meiner Wohnung entfernt. Ein ehrenvoller Treffpunkt. Das Schloss gehörte früher der Familie von Schönborn, die irgendwann vom Mainzer Bischof das Recht erhielt, in der dortigen Kapelle Messen abzuhalten. Besonders stolz bin ich darauf, dass die Anlage während der Befreiungskriege 1800-sonst-was als Lazarett diente. Und dass man Goldschätze dort einlagerte.

Dummerweise haben wir keine Uhrzeit vereinbart. Ich vermute, sie ist Auszubildende, und rechne damit, dass sie bis vier oder halb fünf arbeiten muss. Als ich ankomme, steht sie bereits an der Mauer, die den vorderen Teil des Schlossparks umgibt. Ich strecke ihr die Hand entgegen. Sie zögert einen Moment, dann erwidert sie meinen Gruß. Ihre Haut fühlt sich an wie Samt.

Wartest du schon lange?, frage ich.

Nein, erst fünf Minuten.

Ich freue mich.

So ein Glück, sage ich. Wir sind fast zur gleichen Zeit angekommen.

Sie nickt. Können wir in den Innenhof gehen?, fragt sie.

Natürlich.

Wir gehen los in Richtung Torbogen.

Ich habe nur eine Stunde Zeit, sagt sie. Mein Bruder holt mich ab.

Ach so, antworte ich, du hast einen Bruder?

Ja, zwei sogar, und zwei Schwestern. Ich bin die Mittlere. Der mich abholt, ist unser Ältester.

Wir schlendern durch den Innenhof. Überall sind Schilder, die auf Abteilungen der Stadtverwaltung hinweisen. Liberale Traumtänzer, die glauben, politische Führung könne ihre Rechtmäßigkeit aus einem demokratischen Prozess heraus erzeugen. Und das in einem gräflichen Gemäuer!

Warum hast du mir geholfen, fragt sie, an Himmelfahrt, auf dem Feldweg?

Weiß nicht, sage ich. Vielleicht so eine Art ... Beschützerinstinkt.

Sie nickt.

Wir unterhalten uns über alles Mögliche, ihre Ausbildung zur Arzthelferin, meinen NSU Ro80 und ihre Fahrradkünste. Hinter dem Schloss ist es ruhiger, wir stehen im Schatten unter einem großen Baum. Auf meine Frage, warum sie bei diesen Temperaturen einen Schal trägt, antwortet sie nicht. Als ich auf sie zugehe, weicht sie zurück. Lass ihr Zeit, denke ich. Die Stunde ist schnell vorbei.

Ich muss los, sagt sie, bleib du bitte hier. Auf Wiedersehen!

Ja, auf ein Wiedersehen! Wo und wann?

Ich arbeite bei Dr. Mansour, flüstert sie, obwohl niemand in der Nähe ist, dort kannst du mich anrufen.

Sie buchstabiert mir den Namen des Arztes, und schon rennt sie durch den Torbogen in Richtung Straße. Dabei zieht sie den Schal über den Kopf. Und ich Idiot weiß immer noch nicht, was das bedeutet.

Am Mittwoch treffen sich alle bei Alf, wie immer. Sein Haus trägt die Nummer 88. Darauf hat er bestanden, obwohl das Haus links von ihm die 32 hat und das rechts die 36. Wir trinken Bier, wie immer. Micha berichtet, dass der amerikanische Präsident gestern zwei Dekrete unterschrieben hat. Den Inhalt hat er vergessen, ist aber nicht so wichtig. Hauptsache, er regiert. Paul plaudert von seiner naturtrüben Pfadfindertruppe. Später erzählt Alf vom Schwenkgrill auf dem Festplatz, von seiner Currywurst und von der Tussi, mit der ich dort angeblich verabredet war.

Ich reiße die Augen auf. Was soll das? Geht dich überhaupt nichts an, klar!

Soso, meint Alf. Vielleicht schon. Ich glaube nämlich, das war die Fahrradfrau vom Vatertag. Schöne dunkle Haut. Fehlt nur ein Kopftuch, und sie gibt eine super Maghreb-Braut ab. So eine aus Offenbach!

Paul und Micha lachen. Ich nicht. Dann sehen mich die drei mit starren Gesichtern an.

Ihr könnt mich mal! Ich schieße hoch, stoße meine Bierflasche um, die Brühe läuft auf Alfs Teppich, ist mir egal, ich verlasse das Haus.

Draußen starte ich meinen alten VW Polo, der Ro80 ist noch nicht fahrbereit, und kurve eine Stunde lang durch die Gegend. Richtung Süden und zurück. Sauer bin ich, auf alle. Auf Alf, der sich in mein Leben einmischt, der seinen Eltern vorwirft, die Buchstaben »do« in seinem Namen vergessen zu haben. Auf Paul und Micha, die über mich lachen. Auf Anika und ihre Familie, viele Kinder in Offenbach, verdammte Brut! Und plötzlich bin ich auch sauer auf meine Mutter.

Anikas Schal. Jetzt erkenne ich den wahren Hintergrund. Das ist kein deutscher Schal, sondern ein Kopftuch, Teil einer muslimischen Verkleidung. Schlimm genug, dass diese Gedanken überhaupt meine Gehirnwindungen bevölkern. Belogen hat sie mich, das Kopftuch in meiner Anwesenheit heruntergezogen, als Schal getarnt. Danach wieder hochgezogen, für ihre feine Familie. Oder bilde ich mir das alles nur ein? Ich muss einiges klären.

Wieder zu Hause in Heusenstamm, fahre ich meinen Rechner hoch und gebe im Weltnetz den Namen des Arztes ein. Dr. Mansour ist schnell gefunden, ein Allgemeinmediziner. Ich speichere die Telefonnummer in meinem Mobiltelefon. Dann entdecke ich die Rubrik »Unser Team« auf seiner Startseite. Mit zitternden Händen klicke ich darauf.

Aniqa. Nicht mit k, sondern mit q. Und mit Kopftuch. Darunter ihre Sprachkenntnisse: Deutsch, Französisch und Arabisch. Ich kann nicht hinsehen, schließe die Augen. Enttäuschung und Wut lassen meinen Brustkorb fast platzen. Ich versuche sie anzurufen. Es klingelt drei Mal, ich lege auf. Mir ist übel. Dann denke ich an ihre Samthaut, ihren Mut, den holprigen Feldweg zu befahren und zu der Stadt zu stehen, in der sie wohnt. Ich wähle erneut und werde mit ihr verbunden. Die Verabredung ist schnell getroffen, sie hat nicht viel Zeit während der Arbeit, ich keine Lust auf ein langes Gespräch. Treffpunkt morgen Abend auf dem Wilhelmsplatz in Offenbach, dem Zentrum der Vielfalt – auch das noch.

Am Donnerstagabend betrete ich zum ersten Mal in meinem Leben diese Stadt. Es dämmert, der Wilhelmsplatz ist beleuchtet, überall junge Leute, fröhliches Geplapper, gar nicht übel. Ich frage einen Mann nach dem Streichholzkarlche, dort sind wir verabredet. Der Kerl zeigt auf eine Figur und murmelt ein paar Worte in einem slawischen Tonfall, den ich kaum verstehe. Klar, denke ich, Offenbach, unorganischer Wildwuchs, muss aber zugeben, dass der Typ freundlich klang. Sie steht schon da, ist wohl immer pünktlich, und fragt mich, ob wir in ein Restaurant gehen sollen. Ich schaue mich um, fühle mich von all den parasitären Strukturen umzingelt, Griechen, Italiener, Japaner, sogar ein Belgier.

Gibt's hier nichts Deutsches?

Natürlich, sagt sie, gleich hier, das Markthaus.

Es ist warm, wir setzen uns auf die Terrasse, neben uns große Blumenkübel. Ich bestelle einen Apfelwein, sauer gespritzt, sie eine Cola light.

Du hast mich reingelegt, sage ich. Dein Schal da, das ist kein Schal, sondern ein Kopftuch.

Sie sieht mich erstaunt an.

Natürlich ist das ein Kopftuch, sagt sie, mein Hidschab. Ich sehe das aber nicht so eng, nehme es oft ab, finde, dann sehe ich hübscher aus, oder?

Ja, äh, nein, das meine ich nicht.

Was denn sonst?

Ich muss überlegen, klar denken. Was mache ich hier überhaupt? Ihre Rehaugen lassen mich kaum los. Ihre blauschwarzen Haare fallen in weiten Locken bis auf die Schultern.

Hast du ein Problem damit, dass ich Marokkanerin bin?

Marokko also. Nicht zu fassen. Eine Maghreb-Braut. Und ich habe eine Verabredung mit ihr.

Ich nicke. Tut mir leid, ich muss ehrlich bleiben. Ja, ich habe ein Problem damit.

Sie sieht mich an wie ein getretener Hund. Eigentlich mag ich dich sehr, sagt sie – aber jetzt …

Die Ausländer sind – ich versuche, ihr zuliebe ein milderes Wort zu finden – Nutznießer unseres Sozialstaats. Wir müssen die Volksgemeinschaft reinigen.

Ihre Gesichtszüge verhärten sich. Mein Vater arbeitet seit über 20 Jahren bei der Müllabfuhr in Heusenstamm, sagt sie. Er räumt auch deinen Dreck weg. Das ist sein Beitrag zu einer sauberen Gesellschaft. Wir alle arbeiten hart, meine Eltern und meine Geschwister. Alle. Keiner von uns ist ein Schmarotzer.

Klar, antworte ich, irgendjemand muss diese Arbeit ja machen.

Du kennst uns überhaupt nicht, sagt sie. Hast du jemals ein großes Familienfest gefeiert, ein italienisches, ein griechisches oder ein marokkanisches?

Es schüttelt mich. Nein, natürlich nicht.

Was ist das eigentlich für ein Kreuz da, fragt sie leise, auf dem Rücken deiner Lederjacke? Hat das eine Bedeutung?

Nein, sage ich, hat keine Bedeutung, ist nur zufällig da aufgenäht.

Ich erkenne mich selbst kaum wieder.

Ro, so spricht sie mich ernsthaft an, wenn du wirklich Interesse an mir hast, dann komm am Samstag auf mein Geburtstagsfest. In unserem Schrebergarten in Bieber, oben am Turm. Da wirst du meine Familie kennenlernen, und es gibt viele leckere Speisen aus Marokko. Hier ist die Adresse.

Sie schiebt einen Zettel über den Tisch. Eine Familienfeier mit Maghreb-Leuten? Panik steigt in mir hoch.

Tut mir leid, sage ich. Dann stehe ich auf und renne los. Quer über den Platz. Habe noch nicht einmal meinen Apfelwein bezahlt.

Meine Mutter freut sich, dass ich endlich mal wieder nach Hause komme. Vater hat getrunken, ist nicht mehr handlungsfähig. Der ist auf dem besten Weg zum Alkoholiker, der Schwächling. Ich frage Mutter, wie viel er getrunken hat. Sie behauptet, es nicht zu wissen. Wie immer.

Von den Kameraden habe ich nichts mehr gehört, seit ich aus Alfs Haus abgehauen bin. Ich kenne Alf, er fährt eine klare Linie. Wenn ihm jemand in die Quere kommt, kann er sehr ungemütlich werden. Aber nicht mit mir, Freundchen!

Vater hat einen gut sortierten Waffenschrank. Ich wähle eine kleine, handliche Beretta, gut zu verstecken, nur für den Notfall.

Danach baue ich das neue Ersatzteil in den Wankelmotor ein. Ich brauche zwei Stunden, aber es klappt. Damit müsste der Motor laufen. Endlich. Nach vier Jahren Arbeit. Ich sitze am Lenkrad und drehe den Schlüssel. Zack, er springt an. Aber ich denke weniger an das Auto als an Aniqa.

In der Nacht von Freitag auf Samstag schlafe ich kaum, fange an, mich zu hinterfragen, mein Leben, mein Denken. Mitte 20, ein gestandener Typ, ordentliche Ausbildung als Automechaniker, gesund und kräftig, durchaus gutaussehend, eine Führernatur. Aniqa – habe ich mich verliebt? Ich denke an meine Großmutter. Dass du verliebt bist, sagte sie einmal, erkennst du daran, dass es dir nichts ausmacht, ihre Zahnbürste zu benutzen. Ich habe Aniqa noch nicht einmal geküsst. Ihre Zahnbürste? Warum nicht. Ja, es ist Aniqa.

Der Garten war nicht leicht zu finden, musste ein paarmal fragen. Ich parke den Ro80, stehe vor dem Gartentor und zögere. Dann sieht sie mich. Sie lacht. Ein tolles, mitreißendes Lachen. Ich habe heute eine andere Jacke angezogen und schenke ihr einen Blumenstrauß. Sie begrüßt mich, eine angedeutete Umarmung, ich betrete den Garten. Überall Schädlinge. Käfer, Pilze, Läuse, Maghrebs. Alle lachen und begrüßen mich, als gehörte ich dazu, ich staune. Es gibt Lammfleisch vom Grill, Gemüse, Salate, Limonade, Tee und Saft. Ich frage nach einem Bier, Aniqa flüstert mir ins Ohr, dass es bei muslimischen Familien keinen Alkohol gibt. Verdammt, ja, Muslime, wie bin ich nur hierhergekommen? Plötzlich tanzen alle, Aniqa und ihre Schwestern ziehen mich in die Mitte, ich tanze, fliege, kann nicht anders, es ist schön.

Dann ihr Vater. Ein kleiner, grauhaariger Mann, gut gekleidet, er begrüßt mich mit Handschlag. Ich versuche, mich daran zu erinnern, ob ich ihn schon mal am Müllwagen gesehen habe, muss aber zugeben, dass ich nie auf die Gesichter von Müllmännern achte. Der große Bruder kommt auf mich zu, betrachtet mich prüfend, gibt mir dann die Hand. Hakim. Er lächelt. Ro. Ich lächle zurück. Er reicht mir ein kleines Glas mit einer goldfarbenen Flüssigkeit, sehr süß, sehr lecker.

Was ist das?

Tee, antwortet er, spezieller marokkanischer Tee, so gut macht ihn nur unsere Mutter. Dann kommt die Angesprochene auf mich zu. Ich bin schockiert. Die typische Kopftuchmutti in einem weiten Kaftan. Sie lächelt, nein, sie lacht.

Guten Tag, Ro! Das sagt sie in einwandfreiem Deutsch und mit rötlich strahlenden Wangen. Das alles passt nicht zusammen.

Wir setzen uns. Die Mutter sieht mich an. Sag, Ro, was liebst du und was hasst du?

Ich bin überrascht. Alle Umstehenden sind gespannt auf meine Antwort, auch der Vater und der Bruder. Ich habe das Gefühl, dass Aniqas Mutter so eine Art heimliches Familienoberhaupt ist.

Ich hasse Albert Einstein, sage ich. Es ist so viel im Fluss in der Welt, setze ich hinzu, so viel Ungewissheit. Das Einzige, was für mich eine stählerne Gültigkeit hat, ist die Zeit. Mit seiner Relativitätstheorie versucht er, mir diese Sicherheit zu nehmen.

Die Mutter nickt, ohne etwas zu sagen. Aus ihren Augen spricht Respekt. Aniqa steht hinter ihrem Bruder und hat zugehört. Ich erinnere mich an einen Satz von ihr, der mit Respekt zu tun hat, habe ihn aber vergessen.

Die Mutter lässt nicht locker. Und was liebst du?

Ich hebe die Schultern, und mein Blick fällt unweigerlich auf Aniqa. Ich kann nichts dafür, und die Mutter lächelt. Außerdem mag ich Oldtimer, füge ich an, da draußen, der Ro8o, das ist meiner, habe ich selbst wiederaufgebaut.

Ihr Bruder nickt anerkennend. Wir essen Lammbraten mit Thymian und Knoblauch, eigentlich mag ich kein Lamm, aber heute schmeckt es mir. Ich sitze neben Aniqa, und manchmal berühren sich unsere Hände. Absichtlich oder unabsichtlich. Ich fühle mich wohl und wage kaum, es vor mir selbst zuzugeben.

Hakim und sein Vater stehen abseits und reden, schauen immer wieder zu mir herüber. Und dann fällt das Wort Hochzeit. Nein. Ich lasse die Gabel fallen. Nein! Ich springe auf. Aniqa sieht mich erstaunt an. Ich renne durch den Garten, zum Tor, steige ins Auto und fahre weg, durch Bieber, durch Waldhof und Obertshausen, nur weg von hier.

Irgendwie ist Aniqa an meine Mobilnummer gekommen, schickt mir eine Nachricht. *Hallo Ro, habe mit Alf gesprochen, wir müssen das klären. Bitte!*

Verdammt, Alf ohne »do«, der Idiot! Hat ihr meine Telefonnummer gegeben. Und alles Mögliche über mich erzählt.

Das hätte ich mir denken können. Wie soll ich ihr das erklären? Will ich es ihr überhaupt erklären? Ich sage zu. Heute Abend, 20 Uhr im Hainbachtal, an der Kindergartenhütte, da sind wir ungestört. Gute Idee.

Sie ist bereits am Treffpunkt, wie immer, sitzt auf einem Baumstamm. Der wurde für die Kinder von der nahegelegenen Kita vor ihrer provisorischen Hütte als Sitzgelegenheit aufgebaut. Sie erhebt sich, sieht mich starr an.

Das Kreuz, sagt sie, das Eiserne Kreuz. Sehr wohl hat es etwas zu bedeuten. Alf hat mich aufgeklärt.

Aniqa, beginne ich.

Nein, Ro. NSU Ro80, auch kein Zufall. Den hast du extra gekauft, weil dir der NSU so gut gefällt. Wolltest du uns auch töten, so wie die Zschäpe und die beiden Uwes das mit all den unschuldigen Leuten getan haben? Hast du dich deswegen an mich rangemacht?

Nein, Aniqa, das stimmt nicht. Das war Zufall am Himmelfahrtstag, außerdem, ich mag dich. Nein, ich liebe dich!

Sie fährt zusammen, sagt nichts.

Alf, ich könnte ihn umbringen! Aniqa und ich sehen uns wortlos an. Die Dunkelheit zieht langsam durch den Wald.

Ich bemerke ihn nicht. Sein Schlag trifft mich unvorbereitet in die Nierengegend, nimmt mir die Luft, mein Oberkörper fühlt sich an, als sei eine Sprengladung darin explodiert. Aber kein Laut geht über meine Lippen. Ehrensache. Das hat mir Vater beigebracht. Die Würde des Einzelnen zählt nichts, die Ehre dagegen sehr viel. Aber die Ehre tut verdammt weh. Ein zweiter Schlag. Feige, von hinten. Ich liege auf dem Waldboden, es riecht nach guter deutscher Erde, ich habe Mühe, bei Bewusstsein zu bleiben. Wie durch einen Nebel sehe ich Aniqa mit einem Mann streiten, aufgeregt, hitzig. Ich schaffe es, mich leicht zu drehen, sehe die beiden, verstehe sie aber nicht. Er packt sie an den Handgelenken. Dieser Idiot! Langsam ziehe ich die Beretta aus meinem Stiefel, sie bemerken es nicht, streiten, denken, ich sei außer Gefecht gesetzt. Noch ein Stück drehen, dann kann ich zielen, mein Bauch tut höllisch weh, durchhalten! Ich lege an, habe Erfahrung mit Waffen, das hilft mir jetzt, dann den Finger am Abzug, der Mann dreht sich etwas, zeigt mir den Rücken, eine breite Trefferfläche, ich ziehe durch. Der Knall ist furchtbar, es hallt von allen Bäumen, fühlt sich an, als sei mein Trommelfell geplatzt. Aniqa schreit. Ein schrecklicher Ton, so als hätte ich sie getroffen, nicht Alf. Doch sie ist unverletzt, kommt auf mich zu. Ich bin erleichtert, lasse die rechte Hand sinken. Sie nähert sich, ich versuche zu lächeln. Sie nimmt mir die Beretta aus der Hand, kniet sich nieder und hält mir den Lauf an die Schläfe.

Du hast Hakim erschossen, sagt sie. Damit ist heute dein persönlicher Himmelfahrtstag!

Sie zögert einen Moment. Ich bewege mich nicht.

Der Knall ist furchtbar, doch ich höre ihn nur noch aus der Ferne. Aus weiter Ferne.

CHRISTIANE GELDMACHER
MISSING LINK

1

Gemütlich streckte ich mich mit einem Gin Tonic auf der Sonnenliege neben dem Pool einer luxuriösen Villa in Port de Pollença aus. Herrlich, dieser Blick aufs azurblaue Meer. Und endlich Ferien. Die letzte Zeit in Frankfurt war hektisch gewesen, und das nicht nur wegen des Zusammenbruchs der Börse, der seit 1929 seinesgleichen gesucht hatte.

Wochenlang war ich damit beschäftigt gewesen, einer alten Dame aus Frankfurt ihren wertvollen Smaragdschmuck zurückzuorganisieren. Er war ihr an ihrem 80. Geburtstag gestohlen worden, und es musste jemand aus ihrer Familie gewesen sein. Voller Rachedurst hatte sie mich damit beauftragt, die Smaragde zurückzubringen, koste es, was es wolle. Nach vielen Ermittlungen, Observationen und am Schluss einer wütenden Autoverfolgungsjagd über die Grenze nach Frankreich, war mir schließlich ihr Neffe ins Netz gegangen, der sich mit dem Millionenschmuck gerade ins Vereinigte Königreich absetzen wollte. Ich kassierte ihn am Gare du Nord in Paris auf dem Weg zum Eurostar nach London und übergab ihn den Flics.

So strich ich nicht nur ein fürstliches Honorar ein, sondern bekam obendrein eine Woche Gratisurlaub Mallorca in der

Villa eben jener hochzufriedenen alten Dame geschenkt. Sie würde das Detektivbüro Penelope Fitzroy-Claypole in einschlägigen Kreisen in Rhein-Main weiterempfehlen. Das Jahr war doch endlich in trockenen Tüchern, und es war gerade mal August. Vielleicht würde ich sogar aus dem Gallus rauskommen, in den ich nach meinem Brexit-proaktiven Umzug von London nach Frankfurt gezogen war.

Niemand wollte noch etwas von mir. Eine ganze Woche lang würde ich mit niemandem sprechen müssen außer dem Bäcker und dem Besitzer des kleinen Supermarkts an der Ecke, der mir heute Morgen so freundlich einen Lebensmittelkorb zusammengestellt hatte.

Mein Smartphone vibrierte. Gereizt blickte ich auf das Display. Ernsthaft? Jetzt schon? Ich hatte ein 90-prozentiges Kontaktverbot bei Familie und Freunden angeordnet, die verbleibenden 10 Prozent waren Tijo vorbehalten (»Tijo spricht sich wie Tacho, nur mit i«, hatte mir mein zukünftiger Praktikant mit kroatischen Wurzeln beim Bewerbungsgespräch im Frühsommer erklärt). Nur er, mein Mädchen für alles, hatte die Erlaubnis, Verbindung mit mir aufzunehmen. Und das auch nur, wenn ein ganz großer Fisch an der Angel zappelte.

»Penelope?«, kam es unsicher aus der Leitung.

»Nein«, knurrte ich.

Erleichterung pur. »Wie toll, ich erreiche dich! Cooool … Hey, huhu! Wie geht's? Schön, der Urlaub?«

»Das kann ich dir nicht sagen, aufdringlicher Praktikant, ich bin ja noch nicht mal 36 Stunden hier!«

Im Hintergrund hörte ich Bahnhofsrauschen, Stimmengewirr, abfahrende Züge und Durchsagen wie: *An Gleis 7 bitte zurücktreten.* Mein rechtes Augenlid begann nervös zu zucken. Tijos Aufgabe war es, unser Büro im Gallus wie seinen Augapfel zu hüten und *vor Ort* zu sein.

»Wo bist du, Tijo?«, fragte ich schneidend.

»Wo?« Er lachte fröhlich. »Im Büro, am Schreibtisch natürlich! Ich kann durch das Schaufenster auf den Bürgersteig sehen. Mächtig was los heute.«

An Gleis 4 hat Einfahrt der Intercity Express Vicco von Bülow aus München. Bitte zurücktreten!

»Wieso höre ich dann Lautsprecheransagen der Deutschen Bahn?«

»Oh … das! Das ist ein neuer Streamingdienst der Bahn, Informationsoffensive 4.0. nennen sie das. Noch nichts davon gehört? Da kannst du in Echtzeit die Ansagen in den Bahnhofsgebäuden mithören. Sehr praktisch! Man ist immer up to date wegen Verspätungen und so. Ich zeige dir mal die App, wenn du zurück bist.«

Da kannst du in Echtzeit die Ansagen in den Bahnhofsgebäuden mithören … Aber okay. Es war egal, warum Tijo gerade im Hauptbahnhof war.

»Wollen wir skypen?«, stichelte ich.

»Ach, nee, geht schon.«

»Was. Willst. Du?«

»Du hast gesagt, ich darf anrufen, wenn es wichtig ist.«

»Das war *gestern früh*.«

»Stimmt!« Tijo kicherte. »Es kommt mir so vor, als wärst du schon viel länger weg!«

Ich machte mir nicht die Mühe einer Antwort, sondern goss mir Gin Tonic nach.

»Also pass auf. Hier war ein Anruf von einem Typ, der ziemlich aufgebracht war, irgendwas mit Immobilien und Korruption und schwarzen Kassen und Parteienfinanzierung, und es müsse sofort was geschehen, er zahle 30.000. In diesem Moment hatte er meine Aufmerksamkeit, Penelope! Wir sollen seinen Konkurrenten ausschalten.«

Ich verfolgte mit den Augen eine Maschine der Ryan Air, die Kurs auf die Landebahn des Flughafens von Palma nahm. Die Passagiere hatten bestimmt einen schönen Urlaub vor sich. »Was meinte er denn mit *ausschalten*?«

»Keine Ahnung. Ist das wichtig? Wir liefern ihm seinen Konkurrenten ans Messer, und der Rest geht uns nichts an.« Tijo machte eine Kunstpause. »Und da *ich* den Anruf entgegengenommen und mit dem Typ verhandelt habe, dachte ich, ich kriege 25 Prozent des Auftragswerts. Das ist nur fair, Penelope ... ich brauche Geld. Zum einen habe ich mich gerade an der Börse verzockt, zum anderen wurde mir die Miete auf 720 Euro für meinen Hasenstall erhöht. Eiskalt lächelnd stand diese miese Type von der Hausverwaltung vor der Tür und wollte dafür auch noch meine Zustimmung haben. Also so was von übel ...«

Zu 30.000 Euro kann man natürlich schlecht nein sagen. Besonders, wenn man nur knapp über die Runden kommt. Ich schnickte mir einen zitronengelben Schmetterling vom Fuß. Mein neues Büro in der Nähe des Palmengartens könnte auch Gestalt annehmen ...

Andererseits: der blaue Himmel ...

Die Villa ...

Der Pool ...

Ach, zum Teufel. Ich konnte einen lukrativen Auftrag gebrauchen. »Buch mir einen Rückflug und hol mich vom Airport ab, nervtötender Praktikant!«

2

Ich konnte es trotzdem kaum glauben, als ich in Deutschland landete. Reichlich unterzuckert trat ich aus dem Zollbereich des Terminals 2 von FRAPORT. Ein korrupter Bauunternehmer! Wochen der Langeweile und Brechreiz hervorrufender Recherchen standen mir bevor.

Tijo unterhielt sich, lässig an einen Pfeiler gelehnt, in seinen stonewashed Jeans und blaurot kariertem Sporthemd mit einem bulligen Securitymann. Er nahm jede Gelegenheit wahr, Kollegen (im weitesten Sinne) nach ihrem Know-how auszufragen. Er nannte das »Qualifizierung durch Fortbildung«. Deswegen hörte er auch Tag und Nacht True-Crime-Podcasts.

»Hallo, hier bin ich! Hier!« Er hatte mich entdeckt und verabschiedete sich schnell mit High five von dem Securitymann. Schon von Weitem begann er – die reine Energie – auf mich einzureden. »Bevor du anfängst zu schimpfen, Penelope: Mallorca rennt dir nicht weg! Und der Urlaub auch nicht! Denk nur an die Kohle, die wir in den nächsten Tagen verdienen werden! Vielleicht kommst du ja dann endlich aus dem schäbigen Büro im Gallus weg!«

Mit reizendem Lächeln nahm er mir die Reisetasche ab, bedeutete, mir zu folgen, und lenkte mich geschmeidig Richtung Flughafenshuttle.

»Das hier ist der letzte Ort, wo ich gerade sein will«, antwortete ich schlecht gelaunt.

»Jaja, schon klar. Entspann dich! Ich habe mich um alles gekümmert. Wir fahren direkt nach Wiesbaden und übernachten in einer kleinen Pension etwa einen Kilometer von der Zielperson entfernt.«

Beifallheischend sah er mich an und zückte sein Smartphone. »Erste Infos, ja?« Auf dem Weg zum Auto las er mir in professioneller Tonlage seine Recherchen über Mandant und Zielperson vor. »Der Mandant ist Herbert Baumgart, ein Bauunternehmer aus Frankfurt, 52 Jahre, verheiratet, zwei erwachsene Kinder, wohnhaft im Frankfurter Westend, Typ Tony Soprano. Die Tochter studiert Biochemie, der Sohn ist in die Fußstapfen des Vaters getreten. Jahresumsatz 20 Millionen Euro, 250 Mitarbeiter. Die Familie hat viel Geld gemacht, weil sie in den Nullerjahren städtische Sozialwohnungen aufgekauft, zwangsverschönert und zu einem Vielfachen des Preises als Eigentumswohnungen wieder verkauft hat. Baumgart ist beteiligt an Großbaustellen des Frankfurter Flughafens und in Rhein-Main. Sein Volumen sind circa 500 Wohn- und Gewerbeeinheiten im Jahr.«

Sagte ich doch. Bauunternehmer. Gähn.

»Die Zielperson heißt Peter Krausnitzer, ist Bauunternehmer aus Wiesbaden, 47 Jahre, wohnhaft im Wiesbadener Nordend, verheiratet mit Gloria Krausnitzer, geborene Brankovich – sieht *sen-sa-tio-nell* aus – aus Skopje, Mazedonien. Keine Kinder, er macht am liebsten Ferien auf Sylt und bestückt seinen Facebook-Account mit lauter Angeberpostings: Whirlpool hier, Segeln da, Golf dort. Beruflich das Gleiche wie der Mandant, hat auch Baustellen am Flughafen und in Rhein-Main. Ein Konkurrent eben. Unser Mandant bezichtigt ihn der Betriebsspionage, die wir abwehren sollen.«

»Durch Betriebsspionage?«

»Äh, ja. Genau. So kann man das wohl zusammenfassen.«

Tijo lachte und zeigte mir Fotos von Herbert Baumgart. Im Gegensatz zu Baulöwe Peter Krausnitzer schien Baulöwe Herbert Baumgart nicht allzu interessiert an Öffentlichkeit zu sein. Er bewegte sich nicht in Social Media, und es gab nur wenige Aufnahmen von ihm.

Inzwischen waren wir in der Tiefgarage angelangt, Tijo entriegelte seinen metallicblauen Fiat, verstaute mein Gepäck im Kofferraum und fuhr zügig auf die Autobahn. Keine 20 Minuten später verkündete das Navi: *Sie sind an Ihrem Zielort angekommen.* Ungläubig starrte ich aus dem Fenster. Wir standen im Halteverbot vor einer schäbigen Bleibe in einer Seitenstraße im Wiesbadener Nordend, klein, familiengeführt, windschief.

»Geht's noch? Da schlafe ich lieber unter einer Brücke!«, rief ich entrüstet.

Tijo hüstelte und murmelte etwas von auf dem Foto habe alles ganz anders ausgesehen und es sei Messe in der Stadt und kein Zimmer kurzfristig woanders zu kriegen und auch keine Brücke in der Nähe. Wenigstens erhielten wir mangels Einzelzimmern zwei Doppelzimmer nebeneinander.

Wir hatten Hunger. Nachdem wir eingecheckt hatten, unterzogen wir das enthemmte Chichi der hessischen Landeshauptstadt einer kurzen Herz- und Nierenprüfung und entschieden uns schließlich für einen Libanesen um die Ecke, um den Auftrag weiter zu besprechen. Baulöwe 1 Baumgart beschuldigte Baulöwe 2 Krausnitzer der Korruption und der Schmiergeldzahlung an städtische Beamte, um an Aufträge heranzukommen. Im Baudezernat Frankfurt gebe es angeblich einen Maulwurf, der bei Projekt-Ausschreibungen die Angebote anderer Bewerber an Baulöwe 2 gebe, sodass er sie unterbieten könne.

»Wird das schon strafrechtlich verfolgt?«

»Verfolgt ja, aber nur halbherzig. Landesregierung, Stadtverwaltungen und Bauunternehmer stecken unter einer Decke.«

»Wir sollten mit dem Laden aufräumen«, antwortete ich und machte mich über mein Huhn Beirut her.

»So hoch hängt es nicht, Penelope. Baulöwe 1 verlangt im Prinzip nur, dass Baulöwe 2 vor allem auf den Flughafen-baustellen lahmgelegt wird, damit er da einspringen kann. Mehr haben wir nicht zu tun.«

»Damit er selbst nicht auffliegt.« Ich seufzte. Diese Typen waren alle korrupt. »Wie kommt der nur auf uns?«

»Andere Detekteien haben wohl abgesagt.«

»Also gut. Von mir aus. Via Subunternehmer werden sich haufenweise illegale Schwarzarbeiter auf Krausnitzers Bau-stellen herumtreiben. Ich werde mich mal umsehen. »

»Super. Dann checke ich das Netz.«

Dazu muss man wissen, dass Tijos außergewöhnliche Superkraft die IT ist (abgesehen davon, dass er auf Knopf-druck den Bad Boy abrufen beziehungsweise die Leute um den Finger wickeln kann. Mich zum Beispiel). Er ist ein großartiger Hacker und kann leichtsinnige Mitmenschen lückenlos im Netz verfolgen. Anschaulich bewies er mir jetzt seine Fähigkeiten, indem er mir mit ein paar Wisch & Weg anzeigte, wo sich Baulöwe 1 und Baulöwe 2 gerade befanden: Baulöwe 1 in einer Trendbar in Sachsenhausen und Baulöwe 2 in seinem Haus in rund tausend Metern Luftlinie von diesem Libanesen hier.

Tijo nahm die letzte Gabel von seinem Petersiliensalat und tupfte sich den Mund mit der Serviette ab. »Also, ich hacke mich in die Mail von Baulöwe 2 ein, finde seine Bank und seinen Steuerberater und lade mir alles runter. Du spio-nierst währenddessen bei ihm zu Hause und auf seinen Bau-stellen herum.«

»Der Mandant verlangt die Beweissicherstellung für ein Zivil- und Strafverfahren«, erinnerte ich ihn.

»Die werden wir ihm liefern«, nickte Tijo. »Mails, Chatverläufe, Textdokumente. Kein Problem.«

Der Junge machte es sich ein bisschen einfach, fürchtete ich. Dieser Auftrag bedeutete zwangsläufig, in ein Wespennest zu stechen. Das besagten alle Zeitungsartikel in der regionalen und überregionalen Presse, die Tijo aufgetan und mir in der letzten Stunde gezeigt hatte. Wir waren offenbar nicht die Ersten, die sich an Krausnitzer abarbeiteten.

Tags darauf weigerte ich mich, in der verranzten Pension zu frühstücken, in deren Speisesaal Zimmerpflanzen und Gummitiere aus den 90ern auf den Fensterbrettern standen. Lieber suchten wir uns einen Coffeeshop auf der Taunusstraße. Während ich ein üppiges englisches Frühstück bestellte, vertiefte sich Tijo, nur ein Croissant in der Hand, in den »Wiesbadener Herold«. Ohne aufzublicken, beantwortete er mechanisch meine Fragen. Erst nach dem Spiegelei und den roten Bohnen auf Toast geriet ich wieder auf seinen Radar.

»Die sind nonstop in der Presse, Krausnitzer und Baumgart.« Tijo checkte die Onlineausgabe des »Herold« mit Suchbegriffen auf seinem Smartphone. »Früher mal in der gleichen Firma, heute Intimfeinde. Krausnitzer war erst Bauleiter bei Baumgart, dann hat er sich hochgearbeitet. Krausnitzer habe laut eigenen Angaben die betrügerischen Aktivitäten irgendwann nicht mehr tolerieren können und sei aus der Firma ausgeschieden. Gründete eine eigene Firma, nahm ein paar Kunden mit. Als Baumgart ihn deswegen in der Öffentlichkeit anging, wurde Krausnitzer zum Whistleblower und erzählte der Kripo, was Baumgart angeblich alles am Fiskus vorbeigeschmuggelt hat.«

»Und was sagte der Fiskus dazu?«

Tijo scrollte im Artikel weiter herunter. »Laufendes Verfahren.«

»Wenn ich das mal zusammenfassen darf, Tijo: Egal, was wir ermitteln, wir stehen auf der falschen Seite.«

3

Aber das war ja nicht das erste Mal. Arbeite in einem Detektivbüro und du arbeitest auf der falschen Seite, von einigen rühmlichen Ausnahmen abgesehen. Auf der Seite deines finanzkräftigen Auftraggebers nämlich, je finanzkräftiger, desto falscher.

Wir verteilten die Aufgaben und kehrten zurück in die Pension. Ich wollte das Haus von Krausnitzer und seine Baustellen ausspähen, Tijo im Internet seine Mail, sein WhatsApp, seine Accounts, sein Onlinebanking. Beim Stichwort Onlinebanking schaute ich nach, ob die 15.000 Euro Anzahlung Baumgarts schon auf meinem Konto gelandet waren. Ein sattes Guthaben blinkte mir entgegen.

Während Tijo aufs Zimmer ging, um sich in Krausnitzers Leben einzuloggen, zog ich meine Laufsachen an und joggte einen Kilometer ins Nerotal hoch, wo Krausnitzer in einer gründerzeitlichen Villa mit vielen Giebelchen und Türmchen wohnte. Vorab hatte ich mir die Villa schon auf Google Street View angeschaut. Kaum zu glauben, dass in den rund 15 Zimmern nur zwei Leute wohnen sollten: Krausnitzer und seine Ehefrau Gloria. Es war eine prachtvolle Gegend, die beste Lage Wiesbadens. Sehr ruhig, daher nicht ganz leicht zu observieren. Aber im Tal wimmelte es an diesem

Morgen nur so von unzähligen Dienstleistern und Paket-kurieren, sodass meine Neugierde hier nicht weiter auffiel.

Die Villa lag oben am Waldrand, nur einen Steinwurf vom Opelbad, dem Wiesbadener Schickimicki-Schwimmbad für die gehobenen Schichten, entfernt. Das traf sich glänzend mit meinen Stalkerabsichten, und in den kommenden Tagen zog ich mit meinen Badesachen los und machte es mir auf einer Sonnenwiese mit Blick auf die Villa bequem. Wenn ich mir Mühe gab, konnte ich mir sogar einbilden, immer noch am Pool in Mallorca zu sein.

Krausnitzer machte viel Home-Office. Meistens fuhr er gegen elf in sein Büro an der Berliner Straße. Um welche Uhrzeit er abends zurückkam, war unvorhersehbar. Mal kam er um sieben, mal ging er abends noch mit Kunden aus – es waren sehr viele aus der Politik dabei, der Mann war eins a vernetzt. Mal kehrte er auch erst in den frühen Morgenstunden heim. Ehefrau Gloria führte ein autarkes Leben. Für den Haushalt stand ihr ein flexibles Personalta-bleau zur Verfügung: ein Hausmeisterservice, ein Wäsche-service, ein Gärtnerservice und unterschiedliche Fahrer on Demand. Auch ein Personal Trainer und eine Privatfriseu-rin, die ihr das Haar ondulierte, zählte zu ihrer Entourage.

Ich spähte ebenfalls die Wiesbadener Baustellen Kraus-nitzers aus. Nicht die Flughafenbaustellen, da waren die Sicherheitsüberprüfungen zu engmaschig. Aber es gab große Baustellen in den Industriegebieten unten am Rhein, und ich verfolgte diskret die Bauarbeiter nach Dienstschluss in ihre Unterkünfte. Krausnitzer hatte in seinem Unterneh-men einen festen Mitarbeiterstamm, bei dem auf den ers-ten Blick alles in Ordnung zu sein schien. Aber viele seiner Subunternehmer und Discount-Töchter waren Hilfskräfte aus osteuropäischen Ländern, die nachts wie die Silberfischchen in Schlafcontainern auf den Rheinwiesen verschwanden. Hier musste man nur zu einem günstigen Zeitpunkt Razzien durchführen, um auf einen Streich zahllose illegale Schwarzarbeiter festzusetzen. Eigentlich hätte ich allein mit dieser Erkenntnis und dieser Beweislage – ich knipste mit meinem Hochleistungssmartphone an die 50 Fotos – den Auftrag abschließen und zurück nach Mallorca fliegen können. Die Smaragdlady hatte es schon bedauert, dass ich so schnell hatte abreisen müssen, und mir die Villa noch mal versprochen.

Aber mein Praktikant hatte Blut geleckt. Je mehr er sich in die Quellen einlas und je mehr Unterlagen und Dossiers er von Krausnitzer herunterlud, desto überzeugter war er, einem großen Ding auf der Spur zu sein. Krausnitzer riss zurzeit nahezu alle Großaufträge in Wiesbaden und Umgebung an sich. Kein Wunder, dass Baumgart ausrastete. Die europaweiten Ausschreibungen öffentlicher Auftraggeber waren nur Makulatur. Immer stand von vorneherein fest, dass die dicken Aufträge an Krausnitzer gehen würden, dank Zuarbeit aus den zuständigen Ämtern. Wäre es da nicht herrlich, war Tijos Gedankengang, gleich zu Anfang seiner kometenhaften Ermittlerkarriere einen Sensationserfolg einzustreichen? Tijo sah die Schlagzeilen schon vor sich: *Detektivbüro Penelope Fitzroy-Claypole deckt finstere Machenschaften der Bauindustrie im Rhein-Main-Gebiet auf: Die Aufarbeitung der zahllosen Aktenordner, die Tihomir Kovacic in der Pressekonferenz präsentierte, wird wohl noch Jahre in Anspruch nehmen …*

Jaja. Von mir aus. Ich wollte ihn in seiner jugendlichen Euphorie nicht bremsen. Auf Airbnb schaute ich mich nach einer besseren Bleibe um, und wir zogen in eine Wohnung in der Wilhelminenstraße. Die Lage war fantastisch. Von hier aus konnten wir die Villa Krausnitzer gegenüber ins Visier nehmen. Die Fünfzimmerwohnung hatte hohe Sichtbeton-Altbauwände, eine beeindruckende Sofalandschaft und eine Küche mit riesiger Kochinsel. Die beiden Architekten Claus und Klaus, die hier wohnten, waren auf Hochzeitsreise in Bali und würden frühestens in drei Wochen zurückkommen. Ehrfürchtig warf ich die 8.000-Euro-Kaffeemaschine an.

»Geil hier«, meinte Tijo und verschwand für eine Stunde im gut ausgestatteten Fitnessraum.

Zur Observierung der Villa bauten wir in der Nacht ein Fernrohr an den Panoramafenstern auf, das wir hinter den schweren Brokatvorhängen versteckten. Es war natürlich nicht unsere einzige Observierungsmaßnahme. Einen Tag lang gab Tijo vor, als Telekomtechniker in der Gegend unterwegs zu sein. Von einem geliehenen Van aus benutzte er ein Richtmikrofon und fand heraus, dass Krausnitzer in seinem Arbeitszimmer einen Safe besaß sowie dessen Code.

Justiziable Beweise waren jedoch erst mal Fehlanzeige. Krausnitzer verschickte keine heiklen Dokumente, keine dubiosen Mails oder Chatverläufe. Baumgart hatte inzwischen seinen Auftrag spezifiziert, damit es schneller ginge. Es nervte ihn, dass wir immer nur wie ein Echo seine Vermutungen bestätigten. Er wollte Nachweise von uns, dass die Vorwürfe, die Krausnitzer als »Whistleblower« gegen ihn erhoben hatte und die zur Eröffnung eines Strafverfahrens geführt hatten, auch auf ihn zuträfen.

»Der Maulwurf aus dem Bauamt, der mich bei Aufträgen begünstigt hat, begünstigt auch ihn. Ich will Beweise haben, dass Krausnitzer sich mit Bauprojektleiter Paul Ebert trifft.«

In dem Verfahren stand Aussage gegen Aussage. Paul Ebert leugnete jede Zusammenarbeit sowohl mit Baumgart als auch mit Krausnitzer. Natürlich hatte es Kontakte gegeben und natürlich hatten die beiden Bauunternehmer – wie so viele andere auch – Aufträge stadtseits erhalten, aber alles hatte sich im rechtlichen Rahmen abgespielt. Ebert war nichts nachzuweisen.

So kamen wir nicht weiter. Wir mussten in das Innere des Machtapparats Krausnitzer gelangen. In sein Arbeitszimmer, an seinen Rechner, an seinen Safe.

4

»Ich bin so aufgeregt, Penelope!«, rief Tijo. »Wann geht es los?«

Das Wochenende war vorbei, und Baulöwe Baumgart meldete sich ständig per Skype und fragte nach dem Stand der Ermittlungen. Schon fielen die bösen Worte »Auftrag anderweitig vergeben!«, dabei hatte ich gerade angefangen, mich in Möbelkatalogen umzusehen, wie ich mein neues Büro mit Blick auf die Frankfurter Skyline einrichten könnte.

Krausnitzers würden an diesem Abend endlich aushäusig sein. Sie besaßen Karten für ein Konzert im Kurhaus Wiesbaden; die Gelegenheit, der Villa einen persönlichen Besuch abzustatten. Meine Wetter-App verkündete, dass es Regen gäbe: gut für uns. Eine Stunde später pirschten wir mit Schirmen und Kapuzenhoodies durch das Nerotal zur Villa hinüber. Zu dieser Uhrzeit fielen wir niemandem auf, die Bürgersteige waren wie hochgeklappt. Die Villa lag inmitten unübersichtlicher alter Baumbestände. Wir schwangen uns bei den Mülltonnen über die Mauer, an der ich schon so oft Krausnitzer den Müll hatte akribisch sortieren sehen. Der Park war mit vielen Strahlern versehen, die Lichtkegel auf den Boden warfen, aber wir huschten geschickt von Baum zu Baum immer näher an das Haus heran. Die Überwachungskameras am Eingang besprühte Tijo mit schwarzer Farbe, damit sie keine Bilder mehr liefern konnten.

Er duckte sich neben einen großen Oleanderkübel an der Tür. »Und jetzt?«

Ich betrachtete die Fassade der Gründerzeitvilla. Sie war bis in den ersten Stock mit Efeu überwachsen. Gut zum Hinaufklettern.

»Jetzt müssen wir da rein«, erklärte ich das Offensichtliche und zog meine Spiderwoman-Handschuhe über.

»Aber wie kriegen wir die Tür auf? Schade, dass wir kein Stemmeisen haben.« Tijo warf mir einen Blick zu, der sagen sollte: »Da hättest du dran denken müssen, Schätzchen.«

»Lass uns erst mal nach einem Hausschlüssel suchen.« Forschend hob ich die Fußmatte hoch.

Tijos Mund klappte auf. »Wirklich? Wir planen einen Einbruch und schauen erst mal unter der Fußmatte nach dem Hausschlüssel?«

»Such in den Töpfen!«

Tijo suchte mit skeptischer Miene unter den unzähligen Blumentöpfen, während ich mit dem Finger die Tür- und Fensterrahmen abfuhr. Nirgendwo ein Schlüssel.

»Das wundert uns jetzt nicht, oder?«, feixte Tijo.

»Dann eben durchs Fenster.« Flink kletterte ich auf das Vordach. Von da hangelte ich mich auf die Balustrade in den ersten Stock. Vorne hatte ich kein Glück. Die Fenster waren verschlossen. Also verschwand ich um die Ecke.

»Ich sichere das Gelände!«, rief Tijo mir vage nach.

Keine drei Minuten später öffnete ich ihm mit überlegenem Lächeln die Haustür.

»Wie hast du das gemacht, Penelope?«, staunte er.

»Kleine Einbruchkunde.« Ich zog ihn durch die Tür.

Das Haus war blitzsauber, als würde niemand darin wohnen. Wir hatten uns durch Recherche bereits einen Überblick über die Räume verschafft: Im Erdgeschoss gab es eine Eingangshalle, ein großes Wohnzimmer, ein Esszimmer, die Küche und einen Wirtschaftsraum; im ersten Stock ein weiteres Wohnzimmer und die beiden Privaträume des Ehepaars; im zweiten Stock das Arbeitszimmer Krausnitzers und drei Gästezimmer. Nachdem wir kurz in das Wohnzimmer und die Küche geschaut hatten, schlichen wir uns die hochglanzpolierte Holztreppe Stufe um Stufe nach oben.

»Wonach suchen wir konkret?«, wollte Tijo seine Gedanken versammeln.

»Ich suche nach allem, was Krausnitzer analog versteckt haben kann. Fotos, Unterlagen, Sonderhandys. Du hackst dich in seinen Rechner ein.«

»Genau. Richtig. So war's abgesprochen.« Tijo konnte seine Nervosität kaum verbergen.

Das Arbeitszimmer war altherrenmäßig in Protz und Pomp eingerichtet: ein großer Schreibtisch, mittig vor den hohen Fenstern, Regale mit Fachliteratur rechts, Stahlregale mit verschlossenen Abteilen links. Familienporträts auf dem Tisch: Ehefrau und Eltern, erholt, braungebrannt, irgendwo am Mittelmeer. Während Tijo sich an den Laptop auf Krausnitzers Schreibtisch setzte, suchte ich den Raum systematisch nach dem Safe ab. Hinter den Gemälden: nichts. Hinter den Schränken: nichts. Hinter dem Sofa: nichts.

Abschnitt für Abschnitt ging ich das Zimmer durch. Schließlich rutschte ich auf Knien über den Perserteppich und leuchtete mit der Taschenlampe die einzelnen Regalböden ab. »Ich hab ihn! Den Safe!«, rief ich triumphierend.

Ich zog ein paar Ordner aus einem Regal. Den Safe zu öffnen, war kein Problem. Tijo hatte via Audiospionage herausgefunden, wie der Code lautete. Ich gab die komplizierte Zahl ein, und der Safe klickte auf. Schon lange hatte ich nicht mehr so ein schönes Geräusch gehört.

»Verdammte Hacke!«, fluchte Tijo unterdessen.

»Bist du drin?«

»Ich kann nicht hexen!«

Der Safe war voll bis obenhin. Geld, Schmuck, Unterlagen, Kontoauszüge privater Konten und aus der Firma. Ich machte ein Foto von dem Gesamtkunstwerk und fing an, alles durchzugehen. Es gab erstaunlich viel Bargeld, Goldbarren, Schmuckstücke – wohl dem Börsencrash kürzlich geschuldet, als auf einmal überraschend im ganzen Land die Lichter ausgegangen waren – und neben wichtigen Urkunden und Pässen auch ein brisantes Adressbuch mit einschlägigen Namen in Rhein-Main. In einem Kalender fand ich eine lückenlose Dokumentation von Krausnitzers Terminen. Mit feuchten Augen sah ich die Goldbarren an und bedauerte von ganzem Herzen, dass wir keine gemeinen Diebe waren. Wir hätten gerade einen Supercoup gelandet.

Als ich alles Wichtige fotografiert hatte, verkündete ich, dass ich Glorias Schlafzimmer verwanzen würde.

»Dürfen wir das überhaupt? Verwanzen?«, fragte Tijo.

»Graubereich, Tijo.«

Tijo war endlich in Krausnitzers Rechner drin und hatte zu tun. Mich interessierte noch der Rest des Hauses, und nachdem ich Glorias Zimmer verwanzt hatte, machte ich mich auf den Weg ins Dachgeschoss. Hier gab es viele kleine Kammern, die wohl einmal von den Dienstboten benutzt worden waren. Ich fand nur lauter Gerümpel auf dem Dachboden. Gerade als ich einen Blick zum Fenster hinauswerfen wollte, streiften mich die Scheinwerfer eines Autos.

Oh-oh. Krausnitzers waren zurück.

5

»Geht es dir besser, Liebling? Oh je, wir hätten länger bleiben müssen. Das war ein Affront gegenüber meinem Geschäftspartner. Ich weiß wirklich nicht, wie ich das erklären soll.« Es war die vorwurfsvolle Stimme Peter Krausnitzers.

Seine Frau Gloria stöhnte. »Mir ist so schleeecht ...«

»Du wirst mir doch nicht schwanger sein!«, fauchte Krausnitzer.

»Ich will ins Bett ...«

Die Tür fiel ins Schloss.

Für Tijo konnte ich nichts tun. Das Arbeitszimmer Krausnitzers ging auf die andere Seite der Villa hinaus, hoffentlich würde er die Heimgekehrten rechtzeitig hören. Als ich das Gefühl hatte, dass die Luft rein wäre, zog ich mich durch die Luke auf das Dach hinaus. Im Dschungelschritt tastete ich mich an den Rand des Dachs. Der Blick nach unten war niederschmetternd. Auf dieser Seite war kein Herunterkommen.

Dafür saß ein paar Meter entfernt eine schwarze Katze und starrte mich an.

Ich bin nicht abergläubisch, trotzdem erschrecke ich, wenn ich so ein Vieh sehe. Sie sind äußerst effiziente kleine Raubtiere. »Miez, miez!«

Das hätte ich besser nicht gemacht. Sie stellte den Schwanz auf und kam interessiert auf mich zu.

»Hui, Kleines, was machst du denn hier um diese Zeit?« Sie strich mir um die Beine. Ich versuchte, sie wegzuscheuchen. »Solltest du nicht im Haus sein?«

Wie sollte ich nur von dem verdammten Dach runterkommen? Vorsichtig überquerte ich es erneut und starrte in den nächsten Abgrund. Hier würde ich mich direkt vor den Panoramafenstern herunterhangeln.

Erst zum Wald hin wurde ich fündig. Rasch setzte ich mich an den Rand des Daches und alles wäre sicher glattgelaufen, wenn die Katze nicht auf die Idee gekommen wäre, parallel mitzuklettern. Gerade als ich mich herunterlassen wollte und an der Wand mit den Füßen nach Halt suchte, legte sich die Katze mit traktorartigem Schnurren wie ein Schal auf meine Schultern und rieb sich an meinem Kopf. Ich versuchte sie abzuschütteln, aber dabei verlor ich den Halt und krachte wenige Meter unter mir auf das Garagendach.

»Scheißvieh!«, murmelte ich und rieb mir die Hüfte. Wenigstens war mein Aufschlag im dichten Efeu weich gewesen.

Im Treppenhaus ging das Licht an. Baumgart betrat das Schlafzimmer. Rasch stolperte ich hinter eine Glyzinie. Die Katze schüttelte sich kurz und lief schnurrend auf mich zu.

Das Fenster ging auf, und Baumgart sah durchdringend nach draußen. Ich hielt die Luft an, während das Schnurren der Katze in ein Miauen überging.

»Nur die Katze von nebenan! Ich sollte sie endlich loswerden. Hau bloß ab! Ksch! Ksch!« Das Schlafzimmerfenster flog wieder zu.

Ich überlegte, ob ich weiter sitzen bleiben oder mich auf den Weg zur Parkmauer machen sollte. Was, wenn Krausnitzer merkte, dass seine Überwachungskameras keine Bilder mehr lieferten?

Ich sprang zu Boden. Die Katze freute sich über diese ereignisreiche Nacht und zirkelte mit mir mal um diesen, mal um jenen Baum. Als ich schon fast an den Mülltonnen war, fiel zentnerschwer eine Hand auf meine Schulter.

»Na, wen haben wir da?«, ertönte eine tiefe männliche Stimme.

Ich fuhr herum und blickte in das grinsende Gesicht meines niederträchtigen Praktikanten. Heftig schlug ich seine Hand weg. »Tijo! Verdammt!« Wenn ich meine Waffe griffbereit gehabt hätte, hätte ich ihn erschossen.

Er lachte. »Bin ich froh, dass du es rausgeschafft hast! Wer ist das denn?« Er beugte sich zu der Katze hinunter und streichelte ihr den Kopf.

»Die habe ich auf dem Dach getroffen.«

Wie zur Bestätigung reckte die Katze den Schwanz in die Höhe.

»Wir sind aber nicht abergläubisch, oder?«, erkundigte sich Tijo.

»Sind wir nicht. Wie bist du rausgekommen?«

»Ganz banal durch die Eingangstür. Ich habe gewartet, bis Krausnitzers in der Küche waren, dann bin ich raus.«

Wir streichelten der Katze die Bäckchen und sahen zu, dass wir endlich wegkamen.

Tags darauf werteten wir die Dateien aus, die Tijo von Krausnitzers Offline-Laptop heruntergeladen hatte.

»Ha, ha, ha!«, lachte Tijo auf einmal.

»Was ist? Gibt es Neuigkeiten? Einen Durchbruch?« Ich schlängelte mich an seinen Tisch.

»Wie man's nimmt. Wenn ich das hier richtig interpretiere«, er drehte mir den Bildschirm zu, »dann späht Krausnitzer auch Baumgart aus.«

6

Was nicht ganz unlogisch war, da Krausnitzer Baumgart bei der Staatsanwaltschaft angeschwärzt hatte.

»Trifft Krausnitzer sich mit diesem Paul Ebert aus dem Bauamt? Hast du darauf Hinweise gefunden?«

Tijo nickte. »Ja, die haben einen regen Mailaustausch. Er ist sein zentraler Ansprechpartner bei der Stadt.«

»Aber wenn Krausnitzer Baumgart der Staatsanwaltschaft hingehängt hat, dann kann er nicht mit Ebert weiter zusammenarbeiten.«

»Mit wem sollte er sonst zusammenarbeiten?«

Ich schaute mir meine Fotoaufnahmen von Krausnitzers Kalender an. Einige Termine waren mit Ω eingetragen. Der Rest war klar definiert mit »Zahnarzt«, »Hausarzt«, »Steuerberater« et cetera.

»Zeit für drastischere Maßnahmen. Wir überfallen Krausnitzer, damit er mit der Wahrheit herausrückt.«

»Nicht wirklich?« Tijo sah mich mit großen Augen an. »Überfallen? Das ist doch illegal.«

»Graubereich, Tijo.«

»Ich seh da nix Graues.«

»Wir müssen Überwachungssoftware auf seinem Smartphone installieren, damit wir ihn in Echtzeit erwischen können.«

»Dieser ganze Überwachungsscheiß …«

»Ein Detektiv, halsstarriger Praktikant, braucht eine gewisse moralische Flexibilität!«

Tijo war zwar nicht wohl bei der Sache, dennoch heckte er schnell einen Plan aus, wie ein Überfall auf Krausnitzer zu bewerkstelligen wäre. Krausnitzer nahm keine Taxis, sondern immer nur UBER. Tijo wollte vorgeben, ein UBER-Fahrer zu sein. Ich ließ es mir durch den Kopf gehen. Warum nicht? Diese Methode war so heikel wie jede andere auch.

Wir machten uns an das Feintuning. Tijo brauchte eine blonde Perücke, einen dazu passenden Bart, buschige Augenbrauen und ein legeres Outfit, das er sich geschmackssicher in der Wiesbadener Innenstadt besorgte. Ich kümmerte mich um meine eigene Vermummung. Wir wollten Krausnitzer zu einer seiner eigenen Baustellen in eine nahe gelegene Wohnanlage gleich im Nordend bringen und aus ihm herauspressen, ob er illegal mit Bauprojektleiter Paul Ebert zusammenarbeitete. Und ob Ebert der Maulwurf war, der Angebote von Konkurrenten ausplauderte. Als wir so weit waren, hackte Tijo sich bei UBER ein. Eine günstige Gelegenheit ergab sich ein paar Tage später, als Krausnitzer in sintflutartigem Regen einen Fahrer zum ICE-Bahnhof am Frankfurter Flughafen brauchte. Fake-UBER-Fahrer Tijo übernahm die Tour, und Krausnitzer stieg fluchend auf der Beifahrerseite ein. Kaum hatte er sich zurückgelehnt, rammte ich ihm von hinten eine Spritze in den Hals und stülpte ihm eine schwarze Kapuze über.

»Hast du das auch richtig dosiert? «, fragte Tijo argwöhnisch, als Krausnitzer neben ihm bewusstlos zusammensackte. »Das muss man auf das Gewicht abstimmen, Penelope.«

Die Frage war nicht ganz unberechtigt, denn tatsächlich sollte Krausnitzer die nächsten eineinhalb Stunden kein signifikantes Lebenszeichen mehr von sich geben. Aber so konnten wir wenigstens ohne jedes Reifenquietschen zu seiner Baustelle fahren. Im Regen kämpften wir uns durch einen Bauzaun und über einen nassen Parkplatz in einen leer stehenden Rohbau hinein. Wir fesselten Krausnitzer an das nächstbeste Rohr, der davon nichts mitbekam. Tijo durchsuchte sein Smartphone, kopierte Dateien und installierte ein Spionageprogramm, mit dessen Hilfe wir unbemerkt Chats, Fotos, Gespräche und Kalendereinträge mitverfolgen konnten. Sobald Krausnitzer mit seinem Smartphone aktiv würde, würde auf unseren Smartphones ein Fenster wie dieses aufpoppen: »Harry Krausnitzer hat soeben ein Foto auf Facebook veröffentlicht.«

Ich ging Krausnitzers Portemonnaie durch. Darin waren der Personalausweis, der Führerschein, die ADAC-Karte, die EC-Karte, vier verschiedene Kreditkarten und 200 Euro. Die 200 Euro und die Kreditkarten steckte ich ein. Er sollte alles für einen Raubüberfall halten. Zum Schein boxte ich Krausnitzer ins Gesicht. Er zuckte nicht mal. Er war total breit.

Tijo wischte weiter durch das Smartphone und leitete Textdokumente und Bilder an seinen Account weiter. »Das ist ein 24/7-Arschloch. Der sollte wirklich aus dem Verkehr gezogen werden«, schimpfte er.

»Wie so viele. Meinst du, wir haben genug Material?«

Tijo nickte. »Ich fresse einen Besen, wenn nicht.«

Wir packten alles zusammen, ließen Krausnitzer liegen, wo er war, und fuhren zurück ins Nerotal.

»Ich will gar nicht wissen, was der auf Facebook schreibt«, meinte Tijo.

Noch vor dem Frühstück sahen wir am nächsten Morgen nach.

Ich stehe noch unter Schock – gestern wurde ich überfallen! Ein Typ gab vor, ein UBER-Fahrer zu sein, lotste mich in seinen Wagen, wo mir sein Komplize eine schwarze Kapuze überwarf. Ein heftiger Schmerz durchfuhr mich: eine Spritze! Später wachte ich auf einer meiner eigenen Baustellen an ein Rohr gefesselt auf. Meine Bauarbeiter fanden mich erst heute Morgen. Geld und Kreditkarten sind weg. In was für einer Welt leben wir eigentlich? Wird man jetzt in aller Öffentlichkeit von UBER-Fahrern ausgeraubt?

»Wie blöd kann man sein, das auf Facebook zu veröffentlichen?« Tijo hielt die Hand an der Stirn. »Fehlt nur noch ein Selfie am Heizungsrohr.«

Er machte sich an die Arbeit, die Daten auszuwerten. Vor allem die vielen Fotos Krausnitzers waren eine Goldgrube. Mithilfe der Videofunktion hatte Krausnitzer in großem Stil Aufnahmen gemacht: Krausnitzer und Geschäftspartner, Krausnitzer und Politiker, Krausnitzer und Innenminister, Krausnitzer und Ebert, Krausnitzer und Gloria. Oft waren die Personen schlecht zu erkennen, nur von hinten aufgenommen oder unscharf. Aber manchmal eben auch nicht.

Plötzlich saß ich aufrecht im Stuhl. »Zeig das letzte Video noch mal!«, rief ich.

Tijo drückte auf Replay. Das Video zeigte ein Straßenfest in Eltville. Das Städtchen stand in voller Rosenblüte, und

Krausnitzer warb für das Ereignis mit einem Video. Immer mit dem eigenen Konterfei im Vordergrund, zeigte er im 360 Grad-Weitwinkel die Location: die Eltviller Burg, die Weinstände, den Rhein.

Und da waren sie. Kein Zweifel.

Im Hintergrund war Baumgart zu sehen mit einer toll aussehenden Frau, der er einen heimlichen verschwörerischen Kuss gab. Und die dann lachend mit ihm hinter einer Litfaßsäule verschwand.

»Verdammt! Wer ist das?« Tijo fror das Bild ein und zoomte näher heran.

Aber ich hatte sie schon erkannt.

»Mist«, sagte ich.

Herbert Baumgart hatte ein Verhältnis mit Gloria Krausnitzer.

7

»Wann hatten Sie vor, mir die Affäre mit Gloria Krausnitzer zu beichten?«, konfrontierte ich Baumgart übellaunig auf Skype.

Er hatte es sich gerade mit einem Kaffee vor dem Bildschirm bequem gemacht und wollte mich wie üblich rundmachen, weil wir immer noch keine faktensatten Berichte über Krausnitzer geliefert hatten. »Wie haben Sie das herausbekommen?« Seine Augen wurden zu schmalen Schlitzen.

»Wir haben *von Ihnen* den Auftrag bekommen, Krausnitzer auszuspionieren, erinnern Sie sich?« Baumgart sollte nicht erfahren, dass wir Krausnitzer entführt hatten.

»Stecken Sie hinter dem Überfall auf Krausnitzer? Da gibt es von ihm einen katastrophalen Eintrag auf Facebook.«

Den hatte ich ganz vergessen. »Auf Facebook? Oh je, Social Media. Da sticht jeder jedem die Augen aus.«

»Er wurde nicht *auf Facebook* überfallen, sondern vor seinem Haus. Er wurde auf eine seiner Scheißbaustellen verschleppt. Sie checken doch sicher jeden Morgen Krausnitzers Social Media! Oder muss ich Ihnen erst Ihren Job erklären?!«

Der konnte mich mal. »Wollen Sie Krausnitzer abräumen, weil Sie scharf auf seine Frau sind? Oder räumen Sie seine Frau ab, weil Sie Krausnitzer eins auswischen wollen?«

Baumgart kam dicht an den Bildschirm. »Sie fragen sich gar nicht, wer Krausnitzer überfallen hat!«

»Also gut. Wer hat ihn überfallen?«

»Wenn Sie das im Rahmen Ihrer Recherchen herausfänden, wäre ich Ihnen dankbar.«

Ich trennte die Verbindung.

»Arme Gloria«, fand Tijo.

Arme Gloria? Sie lebte in Saus und Braus. Juwelen, Goldbarren, die Villa.

»Warum hat Krausnitzer das eigentlich nicht entdeckt, wen er da im Hintergrund von seinen Videos hat? Ist er blind?«

Tijo vermutete, dass er ein Narzisst sei. Er habe nur darauf geachtet, ob er gut aussehe auf den Videos.

Mein Kopf drohte zu explodieren. »Aber was, wenn Gloria von unserer Überwachung weiß?«

Tijos Kopf explodierte auch. »Oder wenn sie weiß, dass wir es wissen?«

Wieder wählte ich Baumgart auf Skype an: Wir hatten Klärungsbedarf. Dieser Mann trieb ein Doppelspiel, seine Infos waren sehr selektiv.

Doch er war nicht bereit, das Thema Gloria zu diskutieren. Er und Gloria seien privat, das bräuchten wir nicht zu wissen. Das gehe uns nichts an. Wann hätten wir Idioten endlich Baumgart am Wickel?

»Wir melden uns.«

Dieser Bastard.

8

Gloria befand sich im Soul Engineering, dem neuesten Selbstoptimierungswerkzeug aller Hippster. Sie begleitete sich dabei täglich auf Instagram: Gloria im Fitnessstudio, Gloria beim Pilates, Gloria im Kochkurs. Ihre Followerzahlen waren sicher nicht groß genug für eine Influencerin, aber sie arbeitete in die Richtung.

»Sie sieht so klasse aus ...« Ein sinnlich-träges Lächeln schlich sich in Tijos Gesichtszüge, während er sich durch ihre Bilder klickte.

»Andere Liga, Tijo.«

Er drehte sich pikiert um. »Entschuldige bitte?«

»Hast du die vielen Louis-Vuitton-Koffer in ihrem Zimmer gesehen?«

Das hatte er zwar, aber er war nicht sonderlich beeindruckt. Gloria langweilte sich offensichtlich mit ihrem Ehemann, sonst hätte sie sich kaum mit Baumgart eingelassen. Er erinnerte mich daran, dass unsere Recherchen in ihrem Schlafzimmer ergeben hatten, dass sich dort nichts abspielte.

Wir machten eine Liste unserer Untersuchungsergebnisse:

Krausnitzer	Baumgart (nach den Ermittlungen der Staatsanwaltschaft)
Über Verbindungsmann im Bauamt übervorteilt worden	Über Verbindungsmann im Bauamt übervorteilt worden
Schwarzarbeit auf seinen Baustellen	Revisionsausschuss der Stadt Unregelmäßigkeiten festgestellt
Dumpinglöhne auf seinen Baustellen	Vermutlich 2 Millionen Euro am Finanzamt vorbeigeschleust
Zu hohe Parteispenden gesplittet	Schwarzarbeit auf seinen Baustellen
Auslandskonten	Dumpinglöhne auf seinen Baustellen

»Ich hätte die größte Lust, diese Liste an Baumgart zu schicken. Ich würde sie ihm gern wie eine Dynamitstange in den Rachen stopfen«, schimpfte Tijo. »Damit er weiß, was wir von ihm halten.«

Vermutlich hatte der Gute mit Eifersucht zu kämpfen, weil Baumgart Gloria hatte und er nicht. Er hätte zu gern in Baumgarts Revier gewildert. Und in Krausnitzers.

»Die krummen Geschäfte unserer Auftraggeber gehen uns nichts an«, wies ich ihn zurecht. »Denk an Steuerberater und Rechtsanwälte und was die sich alles anhören müssen. Immerhin spießen unsere beiden Baulöwen nicht irgendwelche abgeschnittenen Köpfe auf Bajonetten vor der Stadt auf.«

Was noch nicht gesagt war. Es gab einige Todesfälle auf Baumgarts Baustellen, angebliche Arbeitsunfälle, die noch ungeklärt waren.

9

Wir hatten schon vor einigen Tagen die Spouseware auf Krausnitzers Smartphone installiert und haufenweise Pop-up-Meldungen von ihm erhalten. Dauernd wurde uns sein Standort mitgeteilt, wir lasen seine Mails mit, wir verfolgten seine Chats. Jeden Termin, den er in seinen Onlinekalender eintrug, kannten wir.

Aber er war vorsichtig. Er ging sorgsam mit seinen Daten um. Er hatte wechselnde, komplizierte Passwörter mit vielen kleinen und großen Buchstaben und Zahlen. Ein Profi war er jedoch nicht. Er löschte nicht dauernd seine Browserverläufe. Er löschte keine Cookies. Er begab sich nicht ins Darknet. Er nutzte keine sicheren Kanäle für seine Kommunikation. Und er war sich sicher nicht im Klaren darüber, dass wir sein Smartphone angezapft hatten.

Die Tage vergingen. Tijo besuchte jetzt jeden Morgen ein Turbo-Fitnessstudio in der Nähe der Hessischen Staatskanzlei, während ich hinaus in den Rabengrund joggte. Ich genoss die herrliche Gegend mit ihren vielen Wiesen und Auen. Jeden Tag nahm ich einen anderen Weg: Mal kam ich am historischen Nordfriedhof heraus, mal am BKA. Auch in den Rheingau fuhr ich. Das legendäre Mittelrheintal war direkt um die Ecke. Ich machte Eisenbahn- und Schifftouren nach Rüdesheim und Bacharach.

Als ich mich gerade mit dem Gedanken anfreundete, Krausnitzer wieder zu entführen und in einer mittelalterlichen Folterkammer zum Sprechen zu bringen, kam die Erlösung. Es gelang uns, ein Gespräch zwischen ihm und Paul Ebert mitzuschneiden. Die beiden hatten lange keinen Kontakt gehabt, doch jetzt waren sie offenbar der Meinung, dass die Luft rein wäre. Sie kommunizierten ausgerechnet über Facebook.

PAUL EBERT: Rasch zu deiner Info, Peter: Den Auftrag für Amöneburg habe ich an Meinbau Rüsselsheim gegeben. Aber für den Tiefbauauftrag in Schierstein habe ich dich vorgemerkt.
PETER KRAUSNITZER: Nur mündlich bitte, Paul! Hier passieren merkwürdige Dinge. Überwachungskameras zu Hause sind schwarz und ich wurde überfallen.
PAUL EBERT: Habs gelesen. Eine Idee, wer dahintersteckt?
PETER KRAUSNITZER: Wohl ein Raubüberfall.
PAUL EBERT: Okay, sollte hier nicht stehen. Da lesen die falschen Leute mit. Kommunikation gleich wieder löschen.
PETER KRAUSNITZER: Übermorgen Treffpunkt, 16.30 Uhr.

Einen Moment später poppte ein Eintrag in Krausnitzers Kalender für den übernächsten Tag auf:
Frauenstein Ω
Wir wussten, was damit gemeint war. Ein Ausflugslokal, das nur im Sommer geöffnet hatte und hoch oben in den Bergen über dem Rhein lag. Die Aussicht von dort auf Mainz war fantastisch. Es galt als Insidertipp, lag auf dem

Rheinsteig und nahm gewöhnlich nur Wanderer auf. Krausnitzer traf sich da öfter mit Freunden.

Als wir uns dort zwei Tage später postierten, machten wir
Fotos von Krausnitzer und Ebert, die im lockeren Gespräch
an einem der Tische saßen. Eine Audioaufnahme bekamen
wir auch.

10

Wir waren in der Endphase unseres Auftrags angelangt und
verfassten unser 30-seitiges Dossier. Alles, was unser Mandant gegenüber der Zielperson geargwöhnt hatte, war richtig. Krausnitzer war korrupt, er bestach Auftraggeber und
Politiker, er führte schwarze Kassen. Er hatte Briefkasten-
firmen im Ausland.

All das traf ebenso auf unseren Mandanten Herbert
Baumgart zu. Er war korrupt, bestach Auftraggeber und
Politiker, führte schwarze Kassen und hatte Briefkasten-
firmen im Ausland.

Außerdem hatte er eine Affäre mit Krausnitzers Frau
Gloria.

Die Airbnb-Wohnung hatten wir nur noch wenige Tage,
dann würde das frisch verheiratete Ehepaar Claus und Klaus
aus den Flitterwochen zurückkehren. Ich hatte schon angefangen zu packen (die vier Wochen Shopping in Wiesbaden
hatten zahlreiche zusätzliche volle Taschen produziert) und
fuhr auch ab und zu nach Frankfurt. Ich schaute in meiner

Wohnung und in meinem Büro nach dem Rechten, nahm wieder Kontakt zu der Smaragdlady auf und buchte erneut einen Flug nach Mallorca.

Es war ein angenehmer Septembermorgen, der Himmel war blau und Schönwetterwolken zogen oben entlang. Gut gelaunt trabte ich an den Tennisplätzen vorbei zurück ins Nerotal. Im Park waren viele Familien – es war ein Samstag – und breiteten sich überall mit Decken, Picknickkörben und Federballschlägern aus. Ein paar Jungen versuchten, einen Drachen steigen zu lassen, und im Teich zogen die Enten ihre Bahnen.

Noch zwei Leute waren unterwegs.

»Ooops! Penelope!«

Beinahe wäre ich in Tijo hineingelaufen, als ich gerade den Weg Richtung Wohnung einschlug. Neben ihm stand in figurbetontem rosenrotem Sommerkleid Gloria Krausnitzer.

»Was zum Teufel ...«

Tijos Blick pendelte nervös zwischen uns hin und her.

»Es ist nicht das, was du denkst, Penelope!«

»Echt jetzt, Tijo?«, spuckte ich.

Hier konnte nichts Gutes herauskommen. Meine persönliche Überwachung des Grünschnabels hatte in den letzten Tagen nachgelassen, weil ich mehr in Frankfurt als in Wiesbaden gewesen war. Er sollte das Dossier verfassen, ich zum Schluss noch mal drübergehen. Mein Fehler.

»Wir haben uns im Fitnessstudio kennengelernt!«, beteuerte Tijo. »Großes Ehrenwort!«

Was daran beruhigend für mich sein sollte, wusste ich nicht. Mit geschlossenen Augen stellte ich mir vor, Tijo längs seiner Wirbelsäule aufzuschlitzen.

»Na ja, kennengelernt ...«, relativierte Gloria lächelnd.

Tijo nickte. »Stimmt. Gloria kannte mich schon.«

Gloria gurrte: »Jaja, ich weiß alles …«

Tijo hatte also seinen Mund nicht halten können. Geblendet von Glorias Erscheinung hatte er sie ins Vertrauen gezogen. Der rücksichtslose Kerl war den letzten Tag im Detektivbüro Fitzroy-Claypole angestellt.

»Ich dachte, du hättest meine Jobbeschreibung kapiert! *Keine Techtelmechtel!*«, sagte ich mit kalter Stimme.

»Natürlich habe ich das kapiert …«

Ich fixierte Gloria. »Wissen Sie von unserer Überwachung?«

Sie legte den Kopf schief. »Ja, in der Tat …«

»Stecken Sie mit Baumgart unter einer Decke?«

»Auch das ist richtig …« Ihr Lächeln war jetzt anzüglich.

Ich fasste es nicht. Wie konnte mir das alles nur entgangen sein? »Wissen Sie auch von unserer Entführung Ihres Mannes?«

Gloria lachte perlend. »Aber sicher!«

Wie verzaubert hing Tijo hing an Glorias Lippen, und meine Augen suchten den Park ab nach einer Axt.

Ich packte ihn am Kragen und tackerte ihn gegen die nächstbeste Informationstafel. »Gibt es etwas, das ich wissen sollte, Tihomir?!«

Er hustete unter meinem schraubstockartigen Griff. »Ähm … also, wenn du so fragst … Gloria ist … nun … sie ist unsere Auftraggeberin.«

11

Ich ließ Tijo los.

Voller Anmut nahm Gloria auf einer Parkbank Platz, pflückte ein Zigarettenetui aus ihrer Tasche und klopfte einladend neben sich. Aber mir stand nicht der Sinn danach, mich zu ihr zu setzen.

»Wenn Sie Ihr Dossier bei mir abgeben, habe ich meinen Mann damit in der Hand.« Sie zündete sich eine Zigarette an und strich ihr Kleid zurecht.

»Wenn Ihr Mann auffliegt, fliegt auch Herbert Baumgart auf«, machte ich ihr klar.

»Das will ich doch hoffen«, erwiderte sie mit sahniger Stimme.

Das war es also. Gloria wollte beide Männer loswerden. Sie war nicht nur unsere Auftraggeberin, sondern Herbert Baumgart war auch ihre Marionette. Und der wusste noch nicht, was ihm blühte. Er suhlte sich in Tagträumen von Peter Krausnitzer im Gefängnis.

»In einer normalen Welt würden wir jetzt zur Polizei gehen«, knurrte ich.

»In einer normalen Welt hätten Sie mit Verlaub den falschen Beruf. Sie wollen doch sicher nicht, dass jemand von Ihrem Einbruch bei uns erfährt.«

»Das wissen Sie auch?«

»Aber sicher.«

»Warum verdammt noch mal sind Sie dann früher zurückgekommen? Ich habe mir beinahe das Genick gebrochen, als ich vom Dach gefallen bin!«

»Ich habe es mir erst am nächsten Tag zusammengereimt, als wir merkten, dass die Kameras schwarz waren.«

Tijo hüstelte. »Ach ja, wir haben Ihr Schlafzimmer ver-wanzt.«

Wieder lachte sie perlend. »Ich weiß. Die Wanzen habe ich gleich am nächsten Morgen entfernt.« Sie erhob sich und rieb sich die Hände. »Ich erwarte Ihr Dossier, meine Herrschaften. Dann bekommen Sie Ihr restliches Hono-rar.«

Damit verschwand sie gravitätisch winkend auf die andere Seite des Nerotals.

»Was für eine Frau …«, sagte Tijo in Verzückung erschau-ernd.

Entrüstet wandte ich mich ihm zu. »Du Nachtwächter!«

Zehn Minuten lang stritten wir uns im Park erbittert dar-über, wie hirnverbrannt man als Detektiv sein könne, dann musste ich einsehen, dass Tijo einen maßgeblichen Anteil daran gehabt hatte, dass Gloria als unsere wahre Auftrag-geberin enttarnt worden war. Und dass er überhaupt nichts von unseren Ermittlungen preisgegeben hatte. Schließlich gingen wir einträchtig durch das, was gerade eben noch das Tal des Todes für Tijo gewesen war.

»Und jetzt?«, fragte er. »Was machen wir? Einfach nur das Dossier abliefern? Den Kopf in den Sand stecken?« Tijo, ganz der Wächter am Eingang zur Unterwelt. »Das sind wirklich miese Typen, Penelope! Total abstoßend. Ich bin sonst nicht so, aber die höhlen wirklich die Gesell-schaft aus.«

»Hört, hört! *Du* hast doch gesagt, wir streichen nur das Geld ein, und der Rest geht uns nichts an.«

»Da hatte ich aber noch keine Ahnung, was bei diesem Auftrag rauskommen würde.«

Immer diese Anfänger. Aber von mir aus. Es würde mich nichts kosten, unsere Ermittlungsergebnisse an die Presse durchsickern zu lassen. Außerdem hatte Tijo in einer normalen Welt recht.

»Wir geben der Polizei einen Tipp, okay? Fühlst du dich dann besser?«

Er machte eine Siegerfaust. »Ja! Sehr viel besser!«

12

So kam es also, dass Penelope Fitzroy-Claypole und Tihomir Kovacic die Baulöwen Peter Krausnitzer und Herbert Baumgart aus dem Verkehr zogen. Wir meldeten die Vorgänge auf geheimen Wegen Kriminalkommissar Gert Soltey vom Kommissariat für Wirtschaftsdelikte im Polizeipräsidium Frankfurt am Main und nahmen die Investigativjournalistin Ruth Maar von der Frankfurter Neuen Rundschau ins cc.

Ein paar Tage später wurde Baulöwe 1 festgenommen, gefolgt von Baulöwe 2. Die Medien brandmarkten beide als Verbrecher, die der Volkswirtschaft immensen Schaden zugefügt hätten. Im ganzen Rhein-Main-Gebiet kam es zu Protesten ihrer Belegschaften und einige ihrer Baustellen gingen in Flammen auf. Die Aktienkurse beider Unternehmen, die sich bereits im Keller befanden, verloren sich ins Bodenlose. Sie mussten Kurzarbeit anmelden und beantragten staatliche Beihilfen.

In der Neuen Rundschau waren die folgenden Zeilen zu lesen:

(maar) Sumpf aus Korruption und Protektion. Wenn Korruptionsfälle in Deutschland aufgedeckt werden, in die sowohl die Politik, die Wirtschaft als auch das organisierte Verbrechen involviert sind, dann ist es zumeist in der Bauindustrie. Dort herrscht ein harter Wettbewerb. Um an lukrative Großaufträge heranzukommen, bilden sich alteingesessene Seilschaften. Die Bauleiter und leitenden Angestellten in Bauämtern rutschen schleichend in dubiose Auftragsvergaben hinein, werden damit erpressbar – und machen weiter. Angebote auf Ausschreibungen anderer Anbieter werden mit Dumpingpreisen unterboten, die danach entweder durch »steigende Kosten« oder mangelnde Qualität ausgeglichen werden.

Zeitgleich wurden nun zwei Bauunternehmer aus Frankfurt und Wiesbaden festgenommen. Aufgrund von Fluchtgefahr kommen sowohl Herbert Baumgart als auch Peter Krausnitzer vorerst nicht auf freien Fuß. In den Bestechungsskandal sind Bauleiter, leitende Angestellte und Amtsleiter aus kommunalen und staatlichen Baubehörden verwickelt. […] Derzeit unbekannt ist der Aufenthaltsort von Gloria Krausnitzer, der Ehefrau von Peter Krausnitzer, die von den Behörden als Zeugin einvernommen werden soll, auch zu den Vermögensverhältnissen des Ehepaars.

Ade, Goldbarren ... Ich schlug die Zeitung zu. »Sollen sie doch alle in der Hölle schmoren.« Was nicht in dem Artikel stand: Laut KHK Gert Soltey wurde gegen Baumgart wegen Beihilfe zum Mord in drei Fällen ermittelt – er hatte offensichtlich einen russischen Auftragskiller auf einige Leute auf seinen Baustellen angesetzt.

Wir waren im MoschMosch am Frankfurter Flughafen. Erst hatte ich mir von meinem sentimentalen Praktikanten

einen zehnminütigen Vortrag über unsere tolle Zusammenarbeit, die vielen Abenteuer und den gegenseitigen immensen Respekt angehört, jetzt pulte er an der Tischdecke herum.
Wahrscheinlich träumte er von einer Zukunft mit Gloria in
irgendwelchen Fünfsternehotels. Ein paar Essen würde er
ihr ausgeben können, denn ich hatte ihm 20 Prozent des
Honorars ausgezahlt. Er hatte angedeutet, dass sie beide
noch in Kontakt seien.

Ich beglich die Rechnung und griff nach meinem Trolley.
Hinter dem Rollfeld ging schon die Sonne unter. »Mein Flie-
ger ist aufgerufen. Ich muss los, Tijo. Wehe, du rufst mich
an!«, warnte ich ihn.

»Du hast zwei Wochen Urlaub, versprochen.« Er nahm
seinen Rucksack und drückte mir lächelnd den Arm.

Das Letzte, was ich von der Rolltreppe aus von meinem
Zenmeister der IT sah, war, wie sein Blick sich von mir ab-
und den Abflügen auf der Anzeigetafel zuwandte. Seine
Augen blieben an einem Flug der LOT nach Skopje, Mazedonien, haften.

Ach so. Doch so schnell.

MARKUS HOFFMANN
SPEIERLING – FLEISCH UND EISEN

Wie ein Scherenschnitt, tiefschwarz hing er über ihm und stach kontrastreich vom warmen Licht der Abendsonne ab. Becker lächelte. Endlich hatte er sein Ziel erreicht. Der schönste Fichtenkränzi im gesamten Rhein-Main-Gebiet hing über der Eingangstür und zeugte von der Zuverlässigkeit seines Navigationsgeräts. Das Himmelreich lag vor ihm!

Nur wenige Meter trennten ihn noch von den rustikalen Holzgarnituren, an denen ausnahmslos Herrschaften im fortgeschrittenen Alter saßen und sich den hessischen Gaumenfreuden hingaben. Bembel um Bembel thronte zwischen den reichlich gefüllten Tellern, deren verlockender Duft Becker in die Nase stieg. Unwillkürlich lief ihm das Wasser im Munde zusammen. Sofort wurde ihm klar, all seine Diätbemühungen würden innerhalb kürzester Zeit ein jähes Ende finden. Was für eine Apfelweinstube!

Beckers Blick fiel auf einen der beiden runden Tische am Rande der Terrasse.

Unverkennbar, hier saß Speierling. Thomas Speierling, Kriminalhauptkommissar a. D. und während seiner aktiven Zeit zehn Jahre lang Beckers direkter Vorgesetzter.

Ein Mann wie ein Berg. Das grobkarierte Hemd des Pensionärs spannte sich über dessen breiten Rücken und ließ ihn noch imposanter erscheinen. Bewegungslos saß Speierling da, stützte sich mit den Unterarmen auf dem Tisch ab und genoss ganz augenscheinlich die fantastische Aussicht.

Becker blieb einen Moment lang stehen und ließ das Bild auf sich wirken. Mann vor Landschaft.

Doch was für ein Mann, was für eine Landschaft! Sanft zogen sich die von Weinreben bedeckten Hügel vom orange-rot leuchtenden Rhein bis hoch hinauf zum dunklen Kamm des Rheingaugebirges. Ein Hauch von Sehnsucht streifte Becker.

Speierling lehnte sich zurück. Unter lautem Räuspern streckten sich geschätzte 130 Kilogramm in die Länge.

Becker schüttelte den Anflug von Rheinromantik ab, sah zum Himmel, entdeckte die unzähligen Kondensstreifen der Flugzeuge und fand sich in seiner Entscheidung bestätigt.

Ein Lächeln aufsetzend, ging er auf Speierling zu. Der Auftakt lag an ihm. »Thomas! Hab ich dich unter all den Genießern doch gleich entdeckt.«

Ein Zucken durchfuhr den schwerfälligen Leib. Mit einem Ruck schob Speierling den massiven Stuhl zur Seite und warf Becker einen Blick über die fleischige Schulter zu. Ein kurzes Nicken, dann drehte er sich wieder um. Viel mehr hatte Becker auch nicht erwartet. Erstaunlicherweise war es jedoch sein Ex-Chef, der das Wort ergriff.

»Sehr schön, Becker! Freut mich, dass du gekommen bist. Freut mich, dich zu sehen. Wie geht's dir? Doch bevor du erzählst, setz dich!«

Becker traute seinen Ohren nicht. Noch bevor er wusste, wie er mit dem außergewöhnlichen Schwall an Freundlich-keiten umgehen sollte, sprach Speierling auch schon weiter.

»Sauer, pur oder immer noch 'n Offenbacher? Verstehe ich ja bis heute nicht. Wie kannst du nur den guten Apfel-wein …«

Becker unterbrach. »Gerne einen Süßgespritzten. Ob mit Limo oder Fanta ist mir egal.«

Speierling winkte der Bedienung, die am Nebentisch abkassierte, und bestellte eine Flasche Zitronenlimonade.

Während er zum Bembel griff, fiel Beckers Blick auf die Gläser. Neben dem Gerippten seines Ex-Chefs standen zwei weitere Apfelweingläser. Speierling schenkte reichlich ein.

»Halt, halt, halt! Ich muss noch fahren, ich muss schließlich nach Frankfurt zurück. Wart mal, bis die Limo kommt.«

Speierling grunzte. Ohne dass er Becker hatte ansehen müssen, war ihm klar, dass diesem das dritte Glas aufgefallen war. »Du wunderst dich über das Glas? Wunderst dich um die Einladung und die Dringlichkeit, mit der ich deine Anwesenheit für notwendig erachte?«

»Zugegebenermaßen, … ja! Allerdings freue ich mich ebenfalls dich zu sehen. Passiert viel zu selten.«

»Na, na, na!« Speierling winkte mit dem Zeigefinger und redete weiter: »Das lass ich so aber nicht stehen. Wir haben uns erst vorletztes Jahr beim Polizeiball …«

Lauthals lachten beide Männer los. Man hob das Glas, stieß an und nahm einen kräftigen Schluck.

Becker stellte seinen Süßgespritzten ab und sagte: »Kommen wir zu deiner ersten Frage zurück, … das verbliebene Glas. Natürlich interessiert es mich, mit wem wir den Bembel teilen werden. Sicherlich hat diese Person etwas mit dem Grund unseres heutigen Treffens zu tun. Also, ich höre?«

Speierling antwortete nicht, Speierling lauschte.

Ein Auto war auf den Parkplatz der Kelterei eingefahren. Trotz der lautstarken Unterhaltung der Gäste hörte man den laufenden Motor brummen. Die Stirn in Falten gelegt, konzentrierte er sich auf das Fahrzeug. Erst als eine der Autotüren zugeschlagen wurde und der Wagen den überfüllten Parkplatz verließ, schien sich seine Anspannung zu legen. Er atmete tief durch und griff sich seinen Schoppen. »Du wirst es selber gleich sehen, wirst sehen, um wen es sich handelt. Ich bitte dich nur um eines ... bleib gelassen!«

Beckers Neugier wandelte sich in Irritation. Was hatte Speierling mit ihm vor? Was würde auf ihn zukommen, und vor allem, wieso sollte er gelassen bleiben?

Noch bevor er Antwort auf seine Fragen bekam, sammelte Speierling seine gesamte Masse, setzte sich aufrecht und nahm den Eingang zur Terrasse in Augenschein. Ein Strahlen legte sich auf sein Gesicht.

Zwischen den Oleanderbüschen trat eine auch Becker nicht unbekannte Person ins Rampenlicht der Aufmerksamkeit. Speierling winkte. Jetzt wusste Becker, warum er gelassen bleiben sollte.

Renate »Reni« Speierling betrat die Bühne. Seit zwei Jahren, genau seit dem erwähnten Polizeiball, hatte Becker sie nicht mehr gesehen oder besser gesagt, nicht mehr gehört. Mit Sicherheit würde sich auch Letzteres in wenigen Minuten ändern. Noch bevor er einen Ton von ihr vernehmen konnte, sah er der geliebten Gattin seines ehemaligen Vorgesetzten an, dass ihr Mundwerk seiner Bestimmung nachkam. Die fünfte der Jacob Sisters, verbal wie auch optisch, hob die Hand und winkte ihrem Gatten zurück. Dabei schritt sie langsam, unbeholfen um die riesigen Kübelpflanzen herum. Was war los mit ihr?

Jetzt erkannte Becker den Grund ihres ungewöhnlichen Auftretens. An ihren drallen Seiten hatte sich links ein Männlein eingehängt, das kaum einen Fuß vor den anderen bekam. Es dauerte einen Moment, bis Becker die gebrechliche Gestalt erkannte.

Schon wollte er seiner Empörung freien Lauf lassen, doch Speierling lenkte ab. An die Bedienung gewandt, bestellte er ein Glas Riesling für die Dame, eine Flasche Wasser und viermal die Speisekarte.

Genug Zeit für Becker, sich wieder in den Griff zu bekommen. Was Reni am linken Arm neben sich herzog, war das verbliebene Etwas des Mannes, der ihn gelehrt hatte, was die Angst vor dem Tod wirklich zu bedeuten hat. Metzgermeister Herbert Miller!

Fleisch und Eisen. Der Geruch von rohem Fleisch und kaltem Eisen stieg Becker in die Nase, als der Metzger auf ihn zukam. Ein Geruch, den er sein ganzes Leben lang nicht loswerden würde, den er verdrängt und verarbeitet geglaubt hatte, der jetzt, beim Anblick Millers, augenblicklich wieder da war und ihn an den schrecklichsten Moment in seinem Leben erinnerte.

Er war auf dem fettigen, glatten Boden der Wurstküche ausgerutscht und der Länge nach auf den Fließen aufgeschlagen. Zwischen den Transportkiepen für den Fleischkäse fand die unfreiwillige Rutschpartie ein Ende. Ekelhaft, doch nicht das Schlimmste! Viel schwerwiegender war der Verlust seiner Pistole, die ihm während des Sturzes aus der Hand gefallen war und sich in entgegengesetzter Richtung von ihm verabschiedete. Das scharrende Geräusch in den Ohren, spürte er bis heute, wie Miller seine Chance wahrgenommen hatte, sich blitzschnell auf ihn warf, ihn an den Haaren packte und ihm mehrmals die Stirn auf den kalten Boden schlug. Blut spritzte. Blut, das ihm in die Augen lief, ihm brennend die Sicht raubte, ihn in Dunkelheit hüllte, bis es schwarz um ihn herum wurde. Er verlor die Besinnung.

Als er wieder zu sich kam, stieg ihm dieser Geruch in die Nase. Rohes Fleisch, kaltes Eisen!

Miller drückte ihm den Kopf in die Schütte des gusseisernen Fleischwolfs. Immer noch lief ihm das Blut über die Stirn und troff auf die laufende Walze, die ihm in Sekun-

denschnelle seinen Schädel in einen knochigen Brei zu zer-
malmen drohte. Der rotierende Tod ließ ihn erstarren. Kein
Laut drang über seine Lippen.

Herbert Miller streckte ihm die Hand entgegen. Angewidert
wandte sich Becker ab und schrie Speierling an, der vollkommen entspannt neben ihm saß und sich das Geschehen
ansah. »Bist du verrückt geworden? Was soll das?« Beckers
Stimme überschlug sich. Nervös wanderten seine Augen
zwischen Speierling und Miller hin und her.

Die laute Empörung hatte die Aufmerksamkeit der Apfel-
weinfreunde auf sich gezogen. Es herrschte absolute Stille
im Himmelreich.

Speierling ignorierte das allgemeine Schweigen, Reni
lächelte breit ins Publikum und versuchte, vom Geschehen am Tisch abzulenken.

Unbeeindruckt drückte Speierling Becker dessen Glas
in die Hand.

»Trink mal, nimm 'nen Schluck, ist doch alles in Ordnung.«

Becker griff zu. Mit einem Zug stürzte er den Apfelwein
die Kehle hinab. Knallend fand das Glas seinen Weg auf die
Tischplatte. Er schüttelte sich.

Reni streichelte ihm den Arm. Alles gut, alles in Ordnung! Becker kam runter, und die Gäste fanden zu ihren
regionalen Köstlichkeiten zurück.

»Schau mal, Becker, der Miller hat seine Strafe abgeses-
sen. Und sieh ihn dir an … Entschuldigung, Herr Miller,
aber …«, sagte Reni.

Miller warf ihr einen traurigen Blick zu und begann zu
reden. Brüchig, abgehackt drangen Millers Worte an Beckers
Ohr. »Es tut mir leid … Das können Sie mir glauben … Es
tut mir wirklich leid. Aber bis heute stehe ich zu meiner …«

»Tat!« Genau das war das Wort, das Becker loswerden musste, während Miller seine Unschuld zu beteuern versuchte.

»Bitte, Herr Becker, Sie müssen mir glauben!«

Speierling fasste Becker an die Schulter. Der feste Griff seines ehemaligen Vorgesetzten tat ihm gut. Er atmete tief durch.

Auch Reni atmete tief durch, holte Luft, holte Anlauf und begann zu schnattern: »Genau, mein lieber Becker, entspannen. So ist's richtig, wunderbar! Alles nicht so schlimm, wird schon wieder. Und jetzt lasst uns was zum Essen bestellen. Ich hab seit heute Morgen nichts mehr zu mir genommen.«

Reni Speierlings Rückkehr in die Realität rang Becker ein lautes Stöhnen ab. Er fasste sich an die Stirn, während Speierling und Miller bereits zur Speisekarte griffen.

Irgendwie konnte Becker nicht glauben, was hier vonstattenging.

Speierling drückte auch ihm eine Karte in die Hand und wandte sich dabei an die Gemahlin. »Du weißt es bestimmt schon, nicht?«

»Ei, wie immer. Ich nehm den Winzerweck mit der Frikadelle und bitte noch ein Glas von dem halbtrocknen Riesling.«

Der Kommissar a. D. bestellte eine doppelte Portion Bauernbrot mit Mett, Miller entschied sich für das Schnitzel »Birne Helene«.

Hätte Becker aufstehen, das skurrile Zusammentreffen beenden, die Flucht ergreifen sollen? Nein, er entschied sich dagegen. Seine innere Stimme hielt ihn zurück, hielt ihn am Tisch. Wie sehr er die Floskel auch hasste, er hatte Blut geleckt! Was wollten die drei von ihm?

Mit Block und Kugelschreiber bewaffnet, stand die Bedienung neben ihm und wartete auf seine Wahl.

Der Ungeduld der jungen Dame ein Ende setzend, entschied sich Becker für einen Handkäs mit Musik. Fleischlos musste es zumindest bleiben.

Noch während sie aßen, ließ Speierling den Fall Miller Revue passieren.

Vor acht Jahren hatte Metzgermeister Miller unfreiwillig seinen Wohnort gewechselt. Aus der Wiesbadener Innenstadt war es nach Frankfurt-Preungesheim, Justizvollzugsanstalt, gegangen. Der Aufenthalt war langfristig angelegt, das Gericht hatte ihn des Mordes für schuldig befunden. Mord aus niederen Beweggründen, Sonderfall Verdeckungsabsicht.

Unvermittelt begann Miller zu lachen. Speierling stockte.

Der Metzger schob seinen Teller von sich. Nur ein Drittel des voluminösen Schnitzels hatte er geschafft. Schwer schnaufend tupfte er sich den Mund ab und blickte auf die Reste der »Birne Helene«.

Miller breitete seine Serviette über dem Teller aus und strich sie mit der Handkante glatt. Preiselbeeren kleckerten auf den Tisch.

»Verdeckungsabsicht! Hinter der sogenannten Verdeckungsabsicht stand laut meines Verteidigers das Ziel der Selbstbegünstigung. Nach dem Strafgesetzbuch durchaus ein Grund für mildernde Umständen. Die Staatsanwaltschaft sah das anders. Deren Ansicht nach diente der Mord eindeutig als probates Mittel, um mich der strafrechtlichen Verfolgung zu entziehen. Justitias Waagschalen kamen ordentlich ins Wanken. Der Herr Richter tat sich schwer. 13 statt 15 Jahre, Glück im Unglück! Und trotzdem, ich bin unschuld…«

»Wenn Sie jetzt nicht die Klappe halten, stehe ich auf und gehe. Dann bin ich raus aus der Nummer. Aus welcher

auch immer!« Becker hatte genug von Millers Unschulds-
bezeugungen.

Speierling intervenierte: »Herr Miller, Sie halten sich bitte
mit Ihren Kommentaren zurück. Wir kommen noch zu den
Punkten, an denen Ihre Meinung gefragt ist.«

Miller nickte.

»Dann fangen wir jetzt noch mal von ganz vorn an.« Doch
zuvor drehte Speierling sich um und orderte lautstark einen
weiteren Bembel. Binnen weniger Minuten stand der grau-
blaue Scherben auf dem Tisch. Er schenkte nach und begann
erneut mit seiner Zusammenfassung.

*Schweren Herzens und schmalen Portemonnaies ver-
einbarten Metzger Miller und seine Frau im Februar
2008 einen Termin mit ihrer Hausbank. Trotz der rück-
läufigen Einnahmen war sich Miller sicher, man würde
ihnen mit einem unkomplizierten Kredit weiterhelfen.
Schließlich galt es, die aufgezwungenen Umbaumaßnah-
men durchzuführen und damit der neuen Hygieneverord-
nung der EU zu entsprechen. Ohne Zulassungsbeschei-
nigung für das Schlachten und die Fleischverarbeitung
drohte zum Jahreswechsel 2009/2010 die sofortige Schlie-
ßung des Betriebs.*

*Sie waren sich sicher, sie würden das Geld bekom-
men. Bereits Millers Schwiegervater war ein zuverlässi-
ger Kunde der örtlichen Sparkasse gewesen. Man kannte
sich, man vertraute sich.*

*Doch diesmal sah es anders aus. Die Bonität der Tradi-
tionsmetzgerei wurde angezweifelt. Durch die Konkur-
renz der Discounter und Supermärkte waren Umsatz und
Gewinn gravierend in den Keller gegangen. Miller hatte
schon mehrfach Personal entlassen. Die einzige Möglich-*

keit, die die Bank ihnen bot, war die Belastung des Stamm-
hauses durch ein Hypothekendarlehen.

Zeternd und schimpfend zogen der Metzger und seine Frau
von dannen. Alles Fluchen, alle Sturheit brachten rein gar
nichts. Die Zeit verrann, es wurde eng. Der 01.01.2010 hing
wie das berühmte Damoklesschwert über dem Betrieb. Die
EU-Verordnung würde sie ohne fristgerechte Zulassung den
Kopf kosten. Neben den Baumaßnahmen stand auch die
Erneuerung eines Teiles der Maschinen an. Von der gefor-
derten DIN-Norm war das alte Zeug meilenweit entfernt.

Gezwungenermaßen ließen sich die Millers auf das Hypothekendarlehen ein. Auch wenn Veronika Miller die Eigentümerin des Hauses war, die Zugewinngemeinschaft Veronika
und Herbert Miller akzeptierte die Eintragung der Grund-
schuld. Im Falle der Zahlungsunfähigkeit verpflichteten sie
sich zur gemeinsamen Haftung. Sie bekamen das Geld und
atmeten auf. Der Umbau ging rasch vonstatten, die not-
wendigen Maschinen wurden angeschafft. Selbst den ener-
vierenden Papierkrieg brachten sie erfolgreich hinter sich.
Alles schien sich zum Guten zu wenden.

Doch nur für kurze Zeit. Die benachbarte Filiale der
Lebensmittelkette eröffnete eine Frischetheke für Wurst und
Fleisch. Zwei der bei Miller angestellten Metzger ließen sich
durch den Mehrverdienst locken und wechselten die Straßenseite. Die Fleischereifachverkäuferinnen folgten dem Beispiel.

Den Millers blieb nichts anderes übrig, sie mussten zwei
ihrer Filialen schließen. Mit Müh und Not konnten sie den
verbleibenden Betrieb aufrechterhalten und den Forderun-
gen der Bank nachkommen. Ohne das Wissen seiner Frau
wechselte Miller den Fleischlieferanten. Der nächste Schritt
ins endgültige Aus.

»Ja, ja Gammelfleisch! Schlimm genug, sich auf so eine Sache einzulassen. Doch Miller hat gemordet, hat den Filialleiter des Supermarktes verwurstet. Hättest du ihn nicht zur Aufgabe bewegen können, hätte er auch aus mir Hackfleisch gemacht!«

»Ei, Becker, jetzt bleib halt mal ruhig. Schau mal …«, den Kommissar beschwichtigend, griff Reni ein und deutete mit der Nase auf die Eingangstür, »die Chefin guckt schon ganz bös.«

Speierling nickte und schenkte Becker noch etwas Limo ins Apfelweinglas.

»Jaaa, die guckt ganz böse! Becker, du bleibst jetzt ruhig und hörst gefälligst zu.« Sein Blick war unmissverständlich. Die Brauen nach oben, die Augen auf Halbmast und die Mundwinkel nach unten gezogen, Speierling ließ keine Widerrede zu. »Kommen wir zum uns bekannten Schluss.«

Miller, eingetragener Geschäftsführer, doch keineswegs alleiniger Eigentümer des Metzgereibetriebs, hatte ohne Wissen seiner Frau gehandelt und sich auf die Gammelfleischnummer eingelassen. Was in der kommenden Zeit in der Auslage der Metzgerei lag, war von so minderer Qualität, dass man Gott dafür danken darf, dass keiner der Kunden ernsthafte Schäden davontrug.

Außer Korritke, der Filialleiter des Supermarkts. Wie er von Millers Machenschaften erfuhr, konnte niemand beantworten. Nach Aussagen Millers drohte Korritke ihm damit, dass er zur Polizei gehen und den Fleischskandal anzeigen würde. Alternativ, ganz generös, stellte er Miller vor die Wahl, ihm das Haus für einen Dumpingpreis zu verkaufen und sich damit sein Schweigen zu sichern. Eine Nacht Bedenkzeit. Der Metzger, längst schon ein Nervenwrack, wog ab. Nicht nur der Verlust des Betriebs, auch die verbliebenen Arbeitsplätze sowie seine Ehe standen auf dem Spiel. Veronika Miller hatte längst genug von all dem Drama. Hätte sie erfahren, dass Miller sich auf eine so gravierend krumme Sache eingelassen hatte, der Laufpass wäre unumgänglich gewesen. Miller sah keinen anderen Ausweg mehr. Er bat Korritke am nächsten Tag in die Büroräume der Metzgerei.

Der Besuch des Filialleiters fand bereits in der Wurstküche ein Ende. Miller zog das Schlachtermesser aus dem Block und stach zu. Den Gegebenheiten entsprechend, war es ein Leichtes gewesen, Korritke verschwinden zu lassen. Doch wie es der Zufall will, in der Tierkörperverwertung fanden sich die Leichenteile eines Menschen. Den Weg zurückzuverfolgen stellte kein Problem dar. Nachdem man Miller schnappen und zur Aufgabe bewegen konnte, wurde er wegen Mordes zu einer Freiheitsstrafe von 13 Jahren verurteilt. Die Gründe für die mildernden Umstände lauteten Mord aufgrund Verdeckungsabsicht einer vorangegangenen Straftat. Ein Sonderfall niedriger Beweggründe. Auch wenn Miller aus egoistischen Gründen gehandelt hatte, so entschied der Richter trotzdem, das Ziel der Selbstbegünstigung mit mildernden Umständen zu bewerten.

»Alles richtig, Herr Miller?« Speierling biss vom letzten Stückchen Mettbrot ab und lehnte sich kauend zurück. Keiner sagte etwas. Obgleich die entstandene Pause nur wenige Sekunden dauerte, hielt Becker es nicht mehr länger aus.

»Also los, Miller, der Chef hat sie was gefragt. Wir warten auf eine Antwort!«

Entsetzt sah Reni Becker an. Kopfschüttelnd meinte sie: »Ei, der Thomas ist doch gar nicht mehr dein Chef, und sei bitte nicht so ungeduldig. So kennen wir dich ja gar nicht.«

Verärgert schob Becker den Teller mit der verbliebenen Musik von sich und wartete ungeduldig darauf, dass Miller endlich singen würde.

Der Metzger räusperte sich. »Wie mir anzusehen ist, ich bin krank. Sterbenskrank. Und eigentlich könnte es mir vollkommen Wurst sein, ob ich schuldig oder unschuldig das Reich der Toten betreten werde. Doch was sich während des Abbüßens meiner Strafe ereignet hat, lässt mir keine andere Wahl. Ich fordere Gerechtigkeit.«

»Pfff, jetzt wird's auch noch spannend! Aber gut, wir folgen Ihren Ausführungen.«

»Meine geschiedene Frau hat Korritke auf dem Gewissen.«

Sprachlos, mit geöffnetem Mund saß Becker da, Miller starrte ihn an, Speierling ergriff das Wort: »Als Miller bei mir auftauchte und den Tathergang aus seiner Sicht schilderte, entschied ich mich für einen möglichst praktikablen Weg, um an die Sache heranzugehen. Noch habe ich gute Beziehungen. Über die Rechtsmedizin wurden mir die nötigen Unterlagen zugesandt. Kurz darauf traf ich mich mit Schmid. Wir sind der Meinung, dass die beiden Stiche, einer in die Leber, einer ins Herz, mit ziemlicher Sicherheit von einer linkshändigen Person ausgeführt wurden. Auch trafen sie Korritke von unten nach oben. Der Gerichtsmediziner versicherte mir, dass darüber kein Zweifel bestünde. Veronika Breisach, ehemals Miller, ist Linkshänderin. Zudem war Korritke größer als sie. Hätte Miller zugestochen, wären die Einstichkanäle in entgegengesetztem Winkel verlaufen.«

Becker kratzte sich am Kopf. Speierlings Schilderung schien ihm einzuleuchten. »Hm, klingt schlüssig. Warum haben wir nicht gleich daran gedacht?«

»Weil wir froh waren, deinen Schädel aus dem Trichter herausbekommen zu haben, und weil Miller die Tat sofort gestanden hat. Auch war es tatsächlich er, der die Leiche portionierte und auf dem vermeintlich unauffälligsten Wege verschwinden ließ. Warum hätten wir an seiner Schuld zweifeln sollen?«

»Was aber ist es, das Sie dazu bewegt, Ihre Ex-Frau erst nach all den Jahren ans Messer zu liefern?«

Becker wartete auf eine Antwort. Er blieb sie ihm schuldig. Stattdessen antwortete Reni: »Ei die Liebe, Becker! Soll ich's dir erklären?«

»Nein danke! Hört zu und unterbrecht mich, falls ich mit meiner Ausführung falsch liege.«

Schweigende Zustimmung.

Miller ist zum ausgemachten Zeitpunkt nicht im Büro, verspätet sich oder Korritke ist zu früh. Dieser nutzt die Ausweglosigkeit Millers aus und reibt Veronika Miller die Sauerei mit dem Gammelfleisch unter die Nase. Einziger Ausweg aus dem Dilemma, die Millers verkaufen ihm das Haus zum angebotenen Minimalbetrag. Frau Miller ist außer sich. Der Verlust ihres Elternhauses, ihrer wackligen Existenzgrundlage, die Enttäuschung über ihren Mann. Sie greift in den Messerblock, schnappt sich die Tatwaffe und sticht zu. Einmal, zweimal! Korritke bricht zusammen, ist sofort tot. Miller kommt hinzu, findet den Toten, findet seine Frau …

»Stopp!« Speierling unterbrach.

Erstaunt sah Becker ihn an. »War es denn nicht so?«

»Nein, war es nicht. Aber was du soeben geschildert hast, war genau die Situation, die Miller damals vorgefunden hat. Und deine weiteren Erläuterungen stimmen auch. Genau das war es, was ihm die werte Ex-Gattin unter die Nase gerieben hat. Was blieb Miller anderes übrig? Er fühlte sich für das schreckliche Verbrechen verantwortlich. Er war schuld. Was jedoch wirklich vor seinem Eintreffen passierte, hat Miller erst nach fünf Jahren Haft herausbekommen.«

Das Aufleuchten der Lichterkette, die über der Terrasse angebracht war, brachte etwas Helligkeit in die voranschreitende Dämmerung. Wolken hatten sich vor die untergehende Sonne geschoben und verdunkelten den Horizont. Es wurde kühler, es wurde ruhiger. Vom ausbleibenden Schauspiel enttäuscht, machten sich die ersten Gäste auf den Weg nach Hause. Reni kramte ihr weißes Strickjäckchen aus der Handtasche und legte es sich über die Schultern.

»Dann mal raus mit der Sprache. Vielleicht will uns Herr Miller selbst erzählen, was geschlagene fünf Jahre auf sich warten ließ?« Becker sah Miller erwartungsvoll an.

Dieser rückte etwas näher an den Tisch, stützte sich mit den Ellbogen ab und begann zu erzählen.

Veronikas Besuche wurden bereits im Laufe der ersten Monate immer weniger. Sie konnte es einfach nicht, konnte mich nicht im Gefängnis besuchen. Zu sehr belastete sie die Situation, das Geschehene, für das sie zunehmend mir die Schuld gab. Sie hatte gemordet, ich war der Schuldige. Noch vor Ablauf eines Jahres bat sie mich um die Scheidung. Ich war entsetzt, konnte nicht glauben, was sie von mir verlangte, und verneinte. Aufgebracht verließ sie das Gefängnis. Es dauerte drei ganze Jahre, bis ich sie wiedersah. Vor dem Scheidungsrichter. Veronika und Herbert Miller verließen als geschiedene Leute das Gericht.

Dann wurde ich krank. Nach der Diagnose erschien mir alles sinnlos, und jeglicher Gedanke, an diesem Leben festhalten zu wollen, verpuffte schon nach wenigen Sekunden. Auch wenn ich abgeschlossen hatte, der Tod wollte mich noch nicht haben. So nutzte ich die mir verbleibende Zeit, um möglichst alle Ungereimtheiten, alles, was ich nicht verarbeitet hatte, in Angriff zu nehmen und diese Welt mit einer möglichst weißen Weste zu verlassen. Das Hypothekendarlehen. Wie sah es damit eigentlich aus? Gleich nach meiner Inhaftierung hatte mich Veronika meines Postens als Geschäftsführer entbunden. Ich sollte mir nicht auch noch um diese Dinge Gedanken machen. Damals war ich ihr dankbar. Dann jedoch wurde mir einiges klar. Ein Anruf bei der Bank genügte. Der langjährige Filialleiter Ernst Breisach arbeitete schon seit längerer Zeit nicht mehr bei der Sparkasse. Sein Nachfolger, ein geschwätziger und neugieriger Kerl, schob das Bankgeheimnis für das Gespräch mit einem Mörder mal eben beiseite und erzählte mir, was laut Eintrag in den Papieren der neuste Stand war. Der neuste Stand! Ich musste lachen, lachte den ganzen Tag, lachte die halbe Nacht, bis ich endlich einschlief. Zwei Wochen bevor Veronika Korritke erstach, war sie gemeinsam mit ihm auf der Bank erschienen. Der Termin hatte wohl schon länger festgestanden. Es drehte sich um die Übertragung einer Hypothekenschuld. Mit dem Einverständnis der Hauseigentümerin wurden die Gläubigerrechte von der Bank an Herrn Hans Korritke übertragen. Vorausging die Zahlung der verbleibenden Restschuld durch Korritke an das Kreditunternehmen. Laut des aktuellen Filialleiters befänden sich vier Unterschriften auf dem Löschungs- und Übernahmevertrag: Korritke, Breisach, Veronika Miller und Dieter Gunk (Notar).

»Ich hör' das jetzt zum zweiten Mal, aber eins kann ich euch sagen, das macht mich so nervös ... Ich komm' gleich wieder.« Reni stand auf und verschwand in Richtung des Toilettenhäuschens.

Speierling wandte sich in seiner ganzen Fülle Becker zu, der, ohne etwas zu sagen, seinen Süßgespritzten auffüllte. »Und was schließen wir daraus? Was sollte die ganze Sache?«

Es dauerte einen Augenblick. Becker überlegte.

Nachdem er einen Schluck getrunken hatte, drehte auch er sich um. Speierling und Becker saßen sich jetzt gegenüber und sahen sich an. »Es scheint so, als ob Veronika Miller ein Verhältnis mit Korritke hatte. Die beiden verfolgten gemeinsam den Plan, aus der Trennung von Miller möglichst viel Kapital zu schlagen. Den verbliebenen Anteil der Hypothekenrestschuld, die Hälfte von 250.000, hätte die saubere Frau Miller quasi in die eigene Tasche gewirtschaftet. Die anderen 125.000 wären direkt, in monatlichen Raten, an die neue Lebenspartnerschaft Miller und Korritke geflossen.«

Durch das Dämmerlicht stolpernd, kam Reni von ihrem Gang zurück. Der letzte Satz war ihr nicht entgangen. Das Strickjäckchen zurechtrückend, kommentierte sie Beckers Spekulation. »125.000, man stelle sich vor! Den armen Kerl so ausbluten lassen. Außerdem ... habt ihr denn schon über das Geld aus dem Hausverkauf gesprochen? Dumpingpreis hin oder her, die Frau Miller hätte die Summe sicherlich nicht dazu eingesetzt, um die Höhe der Darlehensschuld zu reduzieren. Und Miller hätte auch nichts davon abbekommen. Sie war die verbriefte Eigentümerin, ihr Geld!«

Ohne Speierling aus den Augen zu lassen, fragte Becker: »Wenn alles so sauber, so geplant lief, warum hat sie Korritke dann überhaupt erstochen? Bis jetzt hört sich alles so an, als ob Miller irgendwie hinter die Sache kam und aus Eifersucht, in rasender Wut zugestochen hätte. Für mich das einzig stimmige Motiv. Warum will er jetzt den Mord, nach all den Jahren, seiner Frau in die Schuhe schieben?« Becker wandte sich von Speierling ab, ohne auf eine Antwort von ihm zu warten. Stattdessen zischte er Miller an: »Was führen Sie im Schilde? So leicht bringen Sie mich nicht auf Ihre Seite, na los … raus mit der Sprache!«

Bevor der Metzger zu Wort kam, übernahm Speierling. »Hast du dir eigentlich schon die Frage gestellt, wie der Filialleiter eines Supermarktes so schnell an 250.000 Euro herankam, um von der Bank die Gläubigerrechte für das Darlehen zu erhalten?«

Becker holte tief Luft und strich sich übers Kinn. Speierling redete weiter: »Aber ich! Ich habe mir die Mühe gemacht und habe über Umwege die finanzielle Situation Korritkes recherchiert. Von der Hand in den Mund. Erst einen Monat vor der Übernahme der Gläubigerschuld floss Geld auf Korritkes Konto. Exakt die Summe, die er benötigte, um das Darlehen zu übernehmen. Leider konnte ich nicht herausbekommen, woher das Geld stammte.«

»Sind Sie in letzter Zeit mal wieder durch die Geierstraße gefahren?«

Millers Zwischenfrage irritierte Becker. Er dachte nach. Was er vor Augen sah, deckte sich nicht mit dem Viertel, mit der Straße, mit dem Haus, in welchem er beinahe sein Leben gelassen hatte. Hochglanzfassade, hellerleuchtete Schaufenster … Einkaufscenter, auf Neudeutsch Shopping-Mall.

Speierling riss ihn aus seinen Gedanken. »Korritke war nichts weiter als ein Mittelsmann, ein kleiner Fisch. Warum ihn Veronika Miller erstochen hat, ist bis jetzt unklar. Gehen wir davon aus, Korritke wollte auf eigene Faust den großen Rubel machen. Er wusste, wie sich die Grundstückspreise in der Geierstraße entwickeln würden. Hochmut kommt vor dem Fall. Besser gesagt, Selbstüberschätzung führt zum Scheitern.«

»Wie sagtet ihr, heißt Veronika Miller heute … Breisach? Sie hat nach der Scheidung von Miller nochmals geheiratet. Was wurde eigentlich aus dem Banker, der, der den Millers das Hypothekendarlehen vermittelt hat? Wie war doch gleich sein Name?«

Speierling klatschte in die Hände, begann polternd zu lachen. »Na endlich! Becker, fantastisch! Wer war dein Lehrherr? Aber zu deinen Fragen, der Banker heißt Ernst Breisach und kündigte wenige Tage nach der Vermittlung des Hypothekendarlehens bei der regionalen Sparkasse. Gemeinsam mit einem Partner, einem Notar, gründete er kurz darauf die Immobiliensozietät Breisach-Gunk. Sehr erfolgreich übrigens. Ach ja, und wie du richtig bemerkt hast, seine Frau trug früher den schönen Namen Miller. An die Arbeit, Herr Hauptkommissar Becker!«

»Das kann doch alles nicht wahr sein! Ob wir eine Chance haben, um nach all den Jahren den Fall nochmals aufzurollen?«

Wie ein Stichwort erschien Metzger Miller die zwiespältige Haltung Beckers. »Sehen Sie, das habe ich mir auch gedacht und deshalb …«

Beckers Handy klingelte. Die Dienststelle. Mit einem Wink unterbrach er Miller und nahm den Anruf entgegen. Was er zu hören bekam, verschlug ihm die Sprache. Er legte auf. Langsam, stockend wiederholte er, was ihm der Kollege soeben mitgeteilt hatte. »Geierstraße, Penthauswohnung in der Shopping-Mall, zwei To…«

Miller fiel ihm ins Wort. An Reni und Speierling gewandt, sagte er: »Ich weiß, es ist unverzeihlich, aber wie ich zu Beginn unseres Treffens schon sagte, ich fordere Gerechtigkeit. Auf ein Urteil kann ich nicht mehr warten, dafür fehlt mir die Zeit.« Miller streckte Becker die dünnen Unterärmchen entgegen.

RICHARD LIFKA
ES MUSSTE SEIN!

Gestern

»Wo bin ich?«, frage ich die vollbusige Krankenschwester und deute mit dem Kopf hinüber zu dem weit offenstehenden Fenster, durch das ich den strahlendblauen Himmel über der Frankfurter Skyline ausschnittweise sehen kann. Verdammt, ich erinnere mich überhaupt nicht mehr, wer ich bin, was geschehen ist?

Die Mollige im weißen Kittel dreht sich um, öffnet ihre Lippen und schenkt mir ein colgategepflegtes Lächeln. »In der Uniklinik!«

Sie fährt fort: »Sie sind schon zwei Tage hier.« Aha, allein in einer Heilstätte, das klingt nicht unbedingt nach gelungenem Lebensplan.

Vor sieben Tagen

»Ich bekomme hier keine Landeerlaubnis«, rief der Pilot völlig aufgeregt und drehte sich mit aufgerissenen Augen hin zu Leo Fichtenberg.

Dieser fuchtelte mit der entsicherten Pistole herum und drückte sie anschließend an die Schläfe der Fluglinienbesitzerin, die einen spitzen Schrei ausstieß und eine Tirade auf Russisch losließ, anscheinend keine jugendfreien Schimpfwörter, bei denen der aus Moskau stammende Pilot lediglich hämisch grinste. »Schätzchen, wenn du deinem Kapitän da vorne nicht sagst, dass er sich genau an das hält, was ich ihm befohlen habe, dann werde ich in dein hübsches slawisches Köpfchen ein ziemlich beeindruckendes Loch knallen.«

Natalja Karachev hob beide Arme und versuchte, die Pistole zur Seite zu schieben. »Lass das, du Schwein!«, zischte die Russin.

»Oh, heute so mutig, aber das und deine vielen Millionen Rubel werden dir nichts nützen, um das Löchlein von beiden Seiten zu stopfen.«

Natalja schlug mit der Handkante gegen die Waffe, woraufhin sich mit einer ohrenbetäubenden Explosion ein Schuss löste und der Pilot getroffen zusammenbrach.

Gestern

Es klopft an der Tür.

Ich nicke der Krankenschwester zu und gebe ihr zu verstehen, nachzuschauen. Sie öffnet die Tür nur für einen Spalt und späht hinaus, ruckartig dreht sie den Kopf zu mir. »Polizei!«, flüstert sie.

»Hereinspaziert«, erwidere ich, plötzlich gutgelaunt.

Zwei Frankfurter Uniformierte schieben sich in das renovierungsbedürftige Zimmer.

Ein kleiner Dicker, ein großer Schlaksiger, *Pat und Patachon* fällt mir dazu spontan ein – ja, ja, ich gebe zu, kein genial neues Bild.

Der Lange setzt sich an das Fußende meines Betts, zieht einen Notizblock und einen Kugelschreiber aus seiner Uniformjacke hervor, stellt seine erste Frage: »Sie heißen Leo Fichtenberg?«

Als ich meinen rechten Arm heben will, um damit anzudeuten, dass ich das nicht bestätigen kann, schießt ein wahnsinniger Schmerz durch meinen Körper.

»Sie sollten keine heftigen Bewegungen machen, die Prellungen am Rücken und die drei gebrochenen Rippen können ganz schön schmerzhaft sein!«, stellt die Krankenschwester mit sachlicher Stimme fest. Auch noch bewegungsunfähig, na danke!

Leider kann ich mich gegen weitere unsinnige Fragen der beiden Uniformierten nicht körperlich zur Wehr setzen. Ich wende mich dem kleinen dicken Beamten zu: »Um es Ihnen einmal deutlich zu sagen, ich kenne weder diesen Namen, noch weiß ich, wie ich hierhergekommen bin.

Vor vier Wochen

Mittlerweile stand Leo ihr schon über eine Stunde am Roulette-Tisch gegenüber. Mit ihren großen, verschreckt aufgerissenen Augen und den gewollt zotteligen, leicht abstehenden Haaren erinnerte sie ihn an ein Kind, das sich vor dem bösen Mann fürchtete. Sie hatte anscheinend wahllos 100-Euro-Jetons auf den Samtbezug des Spieltisches der Wiesbadener Spielbank gesetzt, kein einziges Mal hatte sie gewonnen, es mussten schon mehrere tausend Euro sein, die der Croupier mit regungsloser Miene eingestrichen hatte. Leo faszinierte ihr wie versteinert wirkendes Gesicht, um nicht zu sagen: ihre stoische Gelassenheit, wenn all ihre Plastikchips vom Tisch gewischt wurden. Erneut zog sie aus der schwarzen Lacklederhandtasche mit der rechten

Hand, an der sich an jedem Finger mindestens zwei Ringe befanden und an deren Gelenk mehrere massivgoldene, mit Edelsteinen besetzte Armbänder prangten, einen neuen Stapel 100-Euro-Jetons hervor. Natürlich war ihr nicht entgangen, dass Leo sie unentwegt anstarrte. Als wiederum im Roulettekessel eine Zahl angezeigt wurde, auf die sie nicht gesetzt hatte, schlug sie mit Unschuldsmiene die Augen nieder, setzte sich auf den neben ihr stehenden Stuhl, dessen Sitzfläche mit rotem Samt bespannt war. Sie hob langsam die Augenlider, als sie wieder aufstand, und der Blick, den sie dabei Leo zuwarf, sagte eindeutig: Folge mir!

Solcher Aufforderungen bedurften es nicht viele, um Leo in Bewegung zu setzen. Immer noch fasziniert von dieser Frau stand er auf und bewegte sich durch den Saal der Wiesbadener Spielbank wie durch eine Nebelwand. Keine fünf Meter vor ihm schritt sie und umrundete galant die Roulettespieler, die in kleinen Gruppen um die Tische standen. Sie ging, ohne zu zögern, zum Ausgang, durchquerte die große Wandelhalle des Kurhauses, öffnete eine der gläsernen Flügeltüren, trat hinaus und trippelte die kleinen Stufen hinunter zum Parkplatz, wandte sich einer großen schwarzen Mercedeslimousine zu, aus der ein seiner Kleidung nach unschwer als Chauffeur zu erkennender vierschrötiger Typ ausstieg, der dienstbeflissen eine der hinteren Türen öffnete. Elegant stieg sie ein. Leo sah sich um, winkte ein wartendes Taxi herbei. Der Fahrer, froh, an einem normalen Sonntagabend wieder mal einen Kunden zu haben, fuhr eiligst vor. »Folgen Sie dem schwarzen Mercedes da vorne«, rief Leo noch beim Einsteigen.

Der Taxifahrer blickte in den Rückspiegel und grinste breit: »Auf diesen Satz warte ich seit 15 Jahren!« Die Fahrt dauerte keine zehn Minuten, dann hielt der Mercedes vor dem Hotel *Schwarzer Bock*. Leo überlegte und konnte sich zunächst nicht entscheiden, ob er aussteigen sollte, als er die Frau in ihrem grauen Kostüm sich suchend umblicken sah, bevor sie durch die gläserne Drehtür des Nobelhotels verschwand. Sein Entschluss stand fest. Er drückte dem Taxifahrer einen 20-Euro-Schein in die Hand, verließ den Wagen, eilte die Treppen hinauf zum Eingang.

Als er sich mit der Tür in den Vorraum drehte, zuckte er zusammen. Die Frau stand jetzt direkt vor ihm, lächelte ihn an und bedeutete ihm, ihr zu folgen. Sie ging vor zur Rezeption, Leo hinterher. »Ich brauche Zimmer für eine Nacht!«, sagte sie, wobei der fremdländische Akzent nicht zu überhören war.

Der Hotelangestellte hinter dem Tresen begrüßte die Frau wie eine alte Bekannte. »Herzlich willkommen, Frau Karachev.« Karachev ... Karachev, das klang russisch.

Der Portier drehte sich zu Leo hin und sah ihn fragend an. Die Karachev wandte sich ebenfalls an Leo und sagte in Richtung Hotelportier: »Na, Georg, für diesen Herren haben Sie sicher auch noch ein Zimmer, oder?«

Leo hob abwehrend beide Arme. »Nein, nein, das ist ein Missverständnis«.

Die Karachev zuckte die Schultern. »Na, Sie müssen es ja wissen.«

Das Spielchen ging so eine Weile hin und her.

Mit dem Ergebnis, dass eigentlich ein Zimmer für diese Nacht vollkommen ausgereicht hätte, weil Leo und die Russin sie stürmisch und intensiv zusammen in einem Bett verbrachten. Leo war nicht nur in diese Frau verknallt, sondern auch davon überzeugt, endlich mal das große Los gezogen zu haben. Im Laufe des nächsten Tages stellte sich nämlich heraus, dass Natalja Karachev nicht nur eine der reichsten Frauen der Welt war, sondern auch an Leo einen Narren gefressen hatte. Schon wenige Tage nachdem sie sich kennengelernt hatten, flogen Natalja und Leo zusammen in Karachevs Privatmaschine, einer Cessna 182, in die Schweiz. Es war kein Zufall, dass Leo dabei war, als Natalia von verschiedenen Banken größere Geldbeträge abhob und in einem feuer- und bruchsicheren Behälter in das Sportflugzeug schaffte. In der Nacht schlich Leo unbeobachtet zum Flugzeug. Befriedigt stellte er fest, dass die über 10 Millionen in Euro, Schweizer Franken und Dollar ordentlich gestapelt brav darin schlummerten.

Wieder im Hotel, griff Leo zum Telefonhörer und rief seinen Kumpel Rudi an. Bei einem längeren Telefonat besprach er mit ihm die nächsten Schritte. Als Übergabeort wurde der kleine Flugplatz für Sportflieger bei Egelsbach mit seinen angrenzenden Wäldern als sehr geeignet befunden und ausgemacht. Außerdem gab Rudi ihm eine Adresse, wo Leo sich in Zürich eine Waffe besorgen konnte. Leos Aufgabe war es, lediglich dafür zu sorgen, dass der Pilot in Egelsbach landete. Rudi würde dort mit drei weiteren bewaffneten Kumpels auf die Reisegesellschaft warten.

Vor sieben Tagen

Der Absturz eines Privatflugzeuges auf einem Spargelfeld bei Frankfurt sorgte europaweit für Schlagzeilen, nicht nur, weil zunächst die Ursache völlig unklar war, sondern weil sich unter den beim Absturz ums Leben gekommenen Passagieren angeblich die russische Milliardärin Natalja Karachev befand.

Vor fünf Tagen

Das 3. Polizeirevier in Darmstadt-Arheilgen wurde davon in Kenntnis gesetzt, dass auf der Bahnstraße in Erzhausen ein anscheinend orientierungsloser Mann, unverständliches Zeug vor sich hin brabbelnd, mit schmerzverzerrtem Gesicht ständig auf und ab schlurfte und damit nicht nur sich, sondern auch den Verkehr gefährdete.

Als der Streifenwagen vor Leo mit quietschenden Reifen bremste, versuchte dieser wegzulaufen, aber die beiden Beamten rannten hinter ihm her, holten ihn ein, hielten ihn fest und brachten ihn zum Fahrzeug. Leo wehrte sich mit Händen und Füßen dagegen. Die Polizisten fuhren den offensichtlich Verletzten in die Universitätsklinik. Man hatte bei ihm keinerlei Papiere gefunden, und er beantwortete auch keine Frage. In der Notaufnahme wurde Leo kurz und oberflächlich untersucht. Da die Ärzte neben Prellungen und mehreren Rippenbrüchen auch Kratz- und Platzwunden an Händen und Beinen feststellten, ordneten sie einen stationären Aufenthalt an, um weitere Untersuchungen vornehmen zu können.

Gestern

»Sie können mir so viele Fragen stellen, wie Sie wollen, aber mir fällt einfach nichts mehr ein. Wie oft soll ich es Ihnen noch sagen?«, versuche ich mit schmerzverzerrtem Gesicht laut und deutlich den Polizisten zu verstehen zu geben.

Der kleine Dicke blickt mich mit funkelnden Augen an. »Wenn Sie wirklich Leo Fichtenberg sind, werden sie noch einige unangenehme Fragen beantworten müssen. Warum, zum Beispiel, haben Sie sich in Zürich eine Pistole besorgt?«

Ich zucke lediglich mit den Schultern. Warum jemand irgendetwas in der Schweiz macht, müsste mir eigentlich so was von egal sein und stimmt mich doch nachdenklich. Endlich ziehen die beiden Bürgerschützer ab. Noch in der Schließbewegung wird die Tür auch schon wieder aufgedrückt. Mit feixendem Gesicht schiebt sich ein dürrer, zappliger Körper ins Zimmer. Grüßend hebt der Kerl den rechten Arm: »Hallo, Alter, hattest ja hohen Besuch. Ist sicherlich nur gekommen, um dir gute Besserung zu wünschen?«

Er setzt sich auch auf die Bettkante, wo zuvor noch der große schlanke Polizist gehockt hatte. »Mensch, Leo, wir haben dich alle schon als verbrannt, geröstet und eingeäschert abgeschrieben. War ja auch wirklich eine saubere Bruchlandung, die ihr da auf dem Spargelfeld hingelegt habt. Erzähl mal, alter Junge, wie bist du denn aus diesem brennenden Wrack herausgekommen?«

Was bleibt mir übrig, als wieder mal zu versuchen, Unverständnis ausdrückend mit den Schultern zu zucken. »Sorry, wer sind Sie eigentlich? Ich kann mich an kein Spargelfeld und auch an kein brennendes Wrack erinnern.«

»Mensch, ich bin es doch, dein alter Kumpel Rudi.« Rudi zeigt auf die Krankenschwester und hält den Zeigefinger vor seinen Mund. Mit der entsprechenden Bewegung seiner Hand deutet er an, eine Tasse Kaffee trinken zu wollen.

Jetzt sitze ich bereits über eine Stunde mit dem Kerl, der sich Rudi nennt, in der Cafeteria und erfahre, dass ich in einem Flugzeug gesessen habe, in dem sich neben mir, dem Piloten und einer russischen Frau ein Behälter mit rund 10 Millionen Euro befunden hat. »Zum Glück, war der Behälter wirklich feuerfest und meine Freunde und ich konnten ihn schnell finden. Er war beim Aufprall hundert Meter weit geflogen, und das alles noch bevor die Rettungskräfte eintrafen, Mensch, du kannst dir denken, wie erschrocken wir waren, als wir die Maschine hereinschweben sahen, wie sie zu torkeln anfing und plötzlich steil nach unten raste und volle Kanne aufschlug, von unserem Aussichtspunkt aus sahen wir nur noch eine Stichflamme. Ich denke, du bist genauso wie der Geldbehälter durch die Gegend geflogen und hast es glücklicherweise überlebt, hast dich aufgerappelt, bist durch den Wald geirrt, um dann in Erzhausen auf der Bahnhofstraße zu landen«, erzählt dieser Rudi, »außerdem muss ich dir noch mitteilen, dass du zwar angeschlagen bist, aber um ein paar Milliönchen reicher.«

Na gut, scheint ja alles perfekt funktioniert zu haben. Da ich ja nun ein reicher Mann war, konnte ein neues glückliches Leben beginnen.

Der Bereich der Cafeteria wird vom Haupteingang durch hohe breite Glaswände abgeteilt. Während er so erzählt, sehen wir durch die Glasscheiben hindurch zum Haupteingang. Plötzlich bleiben unsere Blicke an einer Frau mit langen blonden Haaren haften, die dort wie angewurzelt steht und zu uns hereinstarrt.

Wie in Zeitlupe greift sie in ihre Umhängetasche, zieht einen schweren Revolver hervor, hebt den Arm und richtet die Waffe in unsere Richtung. Panik erfasst uns, ich fasse Rudi an seiner Jacke, reiße ihn vom Stuhl und schiebe ihn unter den Tisch. Ich werfe mich hinterher, so gut es meine Schmerzen zulassen. Ich komme auf Rudi zu liegen, da zerbirst mit einem ohrenbetäubenden Knall eine der fünf Meter hohen Scheiben, und Scherben fliegen umher. »Was war das?«, keucht Rudi unter mir. »Verdammt, ich glaube, es hat mich erwischt. Langsam versuche ich mich, von ihm zu lösen, robbe stückchenweise nach hinten und riskiere, ohne meine Deckung aufzugeben, einen Blick nach draußen in den Eingangsbereich. Ich sehe, wie sich zwei Männer auf die Blonde stürzen, sie zu Boden reißen und ihr die Knie auf die Schultern rammen. In der Cafeteria herrscht das reinste Chaos, Frauen haben sich schreiend über ihre Kinder geworfen. Alles rennt ziellos umher, versucht zu flüchten. Die Angestellten sind hinter dem Tresen in Sicherheit gegangen. Erschrocken sehe ich, wie der am Boden liegenden Frau die Perücke vom Kopf rutscht und eine hellbraune zottelige Frisur zum Vorschein kommt. Rudi hat sich mittlerweile wieder aufgerichtet und sitzt käsebleich auf einem Stuhl neben mir, während aus seinem Mund Blut tropft. Er berührt meinen Oberarm.

»Mensch, schau doch, das ist Natalja!«, stößt er verwirrt hervor, »Das kann doch gar nicht sein, die ist doch mit abgestürzt, oder?«

»Und hat wie ich überlebt?«

»Und will jetzt ihr Geld zurück, oder was meinst du?«, stammelt Rudi mit letzter Kraft. »Hey, Leo, wenn ich es nicht schaffe, in meiner rechten Jackentasche findest du einen Schlüssel. Schließfachnummer 61 am Frankfurter Hauptbahnhof. Pass aber auf, dass dir keiner folgt. Den Russen traue ich alles zu.« Während ich in den Taschen wühle, schließt Rudi die Augen. Für immer.

Vorgestern

Die russischen Seilschaften haben es geschafft, die Sensationspresse herauszuhalten, zwei Überlebende eines Flugzeugabsturzes wären doch ein gefundenes Fressen gewesen. Außerdem war nirgends folgende Nachricht zu lesen: *Die russische Milliardärin hat wundersamerweise den Absturz*

ihres Flugzeuges überlebt und sitzt jetzt in Untersuchungs-
haft.

Was ebenfalls nicht vermeldet wird, ist das Treffen eines Moskauer Bandenbosses mit einem Staatssekretär des hessischen Innenministeriums in einer Apfelweinkneipe in Frankfurt-Sachsenhausen. »Mehr als 12 Millionen Euro sind nicht drin. Schlagen Sie ein: Heute Abend ist die Karachev frei und das Geld auf Ihrem Liechtensteiner Konto.« Der Russe greift nach dem geriffelten Glasbecher.

Der Staatssekretär hebt den grauen Krug hoch und setzt ihn krachend wieder auf den Holztisch. »So soll es sein!«

Heute

Ich stehe im Warteraum von Gate 22, es ist schon nach 18 Uhr, die Lufthansamaschine nach Moskau soll in 20 Minuten einstiegsbereit sein. Nervös schaue ich zur gläsernen Eingangstür. Wo bleibt sie nur? Aber wie immer ist Verlass auf sie. Da ist sie schon, mit einem roten Rollkoffer, den sie strahlend hinter sich herzieht.

Mit großen Schritten kommt sie auf mich zu. Ich gehe ihr entgegen, wir umarmen uns. »Endlich«, flüstert sie mir ins Ohr«, das hat alles so lange gedauert, die deutsche Verwaltung brauchte Unterschriften, Unterschriften und noch mehr Unterschriften.

Jetzt liegt es an mir zu flüstern: »Hat das mit dem Schließfach geklappt?«

Sie nickt leicht. Nun wispert sie: »Tut mir leid, das mit Rudi!«

»Es musste sein«, sage ich leise.

Ich sitze im Airbus Richtung Moskau, links neben mir auf dem Fensterplatz Natalja. Sie hat ihre Hand auf meinen Oberschenkel gelegt und streichelt dessen Innenseite. Nervös schiebe ich sie zurück.

»Was ist los? Das hat dir doch sonst immer gut gefallen? Du musst dir keine Sorgen machen, du siehst ja, meine Pläne haben einwandfrei funktioniert. Und werden dies auch in Zukunft tun.«

Ich will mich etwas nach vorne beugen, mit schmerzverzerrtem Gesicht breche ich die Aktion ab.

»Immer noch diese blöden Rippen?«, fragt sie besorgt. »Ja, zu dumm, dass du bei der Landung mit dem Fallschirm direkt auf einen Felsen aufschlagen musstest. Ich hatte mehr Glück, ich bin genau auf einer Graswiese gelandet. Und das Geld von den Schweizer Banken in unseren drei Koffern hat auch niemand beanstandet. Die ganze Welt hält mich für tot. Vergiss einfach deine Rolle als Mann ohne Gedächtnis, jetzt bist du Sergei Iwanow und ich bin deine dich liebende Ehefrau Katja Iwanowna, ein Ehepaar mit perfekten neuen Papieren, das am Rande von Moskau wohnt und niemand kennt. Meine Verbündeten erwarten uns am Flughafen und sind ganz begierig, unser Gepäck in Empfang zu nehmen.«

FENNA WILLIAMS
MURIELS PLAN

Muriel trat einen Schritt nach vorn und sah zu, wie die Wasser des Mains in den Rhein drängten und schon nach wenigen Metern gänzlich darin aufgingen, unsichtbar wurden. Immerhin hieß der Ort ihrer schönsten Erinnerungen »Mainspitzdreieck« und nicht »Rheinsaugdreieck«. Aber auch das änderte nichts an der traurigen Wahrheit: An den sanft zum Fluss abfallenden Ufern des Mains lag die Einbahnstraße ihrer einzigen Liebe, der himmelhochjauchzende Anfang und das unrühmliche Ende.

»Geben Sie zu, Ihre Frau betrogen zu haben?«

Robert Stichling wand sich wie ein Aal. »Was tut das hier zur Sache?«

»In der Tat – was tut es schon zur Sache, dass Ihre Frau mit nichts als einem Zettel am rechten Zeh bekleidet im Kühlhaus der hiesigen Leichenhalle liegt.« Der Staatsanwalt lächelte zynisch. »Wie ich das sehe, mein lieber Herr Stichling, war es eine besonders perfide Art von Mord, die Ihre Frau an diesen eisigen Ort gebracht hat. Ein Novum in den 30 Jahren meiner Laufbahn.«

Muriel biss sich auf die Lippe, konnte aber nicht verhindern, dass ihr ein paar Tränen die Wangen hinunterliefen. Wütend über sich selbst nahm sie einen Stein und ließ ihn mit Wucht den Uferhang hinabrollen. Grimmig hörte sie, wie er nach kurzer Fahrt mit einem platschenden, fast schmatzenden Geräusch versank und durch die dunklen Wasser weiterer Beobachtung entzogen wurde.

Muriel hatte jeden einzelnen Meter des Mainspitz-dreiecks gewissenhaft überprüft und war zu dem Schluss gekommen, dass genau an dieser Stelle der richtige Platz war, die passende Strömung herrschte, um ihrem Plan zum Erfolg zu verhelfen. Sie legte sich ins Gras und sah in den blauschwarzen Himmel hinauf. Die Sterne liefen den Lichtern der Stadt Mainz am gegenüberliegenden Ufer den Rang ab, so klar war die Nacht. Eine Nacht für Romantiker.

An dieser Stelle hatte sie Robert zum ersten Mal gesehen und sich sofort in ihn verliebt. Hier hatte er ihr später den Heiratsantrag gemacht – inklusive Mondscheinserenade und Diamantring. Was hatte es schon ausgemacht, dass die Rechnungen für das Cello und die Querflöte, die eine schmachtende Barkarole spielten, später von ihrem eigenen Konto abgebucht wurden? Es war ihr gleich gewesen, dass der Diamantring bereits von seiner Mutter getragen worden war. Und von deren Mutter und von … Tradition ist etwas sehr Schönes. Und schließlich: Der Gedanke zählt.

»Die Chefin ist eine … war eine harte, aber gerechte Frau. Ich würde sagen, sie brachte immer 150-prozentigen Einsatz. Und das erwartete sie auch von ihren Mitarbeitern.«

»Und Herr Stichling?«

Prokurist Carstensen sah angewidert auf das Häufchen Elend auf der Anklagebank. »Der macht selbst beim Geld-zählen Fehler. Und das immer zu seinen Gunsten.«

»Und die Frau Schwester?«

»Sandra Kampe? Der gleiche Fall wie Robert Stichling –

nur im Rock. Beide haben auf Kosten der Bossin gelebt –
und das ausgesprochen gut.«

Muriel betrachtete den Diamantring mit aufsteigendem Ekel,
biss die Zähne zusammen und riss ihn sich dann so gewalt-
sam vom Finger, dass der Knöchel zu bluten begann und
sich die Haut um die Kratzspuren blau färbte. Dann ließ sie
das Ding achtlos ins Gras fallen. Ein gut platzierter Hinweis.
Schließlich konnte sie davon ausgehen, dass nach einer ein-
flussreichen Geschäftsfrau wie ihr gesucht werden würde.
Sorgfältig. Und man dabei auch den Ring fand. Nicht allzu
weit von den S-Bahn-Brücken entfernt, an dem ihr Bent-
ley parkte; von allen Fingerabdrücken gereinigt und ohne
Nummernschild. Muriel lächelte: Der Wagen und ihr Ehering so nah beieinander. Das würde Bände sprechen.

Ebenso wie die Tatsache, dass sie ihrem Prokuristen Carstensen gegenüber beteuert hatte, dass sie den Ring niemals
ablegte, weil sie ihn als Schutzschild betrachtete. Danach
hatte sie ausführlich die Angst beschrieben, die sie seit
Monaten beherrschte. Ihr eigener Mann und ihre kleine
Schwester ließen keine Möglichkeit aus, sie vorsätzlich in
Gefahr zu bringen. Es waren lauter dumme Unfälle gewesen,
die bei unglücklicherem Ausgang ihrem Leben ein Ende hätten bereiten können: ein zerrissener Bremsschlauch, ein Blu-
mentopf, der sie um Haaresbreite verfehlte, ein explodieren-
der Fön im Bad, dessen Boden noch feucht war. Muriel hatte
Fantasie bewiesen und Carstensen nach jedem Gespräch mit
besorgtem Blick zurückgelassen. Ihr Prokurist stand von
jeher fest an ihrer Seite. Auf ihn konnte sie sich zu 100 Prozent verlassen. Er wusste alles über sie – bis auf die Tatsache,
dass sie lieber tot wäre, als ohne Liebe zu leben.

»Was für ein ausgemachter Blödsinn!« Robert Stichling *sprang erregt von der Anklagebank auf und unterbrach den* *Zeugen.* *»Da könnte ja jeder kommen und solche Anschuldigungen loslassen.«*

Der Staatsanwalt zog interessiert die Augenbrauen zusammen und sah bedeutungsvoll zum Richter hinüber.

Der nickte ergeben und bestätigte im Sinne der Anklage: *»Herr Carstensen hat niemanden beschuldigt. Er hat lediglich seine Besorgnis über Bemerkungen der Toten geäußert. Setzen Sie sich und reden Sie das nächste Mal bitte ebenso flüssig, wenn Sie selbst befragt werden.«*

Bedächtig packte Muriel all die Gegenstände aus dem Picknickkorb vor sich auf die Erde, die helfen würden, den Fischen ein späteres Festmahl zu bereiten: Seil, Spritzen, Leichensack, ein paar Steine und eine karierte Decke für ihre eigene Bequemlichkeit. Dann schlürfte sie genüsslich eine Auster, genehmigte sich ein Glas Champagner, verstreute besten Kaviar im Gras und weidete sich an der Tatsache, dass ihr Grabstein denselben Tag für Geburt und Tod nennen würde – mit genau 50 Jahren Unterschied.

»Ich weiß überhaupt nicht, was das Ganze soll. Meine Schwester war schwer depressiv – schon immer – oder zumindest, solange ich zurückdenken kann. Deshalb hat sie sich ja auch immer so in Arbeit gestürzt. Die wusste doch gar nicht, wie man sich entspannt. Seit dem Tod meiner Eltern hat sie sowieso nie etwas anderes gemacht als gearbeitet.«

»Ist das ein Grund, sie umzubringen?«

»Ich habe meine Schwester nicht umgebracht. Das wäre ausgesprochen dumm von mir gewesen. Ich hatte schließ-

*lich nicht vor, jemals zu arbeiten, und dafür war Muriel
mein Garant.«*

Ihre kleine Schwester Sandra. Zehn Jahre jünger und ewige
Studentin mit Hang zum Geldausgeben wie eine Hotelerbin.
    Sandra bekam stets alles, ohne einen Finger zu rühren –
auch gern auf Kosten der eigenen Schwester. Damit würde
endlich Schluss sein. Muriel grinste zufrieden. Sandra würde
auch dieses Mal glauben, alles zu bekommen, was sie wollte:
einen gutbetuchten Witwer und ein wirklich ansehnliches
Erbteil. Muriel war sicher, dass das saubere Pärchen in
Erwartung des Geldes bereits komfortable Yachten char-
terte, Immobilienmakler beauftragte und verlässliche Haus-
angestellte suchte. Beim Geldausgeben hatten die zwei sich
immer wunderbar verstanden. Deshalb hatte es sich so gut
angefühlt, ein neues Testament zu planen, in dem die zwei
leer ausgingen.
    Bei der Besprechung mit den Notaren der Kanzlei Streh-
ling & Strehling hatte sie den Ring und seinen emotionalen
Wert explizit erwähnt und ihn dabei am Finger gedreht, als
hätte sie dann drei Wünsche frei. Aber ihr reichte die Erfül-
lung eines einzigen: Robert und Sandra für immer anein-
anderzuketten. In guten Tagen, aber besonders in den ganz,
ganz schlechten.

*»Herr Strehling, Sie sind seit 22 Jahren für Frau Stichling als
Rechtsanwalt und Notar tätig.«*
    »Stimmt genau.«
    »Hat sie in dieser Zeit jemals ihr Testament geändert?«
    »Drei Mal.«
    »Wann war das?«
    »Das erste Mal, als die Firma ihrer Eltern noch in den

roten Zahlen stand. Frau Stichling sorgte dafür, dass ihre Schwester vom Erbe ausgenommen wurde und somit auch keinen Schuldenberg erben konnte.«

»Aber die Firma ist doch heute solvent?«

»Ja, die Firma hat sich erholt. Mehr als das. Die Hanf- und Sisalwerke sind eines der innovativsten Unternehmen auf dem hiesigen Markt. Mit beeindruckendem Auftrags- volumen aus dem In- und Ausland.«

»Und wann hat Frau Stichling das Testament erneut geän- dert?«

»Das war nach der Hochzeit. Aus Muriel Kampe wurde Muriel Stichling. Sie wollte ihren Mann gut versorgt wissen, falls ihr etwas zustoßen sollte.«

»Wie wurde das Vermögen geteilt?«

»Zu gleichen Teilen zwischen dem Ehegatten und der Schwester der Verstorbenen – Sandra Kampe sollte außer- dem das Elternhaus erhalten, in dem alle drei bis zuletzt gewohnt haben.«

»Und das letzte Mal?«

»Das war vor einigen Wochen. Da kam Frau Stichling zu mir und bat mich, ihre Gelder einer Stiftung zukommen zu lassen. Die Firma selbst sollte den Mitarbeitern übergeben werden, die Sandra und Robert mit nichts als einer zusätz- lichen jährlichen Ausschüttung bedenken sollten, falls diese ebenfalls mitarbeiten würden.«

»Aber zur Unterzeichnung dieses Dokumentes ist es dann nicht mehr gekommen?« Der Staatsanwalt warf einen bedeutungsschwangeren Blick Richtung Anklagebank.

Der Notar bestätigte. *»Nein … vielmehr: ja. Vorher ver- schwand … starb Frau Stichling.«*

Der Staatsanwalt nickte. *»Und das gesamte Geld bekommt nun?«*

Notar Strehling wandte sich zur Anklagebank und zeigte wortlos auf das triumphierende Pärchen.

Muriel nahm die Spritze und setzte sie sich vorsichtig an den linken Arm. Dann spritzte sie subkutan, was eigentlich genau in die Vene gehörte – aber von einer Linkshänderin konnte man nicht erwarten, dass sie mit Rechts anständig arbeitete. Das Ergebnis würde auch so zufriedenstellend sein. Das Betäubungsmittel würde sich in jedem Fall seinen Weg in die Blutbahn suchen und seine Wirkung entfalten. Es würde einfach ein paar Minuten länger dauern, bis sie wegdämmerte.

Verzweifelt sah Robert den Staatsanwalt an: »Sie muss sich die Spritze selbst gesetzt haben. Ich war es jedenfalls nicht. Ich könnte so etwas gar nicht. Mir wird schlecht, wenn ich Spritzen nur sehe. Ich bin unschuldig.«

»Haben Sie nicht vor zehn Minuten erst beteuert, Ihre Frau wäre Linkshänderin gewesen? Und da nimmt sie die ungeübte rechte Hand – von der sie sich eben erst brutal den Ehering heruntergerissen hat und die deshalb höllisch schmerzt – und schießt sich jetzt auch noch das Serum selbst in den Arm?«

»So muss es gewesen sein. Eine andere Erklärung habe ich nicht.«

Der Staatsanwalt beugte sich weit über den Tisch und donnerte Stichling entgegen: »Eine Frau, die sterben will, macht es sich nicht unnötig schwer, mein Herr. Linkshänderin oder nicht. Sie tötet sich und damit Schluss.«

Muriel legte sich auf den vorbereiteten Leichensack und versuchte, eine bequeme Stellung einzunehmen. Dann umwickelte sie ihre Knöchel mit Bambusschnur und zog sie so fest, dass sie sich weder durch Erschütterung noch Nässe lösen konnte. Grimmig begann sie, den Rest ihres Körpers aufs Sorgfältigste zu verschnüren. Sie staunte, wie schnell sich das Blut in den Adern staute, und spürte Panik aufkommen.

Rasch ließ sie ihren Blick über den zukünftigen Tatort gleiten, um sich mit dem Wohlgefühl gut geplanter Rache wieder zu beruhigen. Sie hatte jahrelang in ihrem familiären Gefängnis gelitten. Jetzt waren Sandra und Robert an der Reihe. Auf Staatskosten.

»Frau Stichling hat unser Heim vor sechs Monaten zum ersten Mal besucht. Seitdem ist sie häufiger gekommen. Mindestens einmal in der Woche. Die Mädchen haben immer sehnsüchtig auf sie gewartet. Sie hat viel mit den jungen Frauen geredet. Eine unserer Insassinnen hat sie sogar bei sich als Haushilfe angestellt und war hoch zufrieden mit ihr.«

»Unterstützte Frau Stichling Ihr Heim finanziell?«

»Nicht mit monatlichen Zahlungen, falls Sie das meinen. Sie wollte Initiative sehen. Wenn aber eines der Mädchen mit einer Idee zu ihr kam, prüfte sie diese gewissenhaft. War der Plan gut oder sah sie die Chance, dass das Mädchen dadurch selbstständig wurde, zahlte sie mit Bedacht und Wohlwollen die erforderliche Summe.«

»Redete sie jemals über ihre geplante Stiftung?«

»Ja, sie wollte den Gestrandeten einen Neuanfang ermöglichen: zinslose Kredite, Schulgelder und Mietzuschüsse.« Die Leiterin errötete. *»Und sie hatte in Aussicht gestellt, dass ich diesen wagemutigen Plan für sie in die Tat umsetzen sollte.«*

War dies tatsächlich, was sie wollte? Menschen unterstützen, die am Rande der Gesellschaft standen? Muriels Lächeln erhielt eine sardonische Note. Unbedingt. Für ihren Mann und ihre Schwester sollte kein Cent übrig bleiben. Robert und Sandra sollten büßen. Ein langes unerfülltes Leben lang. Sie sollten jeden Tag ihres Lebens mit Bitterkeit an den Moment zurückdenken, an dem Muriel Stichling sich aus dem Leben verabschiedet hatte. Jedem Tag ihrer sieben fetten Jahre nachtrauern. Allein. In ihren Zellen. In Furcht vor dem anderen, der vielleicht tatsächlich aus verbotenen Träumen über Muriels gewaltsamen Abgang Realität gemacht hatte. Und das wieder tun könnte …

»*Herr Bachmann, Sie sind – waren – der wichtigste Geschäftspartner der Toten. Wann haben Sie Frau Stichling zum letzten Mal gesehen?*«

»*Am Morgen ihres 50. Geburtstages. Ich bin zu ihr gefahren, um zu gratulieren.*«

»*Welchen Eindruck machte Frau Stichling auf Sie?*«

»*Wir lachten und scherzten und sie machte eine Andeutung …*«

»*Eine Andeutung?*«

»*Nun ja, sie teilte mir mit, dass sie mein Angebot, mit ihr auf eine Segeltour zu gehen, endlich in Erwägung zöge.*«

»*Wollen Sie so umschreiben, dass Frau Stichling und Sie eine Affäre …*«

»*Gott bewahre! Ein solches Ansinnen hätte ich nie gestellt. Nein, es war ihre Art, mir mitzuteilen, dass Herr Stichling bald Vergangenheit sein würde und ich meine lang ersehnte Chance bekommen sollte.*«

Muriel seufzte, als sie an all die schönen Dinge im Leben dachte, die sie nicht mehr sehen, hören, fühlen würde. Aber auch an das Arbeitspensum, das ihr jetzt erspart blieb. Sie hatte sich Jahr für Jahr aufgerieben, um den kleinen Bambusimport zu einem lukrativen Imperium aufzubauen: Aus diesem schnell wachsenden Rohstoff stellten sie jetzt Hemden, Decken, Söckchen her – und die Seile, mit denen sie gerade ihre Handgelenke umwickelte. Die Käufer hatten das Gefühl, einen ökologischen Werkstoff in den Händen zu halten, und waren begeistert. Das war ihr Verdienst. Sie hatte den richtigen Riecher zur richtigen Zeit gehabt – und geschuftet wie ein Tier. Für Sandra. Um ihrer kleinen Schwester ein Heim zu bieten. Um zu verhindern, dass sie auf die schiefe Bahn geriet, wie so viele Mädchen ohne Eltern, ohne Halt.

»Kaufhausdiebstahl. Und Hehlerei. Ich habe die Klamotten erst geklaut, dann verkloppt und dann davon gelebt.«

»Und Frau Stichling wusste das?«

»Na klar, Mann. Sie hat mich ja aus der Bude rausgeholt …«

»… und Sie zur Haushälterin gemacht.«

Sandra Kampe schnaufte verächtlich und rief dazwischen. »Haushälterin! Dass ich nicht lache. Eine verdammte Spionin war das, die Schlampe.«

Die Haushälterin drehte sich achselzuckend in Sandras Richtung. »Wer nichts zu verbergen hat, hat nichts zu fürchten, Kollegin.«

Der Staatsanwalt versuchte erfolglos, ein Lächeln zu unterdrücken. »Und? Haben Sie spioniert?«

»Ich habe geputzt. Überall. Und eins und eins zusammengezählt.«

»*Und das Ergebnis war?*«
»*Drei, Herr Staatsanwalt.*«

Muriel konnte sich einen unfähigen Ehemann und eine faule Schwester leisten. Was sie sich nicht leisten konnte, war ein Mann, der seine Schäfchen auf ihrer Weide ins Trockene brachte, um es sich dann anschließend mit einer anderen Schäferin darauf gemütlich zu machen. Muriel hielt ein Ende des Seils mit umwickelten Händen umklammert, biss in das andere hinein und zog es mit dem Mund fest. Beim ersten Mal wollte es nicht recht gelingen. Aber beim zweiten Ruck saß alles bombenfest. Genau wie geübt. Wieder und wieder geübt.

»*Sie hatten einen guten Einblick in das Leben der Stichling-Kampes, Frau Dörner?*«

»*Mein Mann selig und ich sind seit 40 Jahren deren Nachbarn – da bekommt man so einiges mit.*« *Frau Dörner warf einen vorwurfsvollen Blick in Richtung Sandra Kampe.* »*Jeder in der Straße kannte die Unterschiede der beiden Schwestern. Die eine so fleißig und strebsam und die andere …*« *Frau Dörner legte eine bedeutungsvolle Pause ein.* »*Ich habe es nicht mehr mit ansehen können. Die arme Frau Stichling hat den ganzen Tag geschuftet, und die beiden haben sich im Pool vergnügt. Nackt!*«

Der Richter biss sich auf die Lippe. »*Das ist ja zunächst noch nicht strafbar.*«

Frau Dörner betrachtete ihr Gegenüber mit einem Gesichtsausdruck, der verdeutlichte, wie bedauerlich diese Gesetzeslücke war.

Der Verteidiger meldete sich angestrengt zu Wort: »*Das Grundstück der Stichlings ist mit einem sehr hohen Zaun*

umgeben. Meine Mandanten bezweifeln, dass die Zeugin
den Swimmingpool von ihrer Wohnung aus wirklich sehen
kann!«

Die Stimme der Nachbarin war unverhohlener Triumph.
»Von der Wohnung nicht. Aber aus der Dachluke hat man
das ganze Anwesen fest im Griff.«

Muriel schüttelte wehmütig den Kopf über die Tatsache,
dass eine kluge Frau wie sie sich durch dieses saubere Duo
hatte aus der Ruhe bringen lassen. Sie hatte den altgedienten
Beteuerungen von immerwährender Liebe und Treue Glauben geschenkt. Erst durch Frau Dörners Andeutungen und
die handfesten Beweise der kleinen Haushälterin wich der
Nebel vor ihren Augen. Die Wirklichkeit brannte ein eitri-
ges Geschwür in ihre Eingeweide. Langsam zog sie mit den
Zähnen den Reißverschluss des Leichensackes zu. Es war
fast heimelig in dieser warmen Hülle. Ein sicherer Kokon.
Schade, dass aus ihr kein Schmetterling mehr werden würde.

»Frau Stichling hat Sie beauftragt ...«

Der Detektiv schüttelte den Kopf. »Die Haushälterin kam
zu mir. Frau Stichling wollte nur vom Ergebnis unterrich-
tet werden.«

Der Richter nickte. »Und? Hatten Sie Gelegenheit, es ihr
mitzuteilen?«

Der Detektiv nickte bestätigend. »Diese Haltung! Diese
Contenance, als sie die Wahrheit erfuhr. Eine echte Dame war
das. Sie nahm alles mit einem Lächeln entgegen und zahlte
eine außergewöhnliche Prämie. Solche Kunden sind Feingold.«

Diese Bastarde! Robert und Sandra kannten sich tatsächlich
bereits aus einem lange zurückliegenden Urlaub und hat-

ten schon in den ersten Tagen ihrer Liaison beschlossen, die strebsame Arbeitsbiene an der Nase herumzuführen und um ihren Honig zu betrügen. Muriel schloss die Augen und zog den Mut für die letzte Handlung ihres Lebens aus dem tiefen Gefühl der Scham, das sich eingestellt hatte, als sie erfuhr, dass Robert schon lange, bevor er ihr zum ersten Mal begegnet war, über sie gelacht hatte. Die kalte Planung der beiden Menschen, die ihr Leben ausmachten, hätte sie noch ertragen können – das Wissen, nie wieder jemandem trauen zu können, nicht. Der schale Geschmack, den die Liebe für ihren Mann und ihre Schwester bei ihr hinterließ, konnte nur mit klaren Entscheidungen und endgültiger Gegenwehr weggewaschen werden. Diese Stümper hatten sie unterschätzt.

Muriels allerletzter klarer Gedanke galt der Befriedigung, ihrem tiefen Leiden ein Ende zu setzen und dabei gleichzeitig einen wirklich perfekten Mord zu inszenieren.

Dann überkam sie bleierne Müdigkeit. In dem Traum, der darauf folgte, konnte sie vorhersehen, welche Früchte ihre Mühen um ihren eigenen Tod trugen. Jedes Wort, das vor Gericht gesprochen wurde, ließ sie sanfter in die andere Welt gleiten.

»Sie arbeiten für die Firma Altenwasser Sicherheitsdienste?«

»So ist es. Ich bin abgestellt – war abgestellt –, mich um Frau Stichling zu kümmern.«

»Was war Ihre Aufgabe?«

»Ich sollte Frau Stichling vor Unfällen aller Art bewahren, von denen es in den letzten Wochen zu viele gegeben hatte.«

»Wie kam es, dass Sie ausgerechnet am nämlichen Tag nicht bei ihr waren?«

»Frau Stichling hatte mir freigegeben. ›Meine Güte, Kästner‹, hat sie gesagt. ›An meinem Geburtstag werden sie nicht

wagen, mich zu töten – da ist doch immer jemand um mich herum. Ruhen Sie sich endlich mal aus. Sie haben es wirklich nötig.‹«

»Und diesen Rat haben Sie befolgt.«

»Zunächst ja, aber dann hatte ich so ein komisches Gefühl, weil die Kleine da«, Kästner zeigte auf die junge Haushälterin, »mich anrief und erzählte, dass Frau Stichling von ihren Verwandten ein Überraschungspicknick geschenkt bekommen habe. Nur die drei. Allein.«

»Sie sind direkt zum Mainspitzdreieck gefahren?«

Der Personenschützer hob seine beeindruckenden Pranken und ließ sie dann hilflos wieder fallen. »Genau. Ich war schon einmal mit Frau Stichling dort. Damals hat sie mir erzählt, dass sie dort ihren Mann kennenlernte.« Kästner drehte sich zu Robert Stichling um. »Deshalb hab ich mir gedacht: Da sind die hin. Ich weiß, wie solche Leute ticken. Da macht der Typ keine Ausnahme.«

Der Verteidiger konnte und wollte diese Aussage nicht auf sich beruhen lassen. »Einspruch, Euer Ehren. Meine Mandanten sind keine Typen, und sie haben für die fragliche Zeit ein Alibi: Sie warteten mit ihrem Picknickkorb auf einer Lichtung im Wald bei Auringen – also einer gänzlich anderen Stelle. Auringen ist einer der östlichen Vororte Wiesbadens und somit mehr als 20 Kilometer vom Tatort entfernt.«

Der Richter winkte ab: »Einspruch abgelehnt. Wir haben Ihre Sicht der Dinge bereits mehrfach zur Kenntnis nehmen dürfen. Und, Herr Verteidiger«, der Richter musterte Sandra Kampe und Robert Stichling eingehend, »unser Erinnerungsvermögen reicht bis zu diesen Ausführungen zurück, um sich ein lebhaftes Bild dieses zweiten … Picknicks zu machen. Übrigens auch von allem anderen. Danke.«

Die Wirkstoffe der Spritze entfalteten langsam, aber stetig ihre Wirkung. Muriel lag völlig ruhig in ihrem Plastiksarg und wartete. Als die Luft knapp wurde und sie ihr Bewusstsein verlor, schickten Magen und Darm einen Krampf, durch den sich ihr Körper wie ein Embryo krümmte. Die ruckartige Bewegung reichte aus. Die kurze, abschüssige Strecke bis zum Wasser rollte Muriels Körper geradezu elegant, dem schweren Stein folgend, den sie für ihren Probelauf genutzt hatte. Alles lief genau nach Plan, aber Muriel merkte es nicht mehr, denn die Strömung trug sie direkt in die Fahrrinne des Rheins und unter den Kiel eines Binnenschiffes. Auf der Fahrt nach Belgien, mit Braugerste als Ladung.

Der Richter ließ seinen Blick bedeutsam in die Runde schweifen, dann wandte er sich erneut an den Kommissar. »Herr Wendland, teilen Sie uns bitte mit, wie Sie Frau Stichling kennenlernten und wie sich der Mord Ihrer Meinung nach abgespielt hat.«

Der Kommissar nickte geschäftsmäßig. »Muriel Stichling ist vor einigen Wochen zu mir gekommen und hat mich um Rat gebeten. Ihr waren viele kleine, jedoch in ihrer Summe bedenkliche Unfälle passiert, die sie zu beunruhigen begannen. Sie verlangte Personenschutz. Da die Polizei für derartige Unterfangen weder Zeit noch Personal hat, habe ich ihr einen verlässlichen Sicherheitsdienst genannt, der sie vor weiterem Schaden bewahren sollte.«

»Sie haben in Ihrer Berufszeit viel Erfahrung mit Menschen machen können. Nach Ihrer Einschätzung: War Frau Stichling eine überängstliche Person?«

»Die Frau kam mir sehr zielstrebig und absolut unerschütterlich vor.«

»Hatten Sie den Eindruck, Muriel Stichling war eine in sich gekehrte, depressive Frau?«

»Absolut nicht, nein. Ich dachte vielmehr: Diese Frau hat Pfeffer – so wie Lauren Bacall in den alten Humphrey-Bogart-Filmen.«

»Was können Sie uns weiter über den Tathergang mitteilen, wie Sie ihn rekonstruiert haben?«

»Die Indizien sind eindeutig und vielfältig. Die Angeklagten haben Frau Stichling zunächst mit einer Betäubungsspritze außer Gefecht gesetzt. Äußerst dilettantisch gespritzt übrigens. Die Täter waren offenbar in Eile.« Der Kommissar unterbrach sich selbst, indem er das Paar auf der Anklagebank eingehend betrachtete. »Dann haben sie die arme Frau wie ein Paket verschnürt – und dabei teuflischerweise das Werbematerial der Firma aus dem Wagen der Toten verwendet. Anschließend haben sie Frau Stichling bei lebendigem Leib ins Wasser gerollt.«

»Was können Sie uns sonst noch sagen?«

»Man wollte es uns schwer machen, die Tote zu identifizieren, und hat ihr den Ehering vom Finger gerissen. Die Angeklagten haben den Ring dann dummerweise verloren und offensichtlich im hohen Gras nicht wiedergefunden.«

»Ich gehe davon aus, dass alles, was Sie sagen, mit entsprechenden Indizien belegt werden kann?», folgerte der Richter.

»Selbstverständlich.« Der Kommissar nickte zufrieden. »Das Pärchen liebte offenbar Kaviar, den teuren aus dem Iran, nicht den billigen russischen. Allerdings verfügten sie nicht über genug Grips, die Dose, bevor sie sie in den Papierkorb warfen, ebenso sorgfältig zu reinigen, wie sie das mit dem Auto des Opfers gemacht haben. Mehr Fingerabdrücke und DNS von den beiden als auf der Dose braucht kein

Ermittler. Irgendeinen Fehler macht eben auch der pfif-
figste Mörder.«

Es war, als ob Muriels Geist im Gerichtssaal schwebte, als
das Urteil verkündet wurde: lebenslänglich. Für beide. Selbst
wenn Robert und Sandra bei guter Führung vorzeitig entlassen werden würden, bliebe ihnen nichts als Arbeit. Denn
aus dem Erbe würde nichts. Niemals.

Muriel hatte sich erkundigt. Nach Paragraf 2339 des Bür-
gerlichen Gesetzbuches erben Mörder nichts. Wegen Erbun-
würdigkeit. Dass Robert und Sandra keine waren, erhöhte
die Genugtuung.

Dafür lohnte es sich, zu sterben.

DIE AUTOREN

ULI AECHTNER

Uli Aechtner spielte schon als Teenie mit dem Gedanken, Kriminalromane zu schreiben, doch erst nach Jahren im Fernsehjournalismus fand sie den Mut dazu. Ihr fiktiver Hauptkommissar Christian Bär ist im K 11 des Frankfurter Polizeipräsidiums angesiedelt und muss es mit der robusten Journalistin Roberta Hennig aufnehmen, die ihn ebenso anzieht, wie sie ihn bei seinen Ermittlungen stört. »Todesrauscher«, »Mordswetter« und »Die Bach runter« wurden vom Emons Verlag herausgegeben. Dort erscheint 2020 auch ein Weihnachtskrimi der Autorin.

DIETER AURASS

Dieter Aurass wurde 1955 in Frankfurt am Main geboren und ist dort aufgewachsen. Nach dem Abitur begann er seine über 40 Jahre dauernde Karriere bei der Polizei. 30 Jahre lang war er als Ermittler des Bundeskriminalamtes in den Bereichen Terrorismusbekämpfung und Spionageabwehr tätig. Später arbeitete er im IT-Management der Bundespolizei. Dieter Aurass lebt mit seiner Frau und einer Boston-Terrier-Hündin bei Koblenz am Rhein. Seine Frankfurter Krimireihe um den autistischen Kriminalhauptkommissar Gregor Mandelbaum erscheint im Gmeiner-Verlag.

ERIC BARNERT

Eric Barnert (Jahrgang 1968) lebt in seinem Geburtsort Darmstadt. Nach Jahren in Forschung und Lehre ist der promovierte Geologe und begeisterte Bergsportler freiberuflich tätig. Durch seine Leidenschaft für Bücher reifte die Idee zu einem Krimi in den Bergen: »Kreuzkogel«. Mit »Schneekristalle – Martin Keller und die Schatten der Silvretta« folgte die Fortsetzung des ersten Bandes beim Bergverlag Rother.

Obwohl beide Bücher überwiegend in den Bergen spielen, sind sie auch für Nicht-Bergsteiger spannend und verständlich. Dabei versucht Barnert, nicht die Klischees des Alpenkrimi-Genres zu bedienen. Gründlich recherchierte Fakten und authentische Charaktere spielen in seinen Krimis eine zentrale Rolle.

Bevor Eric Barnert anfing Krimis zu schreiben, verfasste er gemeinsam mit zwei Kollegen ein Buch über den Einfluss der Geologie auf den Wein im heimatlichen Anbaugebiet, wo er gemeinsam mit anderen Enthusiasten das kleine Bio-Weingut »Feligreno« unterstützt. Das Buch »Stein und Wein. Hessische Bergstraße« wurde unter anderem sowohl vom Fachmagazin Vinum wie auch von der FAZ begeistert besprochen.

FRANZISKA FRANZ

Franziska Franz, geboren in Detmold, lebt in Frankfurt am Main. Nach dem Gymnasium machte sie eine Schauspielausbildung. Ihre Schauspiel- und Fernseherfahrung kommt ihr bei Lesungen zugute. 2017 veröffentlichte sie Abenteuergeschichten für Kinder im didaktischen Bereich. Es folgten 2018 Kurzkrimis für Anthologien und parallel dazu Kriminalromane bei verschiedenen Verlagen. Seitdem fühlt sie sich im Krimi-Genre beheimatet.

Franz ist Mitglied im Syndikat und bei den Mörderischen Schwestern und bietet Lesecoachings für Autoren an. 2021 ist sie Mitglied der Jury für den Friedrich-Glauser-Preis in der Sparte Debüt.

DAVID FROGIER DE PONLEVOY

David Frogier de Ponlevoy hat von 2006 bis 2014 in Vietnam als Journalistenausbilder, PR-Berater, Moderator, Stadtführer und Publizist gearbeitet. In diesen acht Jahren hat er unter anderem mit 30 anderen Passanten an einer (sehr kleinen) Bushaltestelle vor einem Hagelsturm Zuflucht gesucht, ist gemeinsam mit dem nationalen Opernensemble aufgetreten, hat zwei deutschen Außenministern den Literaturtempel gezeigt, auf einem abgelegenen Markt Blutegelschutzstrümpfe gekauft und um 4 Uhr morgens mit Einheimischen am Rande des Urwalds die Fußball-WM im Fernsehen verfolgt, bis der Strom ausfiel. Seit seiner Rückkehr arbeitet er in Darmstadt als Redakteur und fragt sich manchmal, wie viel davon er nur geträumt hat. Mit dem Roman »Hanoi Hospital« gelang ihm ein viel beachtetes Debüt.

CHRISTIANE GELDMACHER

Christiane Geldmacher ist Autorin und Lektorin und lebt im Taunus. Studium der Germanistik und Amerikanistik, Arbeit als Fachzeitschriftenjournalistin und in Verlagen. Selbstständigkeit als Lektorin mit Textsyndikat.de. Auslandsjahre in Australien, Italien und Polen. 2012 erschien ihr erster Roman »Love@Miriam«, 2016 folgte »Willkommen@daheim« im Bookspot Verlag, München. 2015 gewann Christiane Geldmacher den Friedrich-Glauser-Preis in der Sparte Kurzkrimi. Mitglied im Syndikat und im VFLL, dem Verband Freier Lektoren und Lektorinnen.

www.christiane-geldmacher.de/blog

MARKUS HOFFMANN

»Schreiben? Darüber habe ich niemals ernsthaft nachgedacht. Ich habe einfach damit angefangen!«

Markus Hoffmann wurde 1968 in Ellwangen (Jagst) geboren und lebte bis 2013 in Aalen in Baden-Württemberg. Im selben Jahr zog er in die hessische Landeshauptstadt Wiesbaden. Mit dem Kriminalroman »Tödliche Triplette – Ein Fall für Commissaire Julian« gab er sein Debüt. Darin werden Historie und Fiktion spannend miteinander verknüpft. Ein Aspekt, der auch seine weitere Arbeit wesentlich beeinflusst.

www.markus-hoffmann-autor.de

IVONNE KELLER

Ivonne Keller lebt und schreibt in der Nähe von Frankfurt am Main. Im Genre Psychologische Spannung hat die Autorin drei Romane im Knaur Verlag veröffentlicht, außerdem ist sie in zahlreichen Krimi-Anthologien vertreten. Die gelernte Bankkauffrau studierte nach ihrer Ausbildung in Spanien und arbeitete einige Jahre als Personalerin, bis sie als Selfpublisherin unter dem Pseudonym Stina Jensen Liebesromane veröffentlichte. Seither schreibt sie hauptberuflich abwechselnd im Genre Liebe und Krimi. Sie ist Mitglied in den Autorenvereinigungen Mörderische Schwestern, DeLiA und Syndikat.

MICHAEL KIBLER

Krimifans aus Darmstadt Michael Kibler vorzustellen ist eigentlich Eulen nach Athen tragen. 13 Darmstadt-Krimis hat er inzwischen veröffentlicht und es ist kein Ende absehbar – zum Glück! Er wurde aber nicht hier, sondern 1963 in Heilbronn geboren, und ist Darmstädter aus Leidenschaft. Er studierte an der Johann Wolfgang Goethe-Universität in Frankfurt a. M., im Hauptfach Germanistik mit den Nebenfächern Filmwissenschaft und Psychologie. Nach dem Magister 1991 promovierte er 1998, unterstützt durch ein Stipendium der Studienstiftung des deutschen Volkes, Bonn. Schreiben ist Michael Kiblers Passion seit mehr als der Hälfte seines Lebens. Weshalb er seit 1991 als Texter, Schriftsteller und PR-Profi arbeitet – seit 2002 freiberuflich. Schwerpunkt des Schriftstellers sind Krimis. Er schreibt nicht nur im Stillen, sondern schätzt den Kontakt zum Publikum. Deshalb bietet er in seinem Programm »Kibler live« Lesungen, Stadtführungen durch Darmstadt, Krimispaziergänge oder auch Schreib-Workshops an.

RALF KÖBLER

Dr. Ralf Köbler ist seit August 2015 Präsident des Landgerichts Darmstadt. Ab 1999 war er 15 Jahre für die Modernisierung der hessischen Justiz und die Informationstechnik in der Justiz verantwortlich, seit 2007 als Abteilungsleiter. Autor zahlreicher Fachpublikationen, v. a. zum elektronischen Rechtsverkehr. Lehraufträge an der EBS Law School in Wiesbaden und an der Deutschen Universität für Verwaltungswissenschaften in Speyer.

Und: Seit 2007 ist Ralf Köbler Autor der Darmstädter Stadtkirchenkriminalgrotesken, von denen bislang sieben erschienen sind. Die Büchlein nehmen immer Bezug auf den Datterich, und die Geschichten spielen immer mehr oder weniger in und um die Stadtkirche. Der Verkaufserlös dient ausschließlich Projekten der Stadtkirche wie der Orgelsanierung oder anderen sozialen Projekten.

BERND KÖSTERING

Bernd Köstering wurde 1954 in Weimar/Thüringen geboren und lebt heute in Offenbach am Main. Er ist verheiratet, hat zwei Töchter und drei Enkelkinder. Seine Romane und Kurzgeschichten zeigen ein feines Gespür für die Beweggründe der handelnden Menschen. Er entwickelte zusammen mit dem Gmeiner-Verlag das Genre des Literaturkrimis, in dem ein bekanntes Werk der Weltliteratur den jeweiligen Fall auslöst oder auflöst. Seine Goethekrimis um den Privatermittler Hendrik Wilmut haben unter Fans inzwischen Kultcharakter. Köstering veröffentlichte bisher sieben Romane, zahlreiche Kurzgeschichten und Krimirätsel. www.literaturkrimi.de

RICHARD LIFKA

geboren 1955 in Wiesbaden. Studium Germanistik, Politik, Geschichte und Soziologie in Mainz und Frankfurt am Main. Von 1983 bis 1989 Dozent an der Universität in Iaşi/Rumänien für Literaturwissenschaft und Deutsche Kulturgeschichte. Seit 1990 selbstständig als freier Autor, Herausgeber und Journalist. Mitglied beim Syndikat (der Autorengruppe deutschsprachiger Krimiautoren), bei der A.I.E.P. (internationale Kriminalschriftsteller-Vereinigung) und im DVPJ (Deutscher Verband der Pressejournalisten). Richard

Lifka hat bereits mehrere Kriminalromane, Erzählungen und Kurzkrimis veröffentlicht. Wenn er zusammen mit seinem Coautor Joachim Biehl schreibt, nennt er sich manchmal Elka Vrowenstein. Seit 2007 leitet er Schreibwerkstätten zum Thema »Krimischreiben«.
www.lifka.de

ANDREAS ROSS

geboren 1962 in Ostheim, einem kleinen Kaff in der Nähe von Hanau, lebt seit 1985 in Darmstadt, verheiratet, zwei Söhne und von Berufswegen seit mehreren Jahrzenten als »Mundwerker«, also Sozialarbeiter, unterwegs.

Veröffentlichte seit Ende der 90er-Jahre u. a. vier Romane, zwei Kurzkrimisammlungen und eine Erzählung sowie ein Laufstreckenbuch und von 1996 bis 2008 monatlich Kurzkrimis in dem Darmstädter Magazin »Vorhang Auf!«.

Von 2003–2007 Mitglied der Textwerkstatt Darmstadt unter Leitung von Kurt Drawert und fünfmaliger Gewinner regionaler Literaturpreise. Diverse Auftritte bei Poetry-Slams. Seine Zuneigung zum Krimi-Genre entwickelte Andreas Roß insbesondere in der Zeit, als er in verschiedenen Justizvollzugsanstalten tätig war und so einige Geschichten hörte, die ihn inspirierten, zumal anscheinend nichts unwahrscheinlicher ist als die Realität. Dazu kam die Liebe zu seiner Wahlheimat Darmstadt.

Aktuell ist der vierte Band der Dobermann-Reihe mit dem Titel »Innere Schreie« erschienen. Mehr unter:
www.krimiautor-ross-darmstadt.de

ANDREAS SCHÄFER

Jahrgang 1968, Polizeihauptkommissar beim Polizeipräsidium Frankfurt am Main, versieht seit mehr als 20 Jahren Dienst in der Mainmetropole. In den letzten Jahren war er als Zivilfahnder im Rotlichtmilieu am Hauptbahnhof und am größten deutschen Flughafen im Einsatz. In den 90er-Jahren Auslandsaufenthalte in den USA, Australien und England, wo er Einblicke in den dortigen Polizeidienst erhielt. 2001 Erwerb eines »Bachelor of Science in Psychology« nach Fernstudium in England. Seine »Mainhattan«-Krimis spiegeln die anglo-amerikanischen Facetten der Bankenmetropole Frankfurt am Main wider.

ROGER STRUB

Roger Strub wurde 1957 in Bern geboren. Er war als Lehrer, Sänger, Songschreiber, Produzent, Veranstalter, Werbetexter und Drehbuchautor für computerbasierte Lernprogramme tätig. Heute ist er freischaffender Autor, Ghostwriter, Storyteller, Coach und Kommunikationsberater. Er lebt in Langnau im Emmental.

Seine Publikationen im Gmeiner-Verlag: »Das Fenster zur Welt« in der Anthologie »Mord zur großen Pause« 2020, der Lieblingsplatz »Tessin« 2017, und der Krimi »Verfalldatum« 2015.

www.rogerstrub.ch

LEIF TEWES

wohnhaft im Raum Frankfurt/Main, lebt von IT-Beratung und gibt sein Geld für Wüsten-Rallyes, Jazz-CDs und Reisen rund um die Welt aus.

Schreibt unter der Rubrik »Roman noir«, weil er Regio-
nalkrimis, Whodunits und Ermittlergeschichten nicht kann,
und für das Genre »Thriller« die Guten in seinen Geschichten nicht immer gut genug und die Bösen nicht immer böse
genug sind.

ELLA THEISS

Ella Theiss ist das Pseudonym von Elke Achtner-Theiss, die
seit rund 25 Jahren in der Nähe von Darmstadt lebt. Sie hat
Germanistik und Sozialwissenschaften studiert, dann als
Redakteurin, PR-Texterin und Sachbuchautorin gearbeitet,
insbesondere im Themenbereich Ökologie und Bio-Lebens-
mittel. Heute schreibt sie vor allem Romane und Erzählungen. Mit ihrem historischen Krimi »Die Spucke des Teufels«
belegte sie Platz 2 des Gerhard-Beier-Literaturpreises 2010.
Drei ihrer Kurzgeschichten wurden prämiert, zwei weitere
waren für Literatur- oder Krimipreise nominiert. Mehr unter
www.ellatheiss.de

BELINDA VOGT

Belinda Vogt studierte Publizistik in Mainz und begann
als Drehbuchautorin und Regisseurin für Industrie-
filme. Danach arbeitete sie lange Jahre als Redakteurin
beim Fernsehen, zuerst bei SAT.1, später beim ZDF. Seit
2008 schreibt sie Kriminalromane und Kurzgeschichten,
von denen zwei für den Agatha-Christie-Krimipreis nominiert waren. Gemeinsam mit der Autorin Uli Aechtner
verfasste sie die Krimis »Frauenschwimmen« und »Kel-
tenzorn«. Belinda Vogt ist Mitglied der Autorengruppe
»Dostojewskis Erben« und lebt mit ihrer Familie in Wies-

baden. Im April 2019 erschien ihr neuer Roman »Toskanische Täuschung«.

FENNA WILLIAMS

Fenna Williams lebt und arbeitet als freie Autorin in Wiesbaden. Sie studierte Amerikanistik, Lateinamerikanistik und Niederländische Philologie an der FU Berlin und später Kreatives Schreiben in Seattle und London. Seitdem schreibt sie Drehbücher, Kurzgeschichten, Kriminalromane und Reiseessays.

Ihr Ermittlerteam um Dona Holstein löst auf historischen Tatsachen beruhende Fälle, die in der Gegenwart zu mörderischen Problemen führen. Unter dem Namen Auerbach & Auerbach führt sie die bekannte Krimiserie um die Haushüterin und Übersetzerin Pippa Bolle seit 2016 alleine weiter.

Sie liebt einsame Inseln aller Längen- und Breitengrade, auf denen und über die sie schreibt. In der »Inselsammlerin« berichtet sie von Besuchen auf zwölf ganz besonderen Eilanden auf fünf Kontinenten – und pflegt dabei vier Passionen: Schreiben, Shakespeare, Single Malt Whisky und den Wunsch, diese Dinge immer wieder neu zu verbinden. Sie trägt den schwarzen Gürtel in Power-Faulenzen.

Preise und Auszeichnungen: 2. Platz beim Zola Literary Contest, Seattle, USA, für das Drehbuch »Amazing Days«; Stipendium des Festivals »Tatort Eifel«; Nürnberger Autorenstipendium mit dem Drehbuch »Private Arcadia«; Tatort Töwerland Aufenthaltsstipendium der Insel Juist.

www.Fenna-Williams.com

Weitere Titel finden Sie auf den
folgenden Seiten und im Internet:

WWW.GMEINER-VERLAG.DE

Franziska Franz
Blutmain
Kriminalroman
312 Seiten
12 x 20 cm, Paperback
ISBN 978-3-8392-2691-9
€ 13,00 [D] / € 13,40

Die junge Melinda erwacht verletzt auf einer
Motorjacht mitten auf dem Frankfurter Main. Sie
ist orientierungslos und ohne Erinnerung an die
letzten Stunden. Tage später wird die Leiche einer
brutal ermordeten Frau an der Offenbacher Schleuse
gefunden. Hat Melinda mit ihrem Tod zu tun, oder
will ihr jemand den Mord anhängen? Denn die Jacht,
auf der Melinda sich befand, gehörte dem Mor-
dopfer. Ein Fall für Kommissar Kai Herbracht und
die Privatermittlerin Karla Senkrecht, die sich mit
besonderer Vorliebe in die Polizeiarbeit einmischt.

SPANNUNG

GMEINER

WWW.GMEINER-VERLAG.DE
Wir machen's spannend

Leo Heller
Der Gemüseflüsterer
von Mainhattan
Kriminalroman
245 Seiten
13,5 x 21 cm, Klappenbroschur
ISBN 978-3-8392-2698-8
€ 12,00 [D] / € 12,40

Der durchgeknallte Frankfurter Detektiv Jürgen
McBride wird beauftragt, ein geheimes Kochrezept
zu finden. Dieses keltische Gericht verspricht
fünfzig Jahre lang Jugend und Schönheit. Die Suche
führt McBride in die Abgründe eines esoterisch
gestimmten Frankfurts. Dabei bekommt er es mit
einem sprechenden Blumenkohl, einem exekutierten
Ernährungscoach und zwei eiskalten Mafiakillern zu
tun. Aber das sind alles nur Peanuts für einen harten
Kerl wie McBride.

GMEINER SPANNUNG

WWW.GMEINER-VERLAG.DE
Wir machen's spannend

©Helmutvogler / stock.adobe.com

Christof A. Niedermeier
Der Tod kam zum Dessert
Kriminalroman
346 Seiten
12 x 20 cm, Paperback
ISBN 978-3-8392-2701-5
€ 14,00 [D] / € 14,40

Küchenchef Jo Weidinger bekommt einen prestigetr-
rächtigen Auftrag – er soll das Festbankett für den
Geburtstag eines bekannten Frankfurter Unterneh-
mers ausrichten. Kurz nach dem Dessert ist der
Firmenchef tot. Rasch stellt sich heraus, dass er
vergiftet wurde. Gift in seinem Essen? Das kann Jo
unmöglich auf sich sitzen lassen. Als auch noch sein
Lehrling unter Mordverdacht festgenommen wird,
bleibt Jo keine andere Wahl: Er muss den hinterhälti-
gen Mörder auf eigene Faust aufspüren.

GMEINER SPANNUNG

WWW.GMEINER-VERLAG.DE
Wir machen's spannend

DIE NEUEN Lieblings-plätze